剜烂苹果·锐批评文丛 第二辑

刘复生　著

批评的想象力

作家出版社

刘复生

毕业于北京大学中文系，获博士学位。现任海南大学人文传播学院教授，院长，博士生导师。海南省文艺评论家协会主席，海南省作家协会副主席，中国作家协会文学评论委员会委员，中国文艺评论家协会理事。海南省"有突出贡献的优秀专家"，国务院特殊津贴专家。曾获海南省社会科学优秀成果奖一等奖等奖项。

主要研究领域为中国现当代文学，思想史和文化研究，当代文艺批评。著有《历史的浮桥——世纪之交"主旋律"小说研究》《思想的余烬》《文学的历史能动性》等，在各类学术期刊共发表学术论文160余篇，多篇被《新华文摘》和《人大复印资料》全文转载。主持完成国家社科基金项目及海南省哲学社会科学项目多项。

目　录

第四辑：心迹与剖白

第一辑：总论

什么是当代文学批评？
——一个理论论纲

经常听到当代文学研究者的一种抱怨：当代文学及当代文学批评正在日益边缘化，在当代文化生活中已变得越来越无足轻重。一个普遍流行的解释是：外界社会文化环境的巨大变化——比如商业消费逻辑对文学精神价值的漠视，读图时代的信息传播方式对依托纸媒的经典的文学接受方式的挑战——造成了当代文学批评的没落。

这是一个具有强大遮蔽性的说法，它过于轻易地推脱了文学批评自身的责任。它只是文学批评界为回避自己的无能而乐于相信并刻意维护的一个"故事"。

的确，二十世纪九十年代以来的社会历史变化给当代文学批评带来了一些压力，但是，与其说这种外界变化造成了当代文学批评的根本困境，还不如说它为文学批评自身的失职适时地提供了借口和托辞。

在我看来，最大的症结在于，这十几年的当代文学批评，越来越不清楚自己正在做什么，更不知道自己应该干什么了！

一

我们必须回到一个最原初和最要害的问题上去：当代文学批评是什么？它的本质或根本意义在哪里？它和一般的文学研究及文学鉴赏有何区别？而这些恰恰也是最容易遭到忽略，事实上也被广泛误解，甚至被深刻遗忘的问题。

为了回答这些问题，我们先要回到另一个问题，当代文学的独特意义何在？或者，换一个更具体的提问方式：我们为什么读当代文学？可能有人会说，为了提高自己的审美修养。如果是这样，我们何不去读那些已有"定评"的文学经典（它们已经让人读不尽了）？何必冒险去读审美价值尚存疑问的当代文学作品？

那么，人们从当代文学那里得到了什么东西？又指望得到什么东西？

在我看来，真正的当代文学的意义在于具有对现实加以总体化的叙事能力。由此，它创造出一种关于现实以及我们与现实关系的崭新理解，它重组了我们日常的零散化的经验，并超越了个体的狭隘的经验的限制，从而打开了重新认识现实，尤其是在复杂的社会联系中重新感知现实的可能性。它改造了我们认知与感受的方式，重建了总体化的生活图景，从而为读者提供了一种新的方向感。那些优秀的当代文学，总是蕴藏着解放的潜能，能够打破既有的定型化的意识形态的束缚，把个人从各种神话与幻象体系中释放出来，恢复对"另外的生活"与"另外的现实"的感觉与认知能力，它总是暗含着批判性的视野与乌托邦的维度，激发着对未来的想象。因而，当代文学对现实的审美表述应当具有潜在的实践能量，尽管并不是直接的，也不应是直接的。

这是"当代文学"之外的任何经典文学所不能提供的内容。毫无疑问，并不是所有在当下发表的文学作品都是合格的"当代"文学。

明白了什么是"当代文学"，"当代文学批评"的意义也就自然呈现出来。

所谓"当代文学批评"的意义，就在于使"当代文学"的这种本质明晰化、尖锐化。它不同于一般的文学鉴赏或文学研究的价值正在于，通过对"当代文学"的创造性阐释与重写，把"当代文学"中内在的革命性因素发掘出来，并加以放大，从而创造一种关于当代现实与个体处境的新理解或新认知。它天然指向批评家与读者自身生存的历史性，包含着纠缠在一起的现实理解和自我理解，从而带有一种历史解释学的美学深度和生命紧张感。在某种意义上说，只有"当代文学批评"才是真正的文学批评。

批评，在最初的意义上，是一种价值创造活动，而当代文学批评，所从事的正是价值创造的工作。因而，什么是文学的标准，何谓"美"，对它来说，不是既定的神圣圭臬，而是悬而未决、有待发现的新尺度；它不是在不自觉地、盲目地肯定着既有的审美价值，而是在不断地进行着新的审美决断，在创造着新的审美价值。当然，它无时无刻不处身在审美传统之中并感受到来自这种传统的压力，但它总是和传统保持着一种持续的张力，它置身于与既定审美价值的生存搏斗之中，并把坚持这种搏斗看作自己的本质与使命。当代文学批评的功能不在于以经典的美学尺度对照、衡量当代的文学作品，并裁定它的审美价值的品级。相反，这种所谓美学价值是要"当代文学批评"去发现或创造出来的。如果说，作家们不妨沉浸于某种纯文学的幻觉，这并不一定妨碍他们创造出蕴含着革命性想象的优秀当代文学，但一个批评家则不应存在这样的迷信。他要具有敏锐的洞察力，从当代文学作品中汲取出它当下的批判性以及打开未来社会实践的可能性。

某种意义上说，"当代文学批评"不是把一种既定的东西指给人看，而是把一种尚不存在的东西创造出来。从这一点上，我们甚至可以说，"当代文学批评"要高于文学创作，文学作品只不过是文学批评进行再创作的原始素材。长期以来一直存在着一种针对文学批评的轻慢，认为其相对于文学创作来说只是从属的，第二位的。应该说，如果文学批评只是充当文学的"品酒师"或"美食家"的话，这种"偏见"是完全正当、恰如其分的——既然文学作品的意义在于审美价值，而它只能诉诸接受者的感性，那就让读者们去感悟好了，何必由煞风景的批评家多此一举，用干瘪的理论语言再乏味地讲述一遍呢？

这让我们不由得想起日本思想家竹内好对当时日本的文学研究的批判。在与当时日本的中国文学研究（汉学与支那学）进行论争时，他关切的一个核心命题是：文学研究的意义何在？是像汉学那样追求高雅的文学趣味和人文教养，还是像支那学那样追求成为一门实证性的知识或学问？竹内好对支那学和汉学的批评，我觉得大体上可以对应中国当代文学研究的两个方向：一种梦想着成为古典文学研究那样的"规范的""真正的"学问；一种则幻想充当"永恒"审美价值的当下代理人或忠实判官，把当代文学作品的审美意义阐发出来。批评家们只是提高人们审美品位的谦逊的助产士，他们自卑地、近乎自惭形秽地充当着文学史研究的探路人，为未来的审美价值的盖棺论定提供着初步的素材和未必可靠的线索。不可否认，在当代文学批评者中，很多人总摆脱不了学科体制内二等公民甚至三等公民的原罪感（古典文学研究—现当代文学研究—当代文学批评）。但是，这又怪谁呢？

　　他们根本就不明白只有"当代文学批评"才是价值的开创者。它永远植根于自己的"当下性"，并不断生产出新的"当下"，由此打开新的未来可能性①。他们可能同样不明白，所谓永恒的审美价值，伟大的文学传统与成规，恰恰正是过往的、某种特定的"当代文学"所创造出来的，它们深深地植根于历史性与地域性（民族性）之中。从某种意义上说，它们之所以能成为伟大的审美标准与传统的代表与象征，正因为它们当初曾经是合格的、优秀的当代文学！这一点我们可以从屈原、"李杜"、曹雪芹、莎士比亚的文学创作以及审美评价史上清晰地看出。从这个意义上说，不是那些"永恒的经典"超历史地充当着后世文学的裁判，恰恰相反，是后世的"当代文学批评"不断地生产出那些"经典"的当下意义与历史意义，并不断地创造与更新着"伟大的文学传统"。经过革命性的当代阅读，古典文学、异域文学也可以担当起当代文学的功能，因而，是当代文学批评重新发现并创造了它们的意义。经典正是在与当代文学的历史关系中，在被当代历史不断肯定与挑战中，获得其意义的。

6

---

① 参见张旭东有关当下性的说法。《当代性·先锋性·世界性——关于当代文学六十年的对话》，载《学术学刊》2009 年 10 期。

二

不难发现，当下的许多所谓当代文学批评事实上只是古典文学批评，它们形式上是对当代文学作品进行评论，实则只是向既有的文学标准致敬而已——其中最坏的一种是向所谓普世的西方经典文学标准致敬。当然，我并不一般地否定这种文学研究的意义，它自有其价值。但是，它不是真正的当代文学批评，也不能体现真正的当代文学批评的价值。

因此，我们应该认真反思、清理二十世纪八十年代当代文学批评的遗产。为何八十年代的当代文学及当代文学批评能够盛极一时，对社会文化产生广泛深刻的影响？尽管由于特定的时代原因，它们甚至收获了不应有的过多的荣誉，执行了本分之外的过多的社会功能。的确，它们的兴盛和当时主流意识形态的扶持关系密切，也得益于当时过于单一的文化消费环境。这里面有历史提供的不可重复的特殊机遇，但是，这不足以解释其如此巨大的成功。

在我看来，八十年代的文学及批评最重要的传统在于，它们总是在一种历史紧张感中试图赋予现实以美学的形式，它们起到了以所谓审美的方式对时代进行"认知图绘"的功能①，文学批评（甚至包括现代文学研究）具有作为当代文学批评的潜在的自觉。简而言之，它们明白自己正在借助文学展开着怎样的历史实践。虽然批

---

① "认知图绘"是詹姆逊的一个重要概念，中译参见其文章《认知的测绘》，载《詹姆逊文集》第一卷《新马克思主义》，中国人民大学出版社，2004年6月。其基本的意思是，在跨国资国主义阶段，社会空间和体验已经破碎，人们无力对空间和社会的总体性进行把握，因而，主体无法给自身定位，不可能通过感知系统确定自身在外部世界与社会结构中的位置。对此，詹姆逊提出"认知图绘"的美学，以打破资本主义意识形态的限制，重建被零散化的主体意识，重建主体在全球政治、经济和文化格局中的位置感，并开启新的革命性的维度。

评家们不乏真诚地高举着人道主义、审美与形式的旗帜，他们其实朦胧地觉察到了这些文学原则背后的政治解放的意义。他们口中的"文学是无用之用"其实包含有坚实而丰满的历史内容和现实指向性，这和当下"文学是无用之用"的说法的空洞无物、聊以自慰完全不同。即令看似纯形式化的先锋小说运动和当时的历史实践也具有复杂而暧昧的呼应关系。①在八十年代文学及批评的背后是雄心勃勃的乌托邦规划，它从这种社会历史动力中汲取了自己的文化能动性，以及将现实审美化、形式化的叙述能量。

当然我们不能把八十年代的文学批评理想化，相反，我们有充分的理由指责它的种种缺陷，甚至可以说它是一种糟糕的当代文学批评——比如说，它过于迷信西方的文学标准，它过于意识形态化且越来越狭隘。而且我也并不认为，八十年代的文学批评都是合格的当代文学批评，也不能说它们都有这种当代文学批评的自觉。但不可否认，在总体上八十年代的文学批评至少行使了当代文学批评的基本职能，而九十年代中期以来的大部分文学批评能否够格称得上是当代文学批评却大成疑问，因而不管它们在理论或技术等职业水准上如何高明，先天就低了一个等级。

回顾这十几年来的文学批评，由于外在的社会文化变化，更由于内在的对自我角色的放弃，其实是远离了八十年代文学批评的可贵的传统——尽管可能在另外的许多方面都超越了它。不可否认，当下的所谓当代文学批评——我指的是那些指向"纯文学"的小说、诗歌批评，在总体上已不再有能力借由对文学创作的创造性阐释，提供或生产那种关于现实与个人命运的总体化理解了。而一些文学批评之所以能产生广泛的影响，恰恰是在基本态度上继承了八十年代精神传统的结果，如"底层文学批评"——可惜，关于《那儿》等作品的评论虽然一度打开了公共讨论的空间，但没有获得文学研究界的认真呼应。

---

① 可参见刘复生：《先锋小说：改革历史的神秘化》，载《天涯》2009 年 4 期。

总的来说，当下的文学批评，已不再是一种文化的公共场域，一个敞开的关于社会与生活意义的理性交往的空间。文学批评越来越沦为只关乎诗化的人生态度或幽微的内在情感的文化小摆设与艺术饰品；或者越来越成为一门学问，融化为现代学科体制化的一部分。文学批评越来越依托于一种叫作"文学"的专业对象，成为一种很个人化的身心调养术或技术性很强的专业，从而不再富于想象力和批判性精神，不再是原创思想的策略地，不再是一种指向当下的价值创造的行为和指向未来的乌托邦实践。

这个时代的大多数人都对当下文学不再感兴趣。包括大多数当代文学研究者和批评家，事实上都已不再是所谓当代文学的热心读者。人们对当代文学的漠视是有理由的，既然它已经不再对理解现实与个人命运有多少价值和作用，我们为什么还要关心它？而在八十年代，你没办法不关注文学批评呈现给你的当代文学状况，无法不跟随着它的牵引进行阅读与思考，因为它正在描画着你安置自身位置的总体性的社会图景，展示着你勾画人生意义的历史地平线。文学允诺给你的是正在展开的历史实践的前景和正在不断生成的新现实，文学在想象的领域提供着我们生存的坐标和内在方向感，它以个体的名义讲述集体性的经验，并以集体的名义讲述个人的梦想。它既描绘我们对生存的自我理解，也建立着自我与他人、历史的想象性关系。

不要误解，我不是在浪漫化地缅怀一个逝去的文学及批评的黄金年代，事实上，它也不能称之为一个真正的黄金年代。由于陷入追求现代化的新启蒙主义的意识形态控制，它越来越沦为对主流意识形态及宰制性的新体制的辩护者，而渐渐远离了自己作为"当代文学"及"当代文学批评"的品格。其实，后来逐渐遭受冷遇的当代文学及批评正是这种变质了的当代文学的延续与恰当的继承者。真正的当代文学永远反对僵化的既有的主流意识形态叙述。它可能会在反对旧有叙述的基础上形成一种新叙述，但是，一旦这种新叙述自身也开始成为一种主导性的新意识形态，它又将面临着后来的当代文学的再度反驳，并为新的当下叙述所取代。而八十年代的文学及批评很快就自我陶醉式地僵化了。

或许，我所谓的当代文学及文学批评还将面临一个质问：在这个据说是后现代的消费主义时代，文学似乎只能去处理细碎的个人经验（并以这种差异性显示自己的价值），它还是否有可能给出一种关于现实的总体化的叙述？谁又能保证这种叙述不是压抑性的？在此，要说明的是，我并不是在呼唤一种八十年代式的意识形态叙述，更不会赞同文学去附和某种具有内在逻辑统一性的社会方案，那难免演化为一种压抑性的叙述。这不是我所理解的文学的总体性叙述。我所谓总体性是指在一种社会总体联系的视野中理解局部的辩证思维，正如卢卡契论述巴尔扎克和托尔斯泰的现实主义小说时的说法：在他们的小说中，每一个细节都是相互联系的，蕴含着全息式的文学意义，这才是真正的文学的总体性"再现"。相反，自然主义的小说不管社会场景多么广阔，情节多么丰富，则只能表现为无总体性的"细节肥大症"。而被一些批评家所吹捧的所谓"私人化写作"，正是典型的细节肥大的写作。"艺术表现就这样堕落为浮世绘"，卢卡契对十九世纪之后的资产阶级文学的论断仍然可以充当对当下中国文学的有力质问。

三

我相信，这种意义上的当代文学及当代文学批评是任何时代的内在需要。不过，这种"当代文学性"不一定呈现为我们所熟悉的纸媒的，以小说、诗歌为主要文体的文学创作，也不见得非得遵从我们所习惯的这套文学的成规法则——众所周知，如果历史地看，这些体式与这套审美惯例能够占居文化的主导地位并不是自古皆然、超越地域的，它也具有特定的时空起源，经历了一个由特殊性到普遍性的过程，并受到政治、经济甚至军事等社会因素的深刻影响。所以，"当代文学性"在不同时代可能表现为不尽相同的文体与媒介：可能是诗歌、散文、戏曲、小说，也可能是电影、电视剧，它不见得非得固守经典的纸媒的样式。事实上，近年来的某些影视剧创作正在表现出浓重的"当代文学性"，而大部分所谓文学创作反倒正在丧失"当代文学性"。

同样，原来的那一套审美规例也在面临危机，人们似乎正在对它感到厌倦。读者对虚构与文学想象变得缺乏耐心，很多曾被认为是纯文学的经典原则正在丧失号召力。这不能简单地用当代读者审美能力下降、阅读品位低下来解释。事实上，随着教育的普及，这些纯文学的文学惯例在很大程度上已经被非神秘化了，作家、批评家经常使用的语言，如人性的丰富性、性格复杂性、自由、情感、道德、生命……早已经成为俗套（不是指这些词语指称的事物，而是说它们所对应的审美惯例成为俗套）。一个有趣的现象是，在虚构的、想象性的"纯文学"普遍遭受冷落的同时，却是大量的非虚构文学、纪实文学或准纪实文学，以真实经验为基础的网络小说的持续走红。这至少部分地说明，当代读者对远离现实与当下性的那一套美学成规或技术体系已经厌弃。其实，那些非虚构的经验本身已经远比那些技巧"高明"的所谓"纯文学"更具有想象力，更有戏剧性与当代的文学性，反倒是众多所谓纯文学表现出想象力的枯竭。没有什么比辱骂当代读者弱智更弱智的了，它只能暴露出固守一种狭隘的文学原则的人的偏执与内心的虚弱。当然，这些非虚构或纪实类的作品还称不上是优秀的当代文学，因为它们还不能有效地给现实赋予形式感或将现实美学化，只是诉诸无中介地呈现现实，因而，它们受到欢迎只能理解为是对"纯文学"失望之后的无奈转移或替代。或许，我们只能说，这些非虚构或纪实类文学的走红，并不说明它们作为文学的成功，它只是说明了旧有的"纯文学"成规的失败。

当然，当代的小说创作的确产生了，并且也正在产生非凡的作品。有一些非常优秀，堪称伟大的作家，比如，韩少功、张承志、王安忆，但是，这些具有历史感与现实感，充分体现当下性的作家，却没有得到文学批评的有力阐释，尽管评论的数量相当庞大。大多的文学批评，仍然是用旧有的审美规范及理论语言，去进行狭隘的美学评价——张承志甚至已不被作为一个作家对待。评论家或研究者们不乏好心地去肯定他们作为经典文学作家的品质，赞赏着他们对永恒文学标准的逼近，甚至推崇他们的超越时代的美学贡献，似乎一个作家一旦立足于自己的历史性进行写作就具有了原罪——这些表扬其实恰恰是对这些作家的诋毁。真正的当代文学可能并不在乎这些超越性的审美标准，借用鲁迅的说法：这些作品的出世并非要和现在一般的诗人争一日之长，是有别一种意义在。一切所谓圆熟简练、静穆幽远之作，都无须来作比方，因为这诗属于别一世界。而当代文学批评的任务就是要把这种特殊意义阐释出来。在这个意义上，我高度肯定张旭东对王安忆《启蒙时代》的批评的示范意义。它既有对作品的历史性的认识，又有对自我历史性的自觉意识，既是一种历史的、文化政治的阐释，又是一种美学的阐释。它让我们看到真正的当代文学批评的魅力。但是，这样的当代文学批评太少了，具备这种意识的批评太少了。

所以，即使当代文学产生了真正优秀的作品，当代的文学批评也没有加以有效地识别并把它们挑选出来，即使给予注意也可能是以忽略了它们的真正价值为前提。当代的文学批评往往热衷于制造一些新名词，满足于在那些符合"纯文学"规范的作品身上循环论证式地印证一些纯文学的批评法则的有效性，事实上并不能提供更有想象力的话语。而一旦文学批评共同体在信誉上破产，它再说什么也就没有人真正关心。那些优秀的当代文学即使被批评界关注也会湮没无闻，无法有效地进入公共视野。

我们或许正处在一个"当代文学性"尝试性地寻找新载体的过渡阶段。我一点都不为真正意义上的当代文学的命运而担心，尽管，可能我们所熟悉的小说与诗歌，甚至还包括它们所代表的那一套美学法则都可能会失去文化上的主导地位。可能我们习惯上称为"文学"的那个东西会走向没落，这是诸多历史动力与因素共同作用的结果，也并不见得主要是原来的文学出了问题。但是，不管怎样，我相信或我愿意相信，"当代文学"会理性地、顽强地找寻到新的文化载体并慢慢对它加以适当调适，并在此基础上找到新的叙述法则。[①]此后，旧有的经典的文学形式还会存在，但它只是作为威廉姆斯所谓"剩余文化"而存在，虽然仍然是一个有影响力的元素，但在社会生活中已经不占主导地位，甚至可能会变得无足轻重，正如五四新文化运动以后的古典诗词创作一样。如果我们真的正处在这一转变时期，我想说，当代文学批评完全不必伤感，更没必要为既有的文学殉葬。它要有新的转变与新的策略。在那个决定性的历史时刻最后到来的时候，我们可能会抛弃小说与诗歌，正像当年梁启超选择小说一样。这无损于真正的当代文学批评的贞洁。这正是它的本质。

或许，这一巨大的文化转变已经开始了。正如我们观察到的，近年来的某些电视剧更加充分地体现了"当代文学性"，《激情燃烧的岁月》《士兵突击》《潜伏》《暗算》《人间正道是沧桑》《亮剑》《蜗居》正在提供关于历史与现实的更有价值的叙述，或更有征候性的叙述。它们更具有现实的指涉性，也在尝试着寻找讲述现实的新方法，尽管大多数影视剧仍然是肤浅的即时文化消费，尽管这些少数的优秀的电视剧仍然受到既有主流意识形态及审美惯例的有力制约——比如《蜗居》就是一部具有严重缺陷的作品，但是在其中也提示着理解当下现实的线索，正需要当代文学批评的强有力的批评性阐释，以实现新的意义书写。不可否认，这一创作领域已经开始吸引并涌现一批有才华、有抱负的创作者，如康洪雷、姜伟、兰晓龙等，虽然受制于当代文化生产的现实，他们有时还不得不向资本逻辑有限度地妥协（我们的纯文学作家不向资本及市场妥协吗？有些所谓纯文学作家只不过是把纯文学的象征资本有效地转化为商业资本罢了）。[②]不难发现，在这些电视剧创作中，我们更多地看到

13

---

① 我并不赞同所谓文学终结论或日常生活审美化的说法。文学不会也不应泛化到所谓日常生活审美化的程度，在新的载体上呈现的文学也不会以现有的方式简单地重复既有的审美经验。

② 我曾以兰晓龙为例，分析过这批电视剧在表意上的暧昧性与复杂性，以及它们所代表的革命性意义。参见本书《用先天带菌的语言讲述新话语——兰晓龙电视剧作的困境与成功》。

了八十年代的文学的依稀身影，它们身上延续了文学的公共性与当下性品格。它们受到热情的关注，并非主要因为它们占据了文化传播的优势地位，尽管这一因素是存在的。当代的文学批评家可能没有多少人读过某位著名作家的新近大作，却有大部分或相当大部分人阅读过并互相推荐着新近出现的重要电视剧，尽管有些人可能羞于承认自己对这些"不入流"的大众文化的喜爱。围绕着这些作品，也在或公开或私下地形成了公共讨论的空间。原来从事文学批评的研究者纷纷介入文化研究领域，更爱发表关于影视剧的评论，原因或许正在于此——通过阐释这些影视剧版本的当代文学创作，批评家们找到了通达美学的历史性与当下性的方式，也找到了自己作为当代文学批评家的美好感觉。这并不奇怪，在某些电视剧评论中，更鲜明地表现出当代文学批评的固有风采。

四

在新的历史语境中，当代文学批评要有新的改变，采取新的策略。

首先，要去除纯文学的洁癖，文学批评要有能力介入广泛的文化领域，尤其是应认真面对那些产生广泛社会文化影响，又深具可阐释性的大众文化文本，以进行富于现实感的历史阐释与美学阐释——它并不以那些最有价值的当代作品为唯一对象，它的对象还应包括依附于当代主流意识形态，试图加固当代秩序和权力关系的流行作品，当代文学批评并不以对象的价值来体现价值，它可以通过批判性介入创造自己的价值。它的对象既包括提供了革命性的现实意义的《士兵突击》与《潜伏》，也包括传递征候性的社会潜意识的《蜗居》《杜拉拉升职记》与《唐山大地震》，还包括暧昧地徘徊在主流意识形态与社会批判性之间的"反腐败"小说与"新革命历史"小说及影视剧，以及叙述当下生活经验的纪实类文学和纪录片。这些创作，文学批评都要有胃口加以消化。它必须要有能力处理这些正在对当代生活产生重要影响的文学现象。当然，它不能完全泛化为所谓文化批评，除了态度上的不同，当代文学批评仍要坚持"形式"或美学的尺度。但正如前文所说，所谓形式或审美并不是原来意义上的单纯的审美，而更多的是指历史现实被总体化讲述的独特方式，以及在与既有的审美规范谈判或抗拒的过程中产生的形式感。当代文学批评要打破旧有文学体制的区隔，但这并不意味着不再有"审美判断"的标准或门槛，什么都可以被平等地纳入批评范围，恰恰相反，文学批评的内在标准提高了，它严格地以"当代文学性"的尺度来判断不同形式的文本。

其次，对大众传播媒体的清高姿态也应有所改变。对于大众媒体，文学批评还要试图去有效地、有限度地加以利用，而不是放弃。虽然，商业消费主义的力量是强大的，它对于思想性的表达也具有很强的排斥性，它的同化逻辑不可小视，但是，它或许并不像我们想象的那么强大，而且，在它的内部还是存在着多样化的空间。关键是当代文学批评要找到与现有媒体有限度合作的策略，以有效地在现有的阵地中开拓出这样的空间，或者找到这样的间隙。比如，文学批评界也要寻求与媒体在话题上的重合点。事实上，当代公众，至少是相当一部分公众是渴望在大众媒体上看到有现实感和一定思想深度的，针对公共化的文艺作品的文学批评的，这并不损害媒体的商业利益，问题是当代的大众媒体与当代批评界没有能够提供这样的批评。当我们指责公众和大众媒体趣味低下时，我们也要问是什么力量造成和大面积地助长、强化了这种低下，这种低下是公众的本性，还是被无选择的食谱哺育和喂养的结果？

整个文学批评界是否可以有这样的战略意识：像茅盾当年去改造《小说月报》那样去抢夺阵地，包括进行有意识的人员上的渗透，利用媒体的逻辑去改造它们的逻辑，尽管是有限的。文学批评界现在还是普遍地轻视这一块阵地，也很少想办法去改变所谓低劣的媒体批评一统天下的状况。这是自我边缘化。而"五四"以来革命性的文化的历史经验则是，任何具有公众亲和力的载体与媒介，不管是报纸、杂志、电影、戏剧……只要好用都要争取并加以改造。

即使在这个消费主义的时代，文化环境与社会心态已有巨大的变化，我也并不认为这种历史经验已完全过时。而且，正如历史上许多事实所验证的，报纸杂志发表有价值的思想批判及文艺批评与商业利益之间并没有必然矛盾，有时它还是商业利益的来源——如果它是真正有价值的具有当下意义的批评。当然，在当下的文化与政治语境下，这种商业成功肯定是有限的，但也是足够的。

不过，文学批评还要在文风或语言风格方面有所调整。至少是一部分批评要有表达的公共亲和力。应该看到，媒体批评之所以有读者，也自有其道理，它的现实对接的及时性、活泼的语言还是具有一定的传播优势的。众所周知，在二十世纪八十年代的批评家队伍中，有相当一部分是来自各种媒体（包括出版社），它们所秉持的往往是生动活泼的文风。这也是当时的文艺批评产生良好的公共效应的重要原因。

当然，当代的文学批评语言越来越理论化，越来越远离公共的理解力，自有其合理性——但更多的恐怕只是为了显得专业，为了掩饰自己内在的空洞苍白与无意义。这种文风和当代的文学批评日益归附现代学术体制有关。包括批评家和文学研究者普遍地对大众媒体持轻视态度也和当代的学术体制密不可分。报纸上发表的文字不算所谓"科研成果"（《人民日报》等少数几个大报的理论版发表的超过三千字的除外），更谈不上什么"核心""权威"。身居学院，受当代学术指标管束的批评家们没有多少积极性在非学术性报刊上发表文章，尽管它们具有更广泛的社会影响力。而且，在有些人内心里，由于受现代学术体制的影响，也自觉地认为这种文章"不够学术"，没有价值。

结语

在本文中，我一直在使用"当代文学批评"这个词，并时常加上引号予以隔离式强调，仿佛它是一个具有自身意义稳定性和内在本质的概念。但是，在最后，我要说，这个词并不指称某种本质化的、具有内在规定性的事物（甚至它的所谓对象如文学也不是稳定的），它更多地指一种态度，代表一种理解现实、创造价值的行为，还指一个文化与思想的公共性领域。

因而，一个优秀的文学批评家，要具有一种敢于越界的勇气和善于越界的能力与机敏。作为对当代文学批评家的一个"职业"要求，他不能只满足于具备关于文学艺术或美学的知识。他不应是将视野封闭在书斋中，目光只盯在文学文本上的学究，而要切近地、真实地置身于当代社会生活的广泛脉络中，具有观察、思考现实社会生活变化的能力，有对于政治、经济和文化现实的广泛兴趣和思考能力，以及把种种现象建立联系的"总体化"的能力。他也要对主流话语有判断和反省的能力，以及在此基础上的对当代世界的深切的体验，这是一种有认识的体验和有体验的认识。当代文学批评家应该有与现实的更多真实的血肉的联系。我想，在这个时代，那些只有学院式的清高、不谙世俗事务的学院派，或只有一种抽象的道义化现实激情的批评家，将无法真正理解当代的文学最内在的秘密。

当代文学批评，不管它承认不承认，自觉不自觉，都在通过文本阐释世界，并且在改造世界，其实，阐释本身已经是改造世界的一种方式。这似乎是大而无当的僭越的目标。但我却认为这是当代文学批评无法逃避和推脱的使命，而且它也从来都一直这么存在着。当代文学批评不应刻意隐晦、回避这样的目标。当然，文学批评的行动力量或行动性，不一定表现为直接的行动性，事实上，它在大多情况下都不表现为直接的行动性——如果它是真正有力的话。

总之，当代的文学批评要不断地突破到自己的外部，只有这样它才能更深刻地回到自身。它只有敢于失去自己才能重新更高地回到自己。这就是当代文学批评。

伟大的"中国文学"是否可能？

自己有一些不成熟的想法想跟大家讨教一下。在这个时代我们还有没有可能追求一种非常有出息的、非常了不起的中国文学？这是这段时间我一直在思考的一个问题。我觉得一个成熟的作家应该有一种命运感。从个体的意义上，他应该在四十多岁之后，意识到自己作为作家能做什么，能做到何种程度。同时，从历史的角度，他应该意识到，他置身其中的这一段历史，包括他生长其上的土地给他赋予了一种什么样的限度，又提供了什么样的可能性以及机会。他自己的文学又怎样反作用于这个时代，以及受时代限制这种作用的可能限度，也就是说，他如何理解在社会历史的总体实践中自己写作的意义，而不是仅仅从文学的传统之内来领会自身创作的价值。我觉得这是一个作家成熟的标志。所谓成熟不是表现在技巧上，不是表现在审美经验上，而首先呈现为一种深沉的历史意识。

从这个意义上来看，我觉得优秀的中国作家应该有一种命运感，有一种不同的历史意识和对自己写作生涯的新的期许与抱负，包括和以前作家相比不同的巨大的优势，以及相伴随的难以超越的限度。这是历史提供给他的。应该看到，一个人即使再有才华，如果不生在一个特殊的时代也注定不会成为一个伟大的作家，这非常残酷。二十世纪八十年代以来，中国作家们普遍有一种很浪漫主义的幻想——浪漫主义文学观念鼓励这样一种自我感觉：一种关于天才、独特性的想象，似乎具有文学天赋的人放在任何一个时代都可以成为一个了不起的作家。但实际上，这只是一种幻觉，能否成为一个被时间所肯定的、被认定为"天才"的作家，往往取决于一系列的历史机缘。而我认为，我们所处的时代正在初步提供这样的机缘，这不是说它有多么伟大，而是说它以其复杂性而具备多重可能性。它就像鲁迅说的一个大时代，一个可以由此得生，也可以由此得死的时代。

而这样的时代恰恰给作家提供了巨大的挑战和机遇。这让我们不由自主地想到超越我们自己个人的文学生涯和文学成就的所谓中国文学的命运。其实，在某种意义上，对于某个作家的文学成就的评价总是潜在地和如下一个事实相关：他是否融入了创造新的中国文学的历史进程，并在这个过程中凸显了某种个人风格。我们可不可能在这个时代创造一种真正的"中国文学"，或者重新找回那种曾经叫"中国文学"的东西？从文化政治乃至于美学的角度讲，七十年代末期直到八十年代、九十年代以来，那个叫"中国文学"的东西基本上是没有的。

八十年代，中国作家，包括中国读者其实已经被起源自西方现代的那一套文学的价值体系，或者说文学的经验，改造过了，它改造得是如此深刻和成功，以至我们的美感经验，我们对于文学的理解——什么叫文学？什么是好的文学？什么是坏的文学？这些基本认知都已经被灌注成型。如果按柄谷行人的说法，这是一种"装置"——我更喜欢用另一个说法"眼镜"，给你戴上这副眼镜，你通过它看到的生活就是这个样子。所谓文学的经验肯定不是中性的，我们能看到什么样的事实，我们能看到什么样的"美"，什么样的生活才是有意义的生活，什么样的生活才是可以被文学处理的，这都取决于我们戴着什么样的眼镜。而八十年代以来我们是戴着这样一副别人给我们的眼镜来写作的，这就限定了我们的视野，我们很难再找到那个真正的中国经验，或者说，再难以发现有别于"普世的现代生活"之外的可能的现实。而有了这样的文学，我们又会按照文学提供给我们的生活表象去构造现实的生活，于是被构造的新的生活更加印证了那一套装置的有效性，这是一个同语反复的过程，也是一个互相反馈、互相强化的过程。新时期的文学认为自己接续了"五四"的启蒙传统，但"五四"以来的现代文学或美感经验内部是复杂的，充满矛盾的，不像八十年代那样简单化，几乎是一种投降的姿态。

在这种状态之下，不可能产生了不起的文学，它先验地就和生活、和中国的复杂经验隔着一层，是心隔。当时的中国作家普遍地存有一种关于普世的世界文学的幻想。而现在，我想说，如果一个作家的脑子里还存着这样一种幻想，梦想着在当今时代背景下成为一个被不同文化所接纳和认可的，世界意义上的、普遍意义上的伟大作家，在最庸俗的层面上，想获得这样、那样世界级的文学奖，比如获诺贝尔文学奖，我们几乎可以肯定，他不可能是一个优秀的作家。因为他脑子里还戴着这样一个深深的镣铐。而八十年代以来的中国作家在这个意义上已经被塑造得太深了，它的致命之处就在于，我们领会我们生命经验的方式在很大程度已经被改造。当然，这并不是说我要肯定相反的方向：要回到中国本土，回到传统，或者回到纯正的中国经验。事实上，那是回不去的，而且，即使回得去也未必是好事，这个问题稍后我再谈。所以说，一个在八十年代写作的作家不可能是一个真正了不起的中国作家，自己身边的生活看不见，真正的西方生活，包括文学传统也不可能真正进去，真是挺尴尬。所以，我一点都不奇怪顾彬对中国当代文学的批评，他相当坦率地表达了西方人对中国当代文学的看法——准确地说，这种印象是由八十年代文学得来的刻板的印象扩大化而来的——它既没有真正写出"中国"的生活，又学不像西方文学——学像了也不过是三流、二流，他们有什么理由瞧得起你！当然，我们也不能把这个问题简单化，事实上，八十年代以来的中国文学也不是完全被来自西方的那一套现代观念改造了，很大程度上，它也只是中国人创造新的美学经验的资源，我也无意完全否定那一时代的文学成就，相反，那个时代的文学有很多让人怀念的因素，也有个别的作家事实上在某些方面超出了这种限制。但是，不可否认，那个时代的作家普遍地缺乏对西方现代观念的反思的能力和意识，也没有这种自觉。不过，这不全是个人才华或心智的问题。

这并不是说我们要抛弃七十年代末至八十年代以来形成的，我们已经习惯的文学的标准和文学技巧体系。它们的存在自有其合理性。而是说，我们对这一套东西要有一个反省，虽然不是要完全抛弃它。应该看到，不可能存在一种可通约的、普遍性的文学，只可能存在不同的文化或民族共同体的文学，如果说某一种文学表面上获得世界性的承认，那不是因为它具有所谓普遍性，而是因为它代表了一种文化上的强力。也就是说，在不同文化价值的争夺战中，它胜出了，在特定的时空条件下，它把自己的特殊性讲成了普遍性。但是，一旦某种文化或文学具有了普遍性的自我意识或世界性的抱负，它就真的会爆发出非凡的创造力，同时也会不断地把其他的文化视为他者和特殊性的文化，不断整合进自我的壮大与生成中，从而建立一种围绕着自我主体的等级结构，并进一步加固自己的普遍性地位。

如果明白了这一点，中国作家，应该有一种命运感。在这个时代，这个普遍性的文学标准还不由中国人界定的时代，中国作家注定了不能成为一个世界性的作家，尽管有些作家可能被所谓世界承认了，但那并不是因为我们自身的品质，而是基于别人的理由。不管你再努力都成不了一个"伟大"的作家，不是因为你个人才华的问题。你可能成为一个"不错"的作家，但是不能成为一个伟大的作家。中国作家，来自一个伟大的文明共同体，一种任何其他文明体都不可真正消化的文化，注定必须承担这样的命运：要么作为最好的被承认，要么被完全漠视，指望跟在其他文化旗帜后面作为"伪军"被接纳，是不现实的。现在被世界接纳的中国作家要么是基于政治性原因，要么只是为了显示别人的大度或对多元文化的好胃口，或为了肯定自我的主体性对二流的学徒表示一下鼓励。我不相信真正的中国小说能被欧美世界所理解。因为我们中国文学的时代还没到来。一个民族的文学，一个国家的文学，或者一个文明共同体的文学，它想成为伟大的文学，伟大的世界性的文学，往往得建立在一系列的非常坚硬的历史基础之上，可能是政治的、经济的，甚至是军事的。当然，我不是在庸俗唯物论的意义上来理解文学和国家实力之间的关系，而是在多元决定的意义上来看待历史制约。真正起决定作用的或许是一种强大的自信和成熟的主体心智、开阔的胸怀和世界性的抱负，以及由此而来的巨大的原创力和想象力，对历史的想象力。它往往和某些物质性基础有关，但并不必然相关。

问题的另外一个方面或许更重要，中国作家意识到这种命运了吗？在我看来，有没有这种抱负，恰恰可能是决定其文学水平的前提。衡量一个中国当代作家的尺度不是，至少主要不是现在通行的所谓世界性的文学标准，而是看他是否写出了中国人眼中的世界，这种眼光来自一个文明共同体，那个基于生生不息的几千年文明不断自我创造——其中也包括西方现代文化的吸纳，"弗失固有之血脉"的文明，这种审美经验会重新界定一种文学。

应该看到，几十年的物质力量的积累，的确让我们有了文化上的自信，但是，离文化的自觉还有相当长的距离。或许，有些人认为，伴随着物质上的强大，我们的文学、文化自然会走向世界。这就太低估了文化斗争的艰巨性。如果说中国文学有可能重新成为一种普遍性的世界意义上的文学，那么，这一过程肯定要伴随着一种具有生存论意义上的搏斗与文化政治意义上的厮杀。而且这个拼杀的过程更多地表现为一种深刻的、内在的、自我的角斗。它是在自己的审美经验内部展开的，表现为抉心自食，注定会非常残酷。它要否定掉自己的很多东西，只有这样它才能看见很多新的东西，它要把内置的，已经植入到皮肉里面、无意识深处的那个现代"装置"重新加以校正。

回到自我必须穿越西方，所谓西方已经内在于自我，我们别指望回到那个所谓的中国经验，或者中国的文学性来解决这个问题，那是不可能的。你说你回到唐宋，回到中国传统文学，一点可能性都没有，你也回不去，回去也解决不了问题。我们自己本身就在不断地生成之中。西方的现代并不可怕，可怕的是反客为主，反主为客。你别指望关起门来就能保存自我，真正的自我必须不断遭遇他者，同时要把它克服掉，只有在这个过程中，我们才能找到真正的中国文学。这个过程是非常艰难的，可能也是非常漫长的，不是一个作家、两个作家的问题。但是，需要一批有思想境界的、有强大的所谓审美能力的中国作家涌现出来，才可能形成一种集体的力量，才能形成这种新的中国文学的轮廓。在这个时代，这样的机缘其实也在不断地出现，同时也在不断地流逝，聚聚散散，还没有真正形成阵势。现在有些优秀的作家其实已经意识到这个问题，并且不断地在自己的文学实践里面进行这样的尝试。但是大多数中国作家还是比较懵懂的，近年来我也看过很多长篇、中短篇小说，感觉大家还是沉浸在那样一种西方的文学普遍性的梦境里面，没有醒过来。

不知不觉间我们已经来到一个无所依傍的文学年代，我们很多人都很怀念八十年代的文学。在前面我批评过那一时代的文学，总的来说评价不是很高，但有一点我是非常欣赏的，那就是那时的文学很有历史的能动性。那个时候的文学高擎着启蒙主义的旗帜，批判性地面对中国现实，而批判所凭借的正是当时还虚无缥缈的所谓西方彼岸世界，我们把它当成合理的黄金世界，这种想象为作家批判性地观照中国现实提供了一个尺度，一个更高的、更完美的尺度。某种意义上讲，我们虚构出来一个西方——实际上那时候中国作家也没几个出过国的，我们想当然地认为西方是怎样怎样，我们构想出来一个西方，然后拿那个"西方"来批判当下中国，建立了一个新的乌托邦的维度。

但是现在这个"西方"不存在了，其实，从八十年代中后期它就已经庸俗化了，那个"西方"慢慢地就简化为美国、欧洲、日本。现在我们已经没有了这样一个外部的参照，那个叫"西方"的抽象的彼岸世界已经没有了。那么，我们从哪里汲取批判性的参照性的资源？这是一个问题。而我们想找到一种新的中国文学，肯定要有某种理想的参照系。这就要求我们要在一个虚无缥缈的地方，一个乌有之乡，创造一种另类的，或者说可能的新生活。我们的文学可能要在一种无依傍的情况下去寻找一种另类的东西，对另类的生活可能性的发现可能是当代文学的一个重要特征。这种寻找要比八十年代艰难得多，当然也有出息得多。

在某些当下优秀作家那里，我们其实还是可以发现这样的因素，虽然还不是太多。这是让我感觉到中国文学还有希望的一点。

我到底想成为一个什么样的文学批评家

回想起来，我也算是自幼喜欢文学。自小学高年级，以至于整个中学阶段，课余时间有相当多都沉浸在文学阅读中。不过，阅读的主要是中西方经典文学，尤其是中国古典文学，崇拜的作家主要有李商隐、姜夔、曹雪芹等，印象很深的是一度很迷恋类似《花月痕》这样的明清才子佳人小说。当然，阅读片片段段，很不系统，记得当时还用压岁钱订了最喜欢的杂志《文史知识》和《名作欣赏》。对于中国当代文学虽说也读一些，但总是从内心里有点瞧不起。

那时的梦想是做一名文学家，或者做个研究古典文学的学者，基本上没考虑过要成为一个当代文学批评家。支持我进行文学阅读的更深层的动力，来自一种对未来自我的理想化想象和预期，那是一种高雅脱俗、卓尔不群，具有丰盈的内在精神世界的理想人格境界，审美正是通达这种理想人生的必由之路，所谓腹有诗书气自华。在少年时期的我看来，自我的人生意义就存在于这种无尽的内在超越和追求之中。现在回过头去想一想，这种关于自我主体性，关于自由与美，并将其与人生意义相关联的思维方式，显然是受到了二十世纪八十年代弥漫的启蒙主义的精神氛围的潜在影响。及至上大学，读了中文系之后，我开始较为系统地阅读李泽厚、刘再复，继而康德、马克思（手稿时期）、朱光潜、弗洛伊德、马尔库塞、卡西尔等流行理论家的著作。或许，也正是从那时开始，自己开始感受到现代理论的魅力，并对允诺了巨大个体自由和解放性的现代和后现代文化产生了梦幻般的迷恋，也由此喜欢上了各种现代主义的先锋派，对当时追新逐异的当代文学创作产生了兴趣，并在阅读和讨论中体验到了一种智性的优越感，比如经常在同学们中间，炫耀式地以一知半解的现代理论装模做样地发掘格非、余华们的形而上意义——那时似乎很崇拜当时风头乍起的青年批评家陈晓明。或许，正是从大学高年级才开始想成为一个很酷的当代文学批评家了吧。于是，顺理成章地报考了中国现当代文学专业的硕士研究生，开始从事当代文学的研究，也发表了一些文学评论文章，大言不惭地说，我走上了文学批评之路。

二十世纪八十年代末至九十年代初，还是个普遍文艺化的年代，也就是说，文学创作和文学研究——主要是文学理论和中国现当代文学研究、批评及西方现代主义文学研究，这些人文学科是思想最为活跃的学科，如果夸张一点地说，它们充当了批判性思想的先锋，并以之为中心组织了诸种社会人文学知识的整体格局、构架，影响了整个知识界的精神气质和自我意识，它提供了其他知识和学科与活生生的现实相连接的历史感觉和想象力，用后学的说法，它提供了这些知识领域的元叙述。

可以说那是一个泛文学的年代，文学是那个时代最闪亮的专业领域，它富于感染力地为知识界，也为整个社会提供了理解现实、眺望更美好未来的激情和思想动力。如果仅仅从职业荣誉感上来讲，二十世纪八十年代的确是一个文学的黄金年代，这种地位来自它的现实批判精神和历史意识。不过，在新时期的早期，七十年代末至1985年之前，文学虽然光芒四射，却没有多少人真正把所谓"文学性"当一回事，回头来看，当时产生过巨大影响力，获得文学界推崇的小说作品很多都是大众化读物，非常地不"纯"文学。当时的报告文学也风光无限，在文学场中毫无愧色，甚至一度还抢尽风头，哪像现在基本上被踢出了文学圈，象征资本贬值得不成样子——其实，整个的新时期早期文学就呈现出某种报告文学化的特征，具有某种问题文学的色彩。这固然有其弊端，但却难能可贵地保持了一种天然的与现实相联系的生动气血，即使1985年左右兴起的所谓的纯文学浪潮，在最初的时候也具有它非常尖锐和鲜明的现实批判色彩，后来弄假成真，逐渐阉割了文学的立足当下、面向未来的文化活力和历史能动性，丧失了思想的活力和与之共生的艺术上的创造力，也就退化为精致的文化摆设和上层阶级象征身份的精神安慰品和消费品，文学界也逐渐成为一个坐吃山空式地消耗历史荣誉的败家子。它言不及意，鹦鹉学舌式地重复主流意识形态，为新的世界秩序进行背书，培植出依托当代文学被政治及资本供养的巨大利益集团。除了极个别的作家的个别作品，整个二十世纪九十年代的文学，在我眼里，远逊于之前的创作，尽管它在所谓技术上有了明显的进步。这种状况直到新世纪以后才慢慢地发生了些许改变。

公平地说，尽管二十世纪八十年代的文学在思想及艺术上都有它的问题，但因为它的现实感和历史感，理应获得我们的尊重。不可否认，新时期早期的文学能够和历史结成那么紧密的连接，和当时的政治氛围和文化传播状况有直接的关系。不管怎么说，文学的确给了八十年代成长起来的青年人理解现实和自我的媒介，在九十年代，像我这样怀着朴素的理想投身文学研究和文学批评的年轻人，为数不少，尽管时代已经发生了巨大的变化，而且更大的变化的效应还没有充分显现。同样，在这个时代转折中，文学的功能、意义也在发生着巨大的变化，它已经不再遵守它与我们这些年轻人之间的精神承诺，但是，文学还在依靠历史荣誉延续着它逐渐淡去的余晖，比较文艺化的整体社会思想文化惯性还要维持一阵，这给了仍在高校围城内的年轻人一种虚假的幻象，我们一时还不必面对那个残酷的本质：当代文学已死，它已成为不关现实人生的中看不中用的、了无生气的标本。记得1994年左右爆发关于人文精神大讨论的时候，正读研究生的我和同学们还在宿舍里很热烈地讨论，并没有把自己的专业看得很边缘化。

硕士研究生毕业后，由于某种不得已的原因，我暂时与文学研究分离，来到山东电影电视剧制作中心策划部任文学编辑。虽然我从来没有把这份工作看作自己的事业，而只是一段人生的插曲，但是，这段为期五年的工作经历还是给了我意料之外的收获，最主要的是它给了我一个文学圈和学术圈之外的观察角度。在了解影视剧的工作内幕之前，我多少对这种艺术创作持有一种朴素的想法，对其艺术性有着某种天真的幻想。而真实的工作接触，尤其是自己亲身参与的策划、"操作"过程彻底击碎了这种看法，它和具体而复杂的政治、经济因素的关联清晰地裸露出来，而这种种的"外在"的社会性因素恰恰是影视剧的"内部"法则，除了直接的社会压力对叙事造成的影响外，一部戏能否在一般意义上获得成功，最重要的是要看它与主流观念和意识形态进行协商的技术，以及和预想观众的政治潜意识欲迎还拒的投合与偏离的分寸把握。而那些真正优秀的剧作，则能够超出各种貌似有理的主流说法，敏锐地发现当下现实核心问题，以之带动、刷新对现实的整体性理解，让我们以新的感受力再度看见总体性现实，激活我们在社会性关系中的伦理判断力，从而恢复我们被各种复杂而又自相矛盾的信息所压制的美感。虽然在我有限的影视剧职业生涯中，只是极边缘地参与了含有这种创造性因素的作品的创作，但我知道了这一类作品的存在及可能的产生法则。另外，与影视剧创作相比，我也看清了所谓纯文学的虚伪和做作，在我所接触的优秀编剧中，没有一个敢于轻视艺术的现实来源和现实指向，对于不熟悉的生活不做点功课没有人敢下笔，尽管有些人为了挣钱向壁虚构，粗制滥造，但他们心知肚明，同行更是不齿。不像所谓纯文学作家，可以享有脱离现实的特权，以艺术之名胡编乱造却心安理得，似乎脱离现实更能显示纯文学的美德。相比较之下，众多的纯文学作家既不尊重读者，也不尊重艺术。其实，文学具有更多的自由，不像剧作家和影视剧创作那样受到那么多的限制，但恰恰是这种限制成全了编剧们，他们不敢胡来，或者说，胡来的很快就会被这个行当淘汰。而当下所谓纯文学作家却可以滥用自己的自由，公然纺织皇帝的新装来维系自己在文坛的地位，难怪主流的纯文学被读者所抛弃——年轻的读者们宁可去读毛病多多的网络文学，也不去看某些知名的文学家的作品。不能全怪当代读者素质低，相比于一般的纯文学，网络文学中的很大一部分还是接地气的，或回应着人们的现实梦想与集体焦虑，或能够满足人们根深蒂固的对"故事"的渴望。在影视中心的几年，我也基本上不读当代文学作品，发现生活并没有缺少什么，这种感觉在二十世纪八十年代可能是不可想象的吧。这让我不得不全面反省自己对文学的理解，批判性地反思自己的文学教养，质疑那些习焉不察、视为当然的文学观念。

带着这样的问题和困惑我又回到了学院继续读书，通过对文学史的再度深研，尤其是理论的磨炼，我开始升华自己的感受，形成自己的文学判断的标准，也刻苦寻找属于自己的文学研究和评论得较为系统的理论方法和话语风格。在这个意义上，我的博士论文《"主旋律"小说研究》（2005 年正式出版时改名《历史的浮桥——世纪之交"主旋律"小说研究》）算是一个尝试，它把产生了巨大社会影响而被主流文学界刻意压抑、排斥的"主旋律"小说纳入研究视野，在复杂的社会历史、意识形态语境和文学场域内部博弈的力量纠缠中来解读文学意义的生产和衍变，并悬置了既往以"纯文学"判断文学的尺度，试图在当代批判性思想的立场上对文学的历史意义和美学表达进行判断，极大挑战了当代文学批评的成规。当然，由于博士论文写作的时间压力和特定的学院化的形式要求，这部著作还有很多不能令我满意之处，但它受到了师长们和朋友的肯定和鼓励，这坚定了我走自己道路的信心。

从北京大学博士毕业后，我选择离开首都，先短暂地到山东沿海某高校待了一个学期，就去了海南。我选择离开文化中心区，理由很简单，只是想把生活安顿得好一点，清清净净地练练内功，我从来不认为要做好一个人文学者和文学批评家，非得挤在北上广不可。当然，从所谓事业的显在发展上，这些地方的确可以提供更好的条件和机遇，通俗一点说吧，同样的实力，在北京、上海肯定名气更大，发言权更重，也更能实现以自己的想法影响文坛的理想。但是，我怕自己会失去更多的自由，经济、生活的压力，学术场和文学场的压力，都会让人不断地妥协和牺牲。一想到这些，就让人不爽，干脆上山下海打游击去。干自己喜欢的事，不必看谁的脸色，还要什么呢？事后看起来，这是我迄今为止一生中最明智的决定。

在海南生活的七八年，让我感受到了不同于北方大城市那种急匆匆的现代化生活的一种慢节奏，海南的确保留了中国传统生活的某种内在气质。这几年也是中国进一步崛起并在文化上产生新的要求的时期，于是，我对全球范围内的文化政治冲突和文化普遍性创造的问题具有浓厚的理论兴趣，中国文学是否有可能负担起创造一种新型的世界性文化的使命，该如何参与创造新文明的思想生产和美学更新？在与大国崛起的官方意识形态和原教旨主义的传统文化主义者保持距离的过程中，如何以文学的方式参与到创造新的既旧且新、超越西方主导的现代文化之外的新文化中？有无可能？当然，这一问题巨大而深刻，似乎不是一个文学批评家应该提的，我也不敢狂妄地认为自己有资格回答这样的历史命题，但是，这样的问题必须被提出来，这也不是一个文学外部的目标。为了能更深刻地提出这一问题和进入这一问题，我开始进一步地、更为系统地以某种战略的眼光来梳理、研究中西方的思想史和文化史，在这过程中，进一步发现了自己的无知和任务的艰巨。但是，我相信，只有借助于更为广阔的历史文化视野，对于一个民族国家内部，甚至具体的文学现象的理解才能更清晰深刻。

一步步走来，不觉间自己已经不再甘心也似乎没有强烈的兴趣只做一个文学批评家了，相反，我越来越认识到，要想做一个更优秀的批评家或文学研究者，他必须具有更开阔的视野和文化眼光。年轻时把从事文学当成一种事业，文学本身就是目的；现在我更倾向于把文学看成中介，甚至用一个冒犯性的词——工具，它是我们想象更美好世界并以适当方式发挥物质性实践力量的历史能动元素。从这一点上说，文学的确是自由的，是让我们打破思想的枷锁和意识形态的欺骗，摘取真实的花朵的努力，而文学批评，除了发现并创造这样的文学，还要不懈地打破对文学自由本质的种种内在和外在的压制，比如陈腐的文学话语和利益集团的操控，释放出它的活力。

从这一意义上说，文学不死。但是，具体的文学形态会死，比如纸媒的小说、诗歌可能会在特定的历史情境和技术条件下退居次要的边缘的位置——不排除它在新的时代条件下复活。应该看到，在某种程度上，当下的电视连续剧正在取代以往长篇小说的叙事功能。事实上，这也是我近年来颇为关心影视剧创作并写作了多篇评论文章的原因。诚实地说，批评家固然有义务把那些真正优秀的作品挑选出来，但更应该关心那些产生了巨大而持续影响力的文艺作品，不管是影视剧还是网络小说，它们肯定潜藏着社会的梦想和时代的秘密，也可能隐含着某种未来文学的种子，尽管在一开始还很粗陋。最糟糕的批评家才死盯住那些著名的作家，盲目地吹捧，不管他们写出多么糟糕的作品。这是丧失判断力的表现。

文学批评家，理应在视野上高过作家，如果没有一种高于作家的强烈的优越感和自信，他根本不配做一个优秀的批评家。

文学的形态已经在发生变化，同样，在当前的知识体系中，学科典范也在发生转移，也就是说，最具有思想创造力的知识核心区域正在发生转移。如果说二十世纪八十年代最具思想活力和现实激情的学科是美学、中国现当代文学研究和西方文化研究，那么，当今的典范性学科则是社会学、历史学、政治哲学和政治经济学研究，这种转移背后是新的现实境况和问题意识，自有其历史合理性，文学研究应该接受这种典范转移之后的知识格局，并力争在与其他知识和思想领域的对话中产生新的活力。从这个意义上说，仅仅熟悉美学理论、文学史和大量的作家作品，根本做不好一个文学批评家，因为他无法参与当代思想生产的核心问题。这给当代有抱负的批评家们提出了更高的要求，他必须高度勤奋，具备足够的视野和能力，对现实历史进程的充分关切和敏感把握，以及高效地吸取和创造性运用各领域知识的想象力，才能洞察已高度复杂化的艺术创作和意义生产机制。那些只关心文学的文学研究者和文学批评家注定了只是这个时代的文学看客。

汝果欲学诗，工夫在诗外。做一个真正的文艺批评家，难哉！但是，做这样一位批评家，该是多么激动人心呢。只有不放松地努力，假以岁月和命运之助，庶几可以趋近之。

历史化与反历史化

据我观察，对于中国现当代文学学科来说，近二十年，呈现出某种值得重视的新趋势，即文学研究越来越表现出深刻的跨学科的倾向，准确地说，以中国现当代文学为代表的文学研究，正在日益发展成为综合性的人文思想的创新平台。它广泛吸纳和融汇诸种人文、社会学科的理论方法和研究成果，直接面对二十世纪及当下的"中国问题"进行思考。放在现当代文学学科史的脉络中来看，这种新变自有其深刻的历史渊源。

二十世纪八十年代中期以来，现当代文学研究逐渐走向封闭，致力于追求"回到文学本身"，并且追求作为一门学科的规范性和知识体系的完备性，与此同时，极力回避现实政治性议题的"干扰"，切断和社会历史的联系。这种"审美的政治"自有其历史针对性，积极的政治意义不可否认，但是，它也使文学研究日益褊狭和封闭。于是，到了九十年代中期左右，在"新历史主义"和"文化研究"等思潮的影响下，文学研究试图重新建立与社会历史的关联，引入其他学科的视野与方法，从而呈现出某种跨学科的色彩。尤其是文化研究的兴起，对现当代文学研究的议题设置、理论资源更新带来了深刻的影响，这种学术旨趣的变化和学术研究的转向，影响深远。正是在此基础上，进入新世纪以后，文学研究才得以深化自己的政治自觉，并对九十年代以来的"批判现代性"为旨归的文学方法论进行了静悄悄的反思。

不过，对于新世纪以来的那些富于创造性的研究者来说，"跨学科"已经越来越没有意义，学科之间的界限正在消失。或许，我们应该承认，伴随着不同的时代状况，主导或引领一个时代的思想走向的学科会不断发生变化，这造成了学术风尚的转移和学科典范的更迭。因应了时代主命题的转移，旧有的学科和学术典范与范式陈陈相因，无力做出有效应答，甚至过于繁复和僵化的学术传统、规范和学术生产体制，还窒息了思想创造的活力，压抑了新生力量。于是，新的思想革命只能从边缘发动，这既表现在地缘上，也表现在学科格局上，它往往表现为某些冷门学科的勃兴，并带动时代问题意识的变更和整体思想方向的转化。风水轮流转，风云际会，一个学科或思想学术领域执时代之牛耳，成为学术史的正常现象。八十年代，是文学哲学等人文学科风光无限，九十年代则逐渐转移到经济学，甚至管理学等社会科学，九十年代末以后，最具有活力和创造性的学科则逐渐转移到思想史和政治哲学领域，新世纪以来，政治哲学、政治学、社会学、史学尤其是思想史、民族学和文化人类学，加速融合，共同生成了一个富于活力的人文学术场域，某些富于创造性的文学研究也加入了其中。

　　新世纪以来，至少对于部分现当代文学研究者而言，文学研究和史学、社会学、政治哲学等学科，不再是分立的、被现代学术体制隔绝的不同学术领域，而是你中有我、我中有你，同步前进的。这和八十年代式的"跨学科"很不一样，昔日的所谓跨学科，往往是文学研究从其他学科寻找些材料来论证文学的"外部问题"，或者由文学来提供些材料去证明某种史学结论或哲学观点。对于新世纪的文学研究来说，学科界分的魔咒已经不再有效，文学研究自觉地要和前沿性的思想学术共同体同步前进。在这一点上，不得不说，中国现当代文学研究更具有某种便利条件，相对于其他门类的文学研究，它似乎天然地葆有自由越界的特权。某种意义上说，这正是八十年代形成的可贵的学科传统，当然，这也曾是它被认为缺乏"专业性"的原因。这种独特的优势，使中国现当代文学研究内在地具有跨学科性质，以及越出学科体制回应历史问题的气质。如果说九十年代以来，它也陷入了学科规范和学术体制的封闭空间，那么，新世纪以来，它内部蕴藏的不安分的性格基因重新被激活并开始发挥自我批判的能量。这一学科"当代性"传统复苏，而且在一个更高水平上，更为自觉地完成了跨越疆界的综合，这次它不再小心翼翼，怀着学术的负罪感，而是大大方方，消除了一切心理障碍，并且深入到不同的学术领域的腹地和前沿，以文学研究为支点，它正在重新创造出一种新的总体性的人文学类型。在这种意义上说，中国现当代文学已经不是经典意义上的文学研究，而是以文学为中心去解释世界的新的综合性的人文学，它的最终目标是通过文学回应历史问题和时代命题，甚至重新提出关于这个时代的新问题。

文学研究更深刻地历史化了。这样的历史化是我所欢迎的。但是，与此同时，还有另一种历史化，我则心存疑虑。这种"历史化"认为，当代史已足够漫长，甚至已足够久远，它理应脱离当代，成为"历史"。于是，当代文学研究也就因对象成为正宗的史学对象而获得了更为正统的学科地位。

比如某些关于八十年代的研究即表现出这种倾向。

八十年代，是近年来被专名化的一个文学史概念，也是一个新兴的学术领域。李杨、程光炜等学者的研究都对此做出了重要贡献。但是，我们不难看出，也有些研究带有某种"怀旧"气息，有一种要把八十年代经典化的态度。按照某种一般的说法，当代无法写史，而八十年代似乎已经远去，正在成为历史。于是，可以写史了。但是，这种把八十年代经典化的理解隐含着一种危险，它似乎意味着八十年代已经和当下脱离了紧密的联系，因而获得了某种中立性，可以成为被静观、被科学把握的客观对象，于是它得以避免我们的意志的干扰，因此这种研究带有了某种可以信赖的科学性，更具有学术价值。但是，在我看来，这正是问题所在。八十年代没有过去，它还是我们直接的当下，它由于处在"文革"和市场时代之间，具有至关重要的转折意义，具有多重的暧昧复杂性，多重的没有定型的可能性和潜能。某种意义上，当下既是对它的某个方向上的完成，又是对它的背叛，它是我们重新理解"文革"时代和市场时代的钥匙，而这种历史秘密并没有得到很好的解读。某种意义上说，"八十年代研究"浅尝辄止，三心二意，犹疑徘徊，没有把八十年代文学所内含的精神现象学的美学意义充分开发出来，反倒被引向了怀旧的记忆考古学和知识考据学。当然，不独是八十年代研究，即使十七年研究，也要一直保持在当下的视野里，只有和当下的联系中，它们才能成为当代文学史的内容。现当代文学研究，或者说好的文学研究，就是要用当下统摄历史，而不是让当代文学成为现代文学，现代文学成为古代文学，古代文学成为文献学。

当然，必须指出的是，历史化，并不是说要取消文学研究，恰恰相反，它比八十年代式的文学研究更深刻地回到了文学本身，从理想目标上说，它要在丰富复杂的社会历史关联域中来把握形式和审美的力量，从而真正打通历史与形式之间的阻隔，发掘美学形式中沉淀的历史，以及历史转化为形式的秘密。当然，这只是新型的正在生成的文学研究的理想目标，这样的高水平的研究成果还是有限的，但它们所显示的趋向是清晰的。

我说"历史化"的文学研究更深刻地回到了文学本身，可能有些人不服气。那么，我们不妨对比一下，八十年代号称"回到文学本身"，它回到文学本身了吗？虽然它以新批评和形式主义文论为圭臬，但是"纯文学"研究的重心不过是用文学论证关于"人"的政治学观念和启蒙主义理解，所谓"文学表现人性""文学是人学"。"人学"怎么就成了"文学本身"了呢？这分明仍是社会命题和政治结论。按照"纯文学"的理论《圣经》——韦勒克的《文学理论》的说法，真正的内部研究应该研究语言，比如韵律和结构等修辞层面，这才是"纯文学"应该着力的地方。但是，主流的"纯文学"研究论文哪个在这样谈形式？基本上都是高唱人性、欲望的陈辞滥调，重复压抑、反抗专制的命题，絮叨心灵的挣扎和矛盾，灵与肉的冲突等俗滥的结论。在八十年代"方法热"的时候，大家甚至竞相引入自然科学理论来分析文学作品，如以系统论和信息论等来研究人物性格。这叫"纯文学"研究吗？以子之矛攻子之盾，我们可以说，八十年代以来的所谓"纯文学"研究其实一直都是伪装成内部研究的外部研究。正如众多论者指出的那样，它的实质不在于非政治，而在于以另一种特定的政治取消此前的政治。不过，这种非政治的自我意识和超越性的幻觉，还是造成了它在理论方法上的缺陷。既然把"人学"看作"纯文学"的本质，那么，它为了保持这种"纯的""普遍性"的写人性的幻觉，就必然要努力保持一种哲学上的抽象性，因而在一种抽空社会历史内容和非历史化的视野中来理解人，这恰恰是取消了历史的社会的人的真实性和丰富性，从而远离了真正的人性。另外，孤立抽象地理解文学，也不能正确理解社会历史转化为美学内容的辩证法，不能够理解文学这种镶嵌在社会历史中的话语实践的本质所在和特殊性所在，这也就最终取消了文学自身。简而言之，如果文学天生是不纯的、政治性的，那么，强行取消其政治性，恰恰远离了文学本身。

这当然不意味着重新回到所谓的正统马克思主义文艺批评。正如雷蒙德·威廉斯在《马克思主义与文学》中所批评的那样，文学本身作为物质实践过程，不仅仅是二元论中的所谓上层建筑或意识形态。在威廉斯的文化唯物论中，文学，作为一种历史语义学，是以解放为旨归的实践哲学和实践美学。文学生产天然地和其他生产过程交织在一起，是不折不扣的社会过程和物质过程。文学是在与社会历史的胶结中产生的，并且是社会物质生产过程的一部分，所以，文学研究天生就不可能被某种学科所框限。当然，必须指出的是，这种认识并没有降低文学的重要性。文学从来就不只是被历史所决定，它同时是构成性的，能动性的，是理解世界和改变世界的力量。

新的人文学及文学研究也包含着对九十年代以来的文学的"文化研究"路向的内在批判。"文化研究"曾对打破封闭僵化的"纯文学"研究具有重要意义，也接通了社会历史联系的维度，尤其可贵的是，恢复了政治性的视野。但它带来的问题在新世纪越来越明显，在很大程度上，它已被现代体制所收编，沦为空洞的甚至教条化的政治正确和学院派的高调姿态，丧失了与现实对接的能力，尤其是在复杂和具体的政治经济学关系中理解现实的能力，它的那些普遍化的命题，已不再具有实践意义。它的末流甚至日渐小资化，甘于为权力秩序背书。另外，文化研究往往忽视"形式"，所有社会文本都被拉平了，它只管抽象的政治正确，一切文本都只是理论阐释的素材和标本，这就走向了另一极端。事实上，离开了文本肌理或所谓艺术形式，也就取消了文学研究。真正的文学研究既不会放弃历史，也不会抛弃"形式"。

第二辑：潮流与现象

文明论与当代历史小说

题外的话：为什么要谈历史小说

二十世纪九十年代以后，当代文学格局发生了重要的变化，历史小说、官场小说、军事文学等文学类型异军突起，它们接收了从"纯文学"脱逃出来的庞大阅读人群。必须指出的是，这部分"纯文学"的溃散读者，绝不是单纯为消遣而阅读的，他们往往具有强烈的历史感和现实感，对传统的现实主义文学情有独钟，非常看重文学的认识功能和教益功能——某种意义上，我们甚至可以说，他们正是因为对丧失历史感的"纯文学"失望才寻求另外的阅读替代的。他们可不是新时代的"鸳鸯蝴蝶派"读者，他们对悬疑玄幻、言情武打兴趣不浓。事实上，鸳鸯蝴蝶派读者从来都不是八十年代主流文学读者的基本面，因而和这部分从主流"纯文学"逃离出来的读者完全不同。

历史小说无疑是这部分读者最为看重的题材领域之一。

如果我们愿意正视一个基本现实的话，应该承认，在文学阅读的意义上，所谓"纯文学"在八十年代中期以后，丧师失地，读者群被一点点蚕食，至九十年中期以后，基本上只在作者、编辑、研究者等文学工作者所构成的圈子内部循环，和社会文化的主流已经脱离了关系。八十年代前期的文学之所以兴盛，主要是因为它一直把自己当成批判现实、追求美好远景的工具，文学只管简单粗暴地书写现实，根本没有把文学的"主体性"看得太重。所以不奇怪，那时红极一时、获得全国奖的作品，按后来的"纯文学"标准很多都是地摊读物水平，不但题材上不写"普遍人性"，形式技巧也毫不讲究，粗陋不堪，一点都不飘逸。后来对它们的嫌弃是有理由的，但是，八十年代中期以后，"觉醒"的文学在摆脱开现实政治的纠缠，追求到"主体性"或"自律性"之后，却蓦然发现，文学已然失去了轰动效应，变得无人问津，这让作家、评论家们失落不已。

七十年代末至八十年代中期，文学执行着积极的政治功能，一直在为改革鸣锣开道，并提供着政治想象力，它富于激情地批判历史，针砭现实，规划未来，为改革营造社会舆论氛围。"伤痕""反思"文学控诉苦难，"改革文学"呼唤改革，同时也以道义力量和启蒙主义价值对改革加以约束。改革先易后难，1984年以后，渐渐步入深水区，同时改革自身也在形成新的利益格局。八十年代中后期，一些社会危机在不断出现，聚积叠加，逐渐走向激化。此时，本质上是改革先锋或马前卒的文学，面对自己呼唤出来的现实，突然之间变得无所适从，彷徨无地，迅速失重，走向"理性的崩溃"。主流文学开始加速旋转，花样翻新地进行文学形式的实验。因为已无法面对世界，只好向内转，陷入幽微的超历史的内心风景和语言形式自我陶醉。文学就这样以自我膨胀的方式丧失了社会学的想象力。

文学一直所追求的"主体性"的解放弄假成真，"纯文学"体制开始形成，于是，经过"先锋"的行为艺术式疯狂探索，脱离社会历史的文学，终于在失重的飞翔后重重地跌落在现实的泥淖之中，自暴自弃，走向犬儒主义的对现实的无原则的认同，没有了外冷内热的王朔式的反讽，走向了"怎么都行"的中国式后现代主义，"冷也好，热也好，活着就好"。"新写实""新市民""新状态"，现代化视野中的文学已经无法对现代生活本身做出判断。当然，我们也可以说，没有判断也正是一种判断，因为，八十年代末的社会危机之后重启了更激进的改革，犬儒主义的文学态度恰好成为新的历史进程的最好辩护。此时的改革已经不再需要八十年代式的现实主义文学给出想象力，它比文学更有想象力；它更不需要现实主义文学对它指手画脚，念诵道德的紧箍咒，相反，它轻松地收买了文学的良心。于是，文学真正失语了，和现实脱钩，丧失了历史感，除了配合急风暴雨般的改革进程，哼哼些个人欲望和原子式的悲欢，已没有什么真正的故事可讲。

这时，读者们发现了历史小说。

历史小说当然一直都在，只不过大家没注意而已。因为，在八十年代，历史小说同样属于广义上的"改革文学"（凌力就直说《少年天子》是"改革小说"），分享了当时"改革文学"的统一主题，只不过是把改革的场景搬到了古代而已。但好景不长，到了八十年代末，文学与政治共振的社会文学场解体了，文学与社会的对话关系不再。占据了正统地位的"纯文学"已然独立，建立了另一套运行体系和美学法则，历史小说忽然发现自己已被文学踢出了群。历史小说向来以史实为基本依据，不能像虚构类的"新历史主义"小说那样天马行空，无所顾忌。它仍然坚持了现实主义美学规范，也延续了和现实对话的八十年代文学精神，难怪人家不带它一起玩。它就这样莫名其妙地作为另类被逐出了主流文学场。尽管社会影响力巨大，偶尔也会获得国家文学奖，历史小说却在文学场中备受歧视，承受着"艺术性不足"的质疑。按照"纯文学"的不成文的惯例和标准，一部作品被判定为"纯文学"，必须具备如下条件：虚构的，远离政治和具体社会现实的，写普遍人性的，叙事形式上复杂的，有世界性（其实是西化）的思想和文学来源的。当然，还有最重要的一条，必须是难看的，阅读上有阻力的。按这把尺子量，历史小说自然不合格。

受了委屈无处说理的历史小说一横心，干脆另立门户单飞。这和网络文学有点像。开始还心有不甘，后来也就死了心，不再往"纯文学"标准上贴，放开手去借历史说事，进行现实表达，它不再看"纯文学"的脸色，只盯着社会政治潜意识的动向，公开地追求在社会公共文化中的影响力，包括借此谋求自己的商业利益。这反倒使它在某种意义上保持了八十年代的气质，这种气质成了它的立身之本。在现实主义文学疲软的情况下，八十年代末以来，历史小说以成阵势的阅读热潮，提供着对于历史的解释，以隐喻的方式持续地回应现实诉求，赢得了巨大的社会空间和市场份额。

从八十年代末开始，尤其是大约 1993 年起，在严肃文学领域[①]，历史文学几乎一骑绝尘，成为文学出版和影视改编的宠儿。在追求历史真实和阐释历史的名义下，它发展出了越来越成熟的讽喻技艺，借助这种古老的艺术传统，历史小说以隐喻形式进行着饱含意识形态判断的表达，小说中的历史与现实构成了巧妙的对位甚至影射。这是一种不直接面对现实的现实主义技艺，它既避免了直接的指涉，从而摆脱了可能的政治禁忌或不便，赢得了更大的自由空间，而且，它还从历史中汲取了批判性资源和思想启示，打开了理解现实的另外的可能性。

九十年代中期以来，也是"主旋律"文学工程正式启动建设的时期，究其实质，其实是国家试图在"纯文学"之外，重新建立服务于新的时代的主流意识形态的文学样式。[②]"主旋律"早期主要局限在革命历史题材和反腐题材，后来主动出击，渐渐扩大地盘，整合大众阅读趣味，收编、改造被"纯文学"边缘化的高人气的文学类型。于是，气质高冷的、说教气颇重的早期"主旋律"逐渐放下身架，与市场时代的主流意识形态话语取得一致，影响巨大的历史小说自然要被纳入。历史小说被改编成长篇巨制的电视剧在央视黄金剧场播出，成为重要的文化现象。

所以，影响巨大的历史叙述，体现了官方、民间的共同社会意识，成为不折不扣的当代社会的主流意识形态表达。历史小说的秘密在于社会历史和观念史领域，哪些作品能够获得巨大影响，成为爆款，绝非偶然，其中，艺术性绝非唯一原因甚至不是主要原因。即使所谓文学场的认可，如获得国家奖，也只是以艺术的名义去肯定它切中了时代敏感点而已，"茅奖"自然是具有国家意识形态属性的，对此不必多言。

[①] 历史小说当然是严肃的，本文中的历史小说特指以真实历史为依托的文学创作，不包括纯虚构类的所谓历史创作，尤其是架空类的网络文学。

[②] 关于"主旋律文学"，见刘复生：《历史的浮桥——世纪之交"主旋律"小说研究》，河南大学出版社，2005 年。

总之，九十年代以来，历史小说以越来越自觉的方式，用文学经验准确地把握了现实。如果我们想通过文学书写的潮流来理解当代中国，那就读读那些影响巨大、最为红火的历史小说吧。

一、文明论的历史背景与思想内容

历史小说是最具历史感和现实感的小说类型。这使它几乎亦步亦趋地和当代现实和文化思潮的律动保持了同步。于是，就有了本文的一个基本判断：九十年代以来的历史小说和同时期兴起的"文明论"思潮紧密相连，它甚至成为文明论的感性发端，并成为其中最具创造性的部分。

首先，我们要简要解释一下什么是文明论。

我所谓的"文明论"，大体上是指一种以文明或文化为中心来分析社会历史问题的思维方式，换言之，在阐释社会历史问题的时候，如果把根本症结或解决的方案归结到文明问题，并把文明价值的存续和发扬扩张作为根本目标，就是文明论。一般意义上的文明论由来已久，不过，本文所关注的，是最新一波的文明论潮流。作为一种全球思潮，它兴起于二十世纪八十年代，以亨廷顿《文明的冲突》的发表为标志。这波文明论当然和历史上的文明论的思想文化资源，尤其是近代以来的意识形态论说有着千丝万缕的联系，但是，我们暂且不必追溯到古希腊的城邦政治，或者中国先秦的华夷之辨，也不必细究近代世界关于自我与他者的区分和关于文明等级的判断。亟须我们关注的，还是最新一波文明论的独特历史内容以及现实影响——它越来越成为塑造当下世界和未来历史走向的至关重要的观念力量。

这一波文明论有着特殊而具体的社会历史起源，是对二十世纪八十年代以来全球范围内现代性危机的一种文化政治反应。它意欲对危机根源进行某种解释，又试图寻求一种解决方案。①当然，具体到中国，文明论的兴起要略微滞后一些，九十年代中后期才集中出现。以某种后见之明观之，亨廷顿的《文明的冲突》的发表绝非偶然，它既是对当代全球危机的敏锐的提前洞察，又是自我证成的预言。也就是说，"文明的冲突"一旦挑明之后，各个所谓"文明体"会加速形成排他性的自我认同，并以邻为壑，从而引发猜疑链，社会撕裂更加难以弥合，全球冲突进一步走向升级。

1. 文明论兴起的历史背景

当代的社会危机的病根，依然是近代以来不断加剧的结构性匮乏和资源分配的不平等状况。这注定了全球围绕资源及政治控制权的争夺和斗争不会停止。二战以后，经过几十年和平发展，资本主义体系的根本矛盾却一直没有解决，只不过是两次世界大战的破坏性重组，有效释放了压力而已，加之科技创新和金融创新，将既往的人类共同资产纳入了可计价的交换领域，从而扩大了经济总量，为资本主义的全球化发展腾出了空间。在这种普遍增长的前提下，以美国为首的若干大国主导的世界秩序有效管控了全球冲突，这为现代性方案赢得了合法性，也赢得了几十年的时间。但是，这并没有消除根本矛盾，只是使它暂时隐藏起来了。而且，矛盾的积累还以更可怕的方式进行，于是走到了当下的危机状态。

现行的全球体系和政治经济方案难以为继，因为它的外部不在了，五百年的资本主义发展，一直建立在对外部的开拓上，它既表现为把各种社会性交往关系改变为市场交换关系，还表现为新大陆的发现和殖民地的开发，依托内部矛盾的转移和外部的供血，维持了资本主义全球体系的加速运转和扩张，这是马克思的《共产党宣言》早就指出的历史过程。同样的逻辑和运作机制也造就了二战以后几十年的繁荣和太平。

---

① 关于文明论的内容与背景，见贺桂梅、刘复生相关文章。

但是，现在再难以持续下去了，因为"外部"基本消失了。地域上，外部空间没有了，在现有的技术条件下，现在还有哪块土地没有被纳入全球资本主义体系？社会方面，还有哪一种社会关系没有被转换成经济关系？我们的情感和无意识领域已经充分地被消费主义和劳动律令所殖民，我们的私人空间和内心世界已经被开发殆尽。另外，未来也被预支了，金融创新，各种加杠杆的投资与消费所拉动的经济发展，无非是寅吃卯粮，透支人类未来，某种意义上，这也就是开发了时间的外部。

外部的消失，或者说，在现有的技术条件下，新的外部暂时没有生产出来，全球资本主义的发展就遇到了危机，一旦外部淤滞，长期累积的矛盾就会集中爆发。于是，世界进入新一轮的不稳定的周期。

不过，这轮危机有一点不同于以往，世界的共同目标没有了。近代以来，面对资本主义危机，一直有对抗性的社会保护力量进行对冲，并试图全面解决根本矛盾，共产主义运动即是最重要的力量。但是，不幸的是，东欧剧变、苏联解体，问题随之产生。资本主义在告别革命、"历史终结"的基础上将自由民主的方案推到了普世价值的地位。当然，客观地讲，所谓现代化理论其实也许诺了一种共同富裕。普遍自由的人类社会远景，大手拉小手，后富追先富，先富帮后富。这种远景仍然是以人类社会为集体来考虑前途的。这种理想性的表述甚至为资产阶级自己所相信，从而建立了全球范围内的合法性和感召力，也成为中国八十年代以来的启蒙主义和市场改革的强大动力源泉。但是，九十年代以来的现实戳穿了这种迷梦和神话，现代化不过是全球不平等秩序的意识形态，并没有共同富裕和普遍自由，只有零和竞争和新殖民主义掠夺。资产阶级的共同文化或普世价值也破碎了。一左一右，两种建立在发展前提上的现代方案都破产了，两种向前看的方案破灭了，如何解决现实危机呢，似乎只有向后看了。

于是，九十年代的全球世界表现为普世价值的丧失，人类世界再度丛林化，保守主义全面兴起，各民族国家诉诸文明认同，展开生存竞争。国际社会重回霍布斯时代。

2. 文明论的思想内容

文明论往往诉诸文化传统的论述，因而在总体上显现出保守主义特征，它强调共同体内部的共同价值和自然正当，对外强调内外之别，分清敌我，保卫共同体安全，并力求与其他共同体争夺生存空间。文明论强调了人类社会分裂为不同的共同体或文明的现实，不再寻求可通约的普世价值或普遍联合。所谓文明的冲突，其实并不是像亨廷顿所说以文明为边界而展开，而是以民族国家的政治边界为界线进行的，只不过，每一个民族国家都在强调自己的文明价值。文明论成为全球资本主义衰退期的政治和意识形态策略，它用共同的文明和生活方式来弥合内部分裂和阶级分化，同时，突显外部威胁，以强化国家存在的正当性。它强调内部秩序，试图在现有利益格局不变的情况下，力争拓展世界性的生存空间，以求夺取外部的更多资源回流国内，增大蛋糕，实现涓滴效应，化解社会矛盾。

需要注意的是，文明论的某些面相有时还构成了新一波的社会保护运动思潮的一部分，它成为对于这一波全球资本主义危机的批判性应对。于是，问题的复杂性出现了，文明论既可能是强者的借口，也可能是被剥夺者的武器。因为它拆穿了普世价值的神话，揭示了资本主义世界弱肉强食的丛林法则，指出近代以来的人类社会不过是以普世文明的外衣进行着不同人群之间的剥削。如今，每个民族国家都以文明的名义坚持自己的利益和生活方式，自然挑战了二战以来的新殖民主义国际秩序。另外，文明论反对七十年代以来的新自由主义方案，反对市场社会的个人主义的原子化状态，试图以文明和传统价值重建被市场所摧毁的社会生活。在这一点上，文明论和社群主义思潮有着深刻的关联。

二战以来，西方世界是自由主义一统天下，共同体不再受到关注，因为在自由主义者看来，共同体概念太"社会主义"，也容易被种族主义和极权主义者所操纵。社群主义在八十年代的兴起，是对新自由主义全球性后果的反应，也是对自由主义观念的全面反拨。桑德尔、沃尔泽、麦金泰尔、泰勒等社群主义理论家重提共同体价值，显然有它具体的历史针对性，在他们看来，共同体代表着共同的社会习俗、文化传统和"常识"系统，它才是生活的根基和目标，而自由主义则是对社会常规的破坏和偏离。

社群主义虽然具有批判现代性和资本主义秩序的维度，但本质上仍是一种保守主义意识形态，因为它放弃了马克思改造世界的愿望，试图重新退回黑格尔以前的世界，它不打算寻求一个另类的不同的世界，而只是说，合理的世界其实早就存在，它就是传统或宗教所规定的生活方式，它体现为共同的民族文化、语言和习俗。

随着全球危机的加深，社群主义趋于右翼激进化，于是，"文明的冲突"论问世，那是 1993 年。近年来愈演愈烈的排斥移民现象和白人种族主义运动，包括伊斯兰原教旨化，都与此相关。我们可以说，文明论的兴起，是对二战以来尤其是新自由主义思潮所导致的社会政治危机的回应，它既是对这一状况的一个表面的描述，又是一个意识形态化的解释，还代表了一种虚假的解决方案。文明论显现了冷战后全球意识形态的转向，在两大阵营对抗不再、前社会主义国家纷纷改弦更张的全球普遍同质化的时代，似乎意识形态已经终结，政治和历史已终结，非政治化的"文明"就成了分析社会历史的工具，这就形成了以"文明"来解释社会及全球格局的思维方式，这种主导性的意识形态正在成为一种塑造全球政治关系的巨大力量。

这里需要特别指出的是，中国的文明论，有其特殊背景和具体内容。它的兴起和近几十年来中国综合国力的显著增强关系密切。国际地位的提升极大带动了文化自信的生成以及自我意识的更新，而持续衰落的美国乃至西方世界对中国的敌意和战略围堵，则自然激发了国族认同或共同体情感。

所以，总的说来，文明论在中国的兴起，既和全球社群主义思潮相关，又带有很大的特殊性，它既有右翼保守主义的一面，又有反对现代市场社会和不平等国际秩序的积极内容。在某些时候，它甚至是以传统或中华文明的思想资源肯定着革命小传统，并隐约表达了托古改制的革命性诉求，和借中华文明探索新世界秩序的愿望。这都是需要认真辨析的。

上文说过，文明论的一个基本判断，就是普世主义的"天下"不再，道术为天下裂，人类社会重回霍布斯时代。利维坦意义上的国家具有至高无上的地位。霍布斯所说的利维坦具有两个核心功能：对内，终结一切人对一切人的战争，建立秩序；对外，保护共同体安全。利维坦成为一个共同体的基础是什么？是生存的恐惧和安全的需要，在这个前提之上，才升华出共同的价值，共同的生活方式，所谓共同体的文明。

同样，文明论强调共同体内部的共同生活方式和共同文化，反对多元文化，像阿诺德一样，要终结文化的无政府状态，重建社群的实质性价值，这其中有对于个人主义和多元文化的反对，以及对现代民主政治和中立国家观念的深刻失望。

对外，国家的使命是在丛林世界中守护共同体安全，在现代世界体系的黑暗森林中抢占有利位置，争夺生存空间。这既是资源和利益之争，也是文明冲突，它是"土与血"之争，关乎种姓的存续。

这种内外任务，要求强化国家力量，呼唤民族命运的担纲者，呼唤强有力的主权者和政治权威或现代君主。要为现代国家明白无误地安上国王的头颅。

以上种种复杂内容，就构成了我们理解当代历史小说的观念前提。

二、历史小说中的文明论

简略地介绍完文明论思潮兴起的背景和思想内容，我们可以描述一下文明论影响下的历史小说创作了。

我先粗略地勾勒二十世纪八十年代以来历史叙述的发展线索，

总的来说，八十年代中期以来的历史小说主要就是为帝王将相立传，其中影响最大的当然是二月河和唐浩明。梳理一下帝王将相形象的谱系，我们会发现，文明论的表述越来越清晰，最后成为压倒性的主部。重心转向文明论之后，帝王将相成为承载民族的责任、代替共同体进行政治决断的君主与主权者。

早期的主题基本上是追求现代化，所谓历史小说无非是历史题材的"改革小说"，其中也包括对现代化危机的初步回应。此一阶段的历史小说多书写多灾多难的晚清和命运多舛的君王。但是，到了八十年代末期，为之一变，历史小说应和"新权威主义"，呼唤强力君主，表达了化解改革困局的期望，又为八十年代末的危机进行了辩护。

1. 第一阶段：八十年代末至九十年代初——以二月河为代表

二月河的"清帝系列"中的第一部《康熙大帝》（四卷）出版于八十年代末期，后两部《雍正皇帝》和《乾隆皇帝》均出版于九十年代初。

此一阶段的历史小说主要书写"康雍乾"时期，已经开始了向盛世书写的过渡，而且二月河笔下的明君也初步显现了利维坦主权者的品质，对内建立秩序，对外替中华文明开疆拓土。康熙主要是安内，为帝国的再次奠基扫清障碍，六合一统；雍正的使命是清除弊政，建章立制，以强有力的手段整顿吏治，进行政治经济改革；乾隆则是以卓著武功，为中华民族奠定近代版图，包纳四夷，万国来朝。

小说叙事的核心是帝王的专断权力，康熙时期，集权的意义主要在于确立政治根基，清除挑战政治合法性的敌对力量，确保利维坦的安全；雍正时期，保证专权的目的是建立中央权威，削夺地方坐大导致的某种"封建"状态，化解改革带来的社会危机，维护改革的新秩序和基本方向。二月河小说表达的是"新权威主义"的内容，它的核心命题就是要解释市场化时代的社会危机，为改革时代提供合法化论证，并呼唤强力权威维护秩序。于是，新权威主义和文化保守主义在这个问题上一拍即合。

在两代帝王建立的基础之上，《乾隆皇帝》走向文治武功的盛世，这与新世纪大国崛起的叙述遥相呼应。

新权威主义的历史叙述已经开启了"文明论"的主题，比如二月河有意识地处理华夷之辨，清王朝如何成了中华文明的正统？中华文明如何处理与外部的关系？包括康乾时代对周边民族的征服与归化。不过，总体而言，二月河小说还没有明确地呈现出文明论色彩。他的理性思想框架，在很大程度上仍停留在现代化的层面上，这种矛盾在文本中留下了深刻的印痕。比如，他一方面称颂帝王的伟业，另一方面却又时不时地要表达对"封建"时代的批判。尤其是在创作谈中，二月河更是不断重申自己创作的目的是要总结历史教训，他明确说，自己之所以要给作品命名为"落霞三部曲"，就是要强调康雍乾盛世不过是"封建"时代的回光返照，必将没落。他生怕别人给自己扣上历史观反动、政治不正确的帽子。

相比较之下，在表述文明的意义上，唐浩明无疑更自觉。唐浩明学养深厚，在思想界普遍意识到这个问题之前，即已经开始了对文明议题的敏锐观察和表达，从而触摸到了中国读者政治潜意识的脉门。这也正是唐浩明小说持续流行的深层原因。

在我看来，唐浩明是对文明论表达最充分和自觉的作家，也是当代历史书写领域迄今最为出色的作家。值得我们重点讨论。

2. 第二阶段：从九十年代初到中期——以唐浩明为代表

二十世纪九十年代，唐浩明异军突起，以"晚清三部曲"的贤臣系列红透半边天。唐浩明明显强化文明论色彩，他不像二月河那样重视盛世，而是转头重新写晚清。这样写的目的是强调文明危机。

"新时期"的早期阶段，历史小说也喜欢写晚清，也强调民族危机，但那种危机更多只是政治危机甚至军事危机，而强调政治危机则是为了论证改革的合法性和紧迫性。所以，文艺表达的重心也就在于揭示清政府的落后和愚昧颟顸，不思进取，跟不上"先进"的世界脚步。结论自然是落后就要挨打，大清纯属活该。八十年代尽人皆知的电影《火烧圆明园》《垂帘听政》和电视剧《末代皇帝》，基本上遵循了这样的叙事套路。从这个意义上说，八十年代初的历史小说只不过是历史版的伤痕文学、反思文学和改革文学罢了，它们不过是借历史讲述"现代化"和"改革"的政治主题。文艺创作之所以选取风雨飘摇的晚清时期，只是为了说明，前现代的中国不思改革和现代化，只能沦为"停滞的帝国"，走向腐朽没落，从而导致民族苦难。外患不过是彰显了内部的危机而已，它甚至是一种以恶的方式表现出来的历史进步力量，逼迫我们进步，跟上"普遍历史"的脚步。

改革模式的历史小说的终结之作是凌力的《少年天子》，这部小说出版于 1987 年，它及其续集《暮鼓晨钟》《梦断关河》既是滞后的改革书写，又是告别屈辱历史、走向辉煌的先声。后面就接上了二月河的盛世书写。

唐浩明的"贤臣三部曲"却和改革模式的历史小说迥然不同。它们不是把晚清的内忧外患看作一场政治危机，而是上升到文明的高度，将它视为文明冲突导致的文明危机。面对这场"千年未有之变"和文明挑战，名臣们作为士人和中华文明的人格载体，挺身护法，成为挽救文明危亡的艰苦卓绝的践行者。

《曾国藩》：保教护法

《曾国藩》的真正主题是护教。应当承认，小说受时代风潮的影响，也夹杂着市场时代的成功学内容，所谓"为官要读《曾国藩》，经商当读《胡雪岩》"。但是，重心却落在文明上。具体来说，这体现为两个方面：第一，曾国藩正心诚意，以儒教修齐治平，立身立功；第二，也是更重要的，扑灭太平天国运动，捍卫儒家文明。这是历史观上的突破，之前的主流史学和文学表述一般坚持阶级论的观点，把太平天国运动视为反封建反殖民的农民起义，只不过是借用了宗教形式，这和白莲教、八卦教起义甚至义和团运动差不多，因而所谓"中兴名臣"曾国藩在共和国正统史学中一直是个镇压农

51

民起义的地主阶级的刽子手形象。另外，八十年代的现代化或启蒙主义话语，作为去革命化的意识形态，倾向于否定太平天国运动，将它视为激进化的乌托邦运动的一部分。这种去政治化的论述只不过是反向的阶级论而已。

从唐浩明开始，才真正超越了阶级论，上升到文明论的视野，尽管仍然有去政治化的余绪。在《曾国藩》中，太平天国运动不再是具有正义性的农民起义，也不再是激进思潮的代表，而是要毁灭华夏文明或"天下"的邪教异端，太平天国于是就成了文明的对立面，异教的邪恶化身。于是，镇压太平天国，就不仅仅是为满族政权续命，而是要保卫儒教文明和华夏生活方式。太平天国的基本教义来自基督教，它试图以洋教代替儒教，这是儒教信徒曾国藩所绝不能容忍的，儒教是他安身立命的根本，他必须挺身而出，以一介书生之身兴办团练，舍身护法。

对于曾国藩来说，太平天国运动虽然是内部叛乱，在性质上却是邪教化的洋教要灭我中华，尽管太平天国也反西方列强侵略，但二者却是一样的异端，都是要毁我衣冠，灭我种姓。一旦上升到文明冲突的高度，曾国藩就不再讲忠恕仁爱之道，而成了大开杀戒的"曾剃头"，小说赞之为"霹雳手段，菩萨心肠"，在文明生死的大是大非问题上，必须杀伐决断，毫无犹豫，甚至不必拘泥于儒教礼法。此圣之时也。

关于曾国藩晚年因处理教案而"名毁津门"事件，唐浩明显然认为并不能视为曾国藩容忍洋教，而只是形格势禁，暂时隐忍的政治策略罢了。小说中对曾国藩彼时的心理描写揭示了这种战略考量：与洋人相争，不在一时，而在万世，在于"文明"。

曾国藩对天主教素来反感。天主教独尊上帝，不敬祖宗，不分男女，与他心目中的礼义伦常大相径庭，他视之为扰乱中华数千年文明的异教。在他看来，长毛就是把这一套学了过来，结果造成十多年的大乱。至于洋人贩来的鸦片，他更是深恶痛绝。但对洋人的坚船利炮，以及诸如千里镜、自鸣钟、机器等，他记忆犹新。十多年来亲历自戎间，对外国与中国在军事上的悬殊他看得很清楚。一个基本认识已在他心中深深地扎下了根：与洋人相争，不在于一时一事的输赢，而在于长远的胜负。①

《杨度》：寻找君主

《杨度》格局气象非常宏大，它从公车上书讲到共产党革命，杨度事实上成为近代以来探索挽救中华文明之道的仁人志士的象征。这种处理极大地洗刷了杨度身上的污名。我们知道，杨度之所以在中国近代历史上极富争议性，主要是因为他推动君主立宪，后来又辅佐袁世凯称帝，成为逆民主共和历史潮流而行的反动人物。

在小说中，杨度受甲午惨败的刺激，立志挽救民族危亡。他才华卓绝，具有名士风度，本是一个典型的古典型士子，但是他志不在辞章，政治情势激发出他非凡的政治抱负，他立志做帝王师，师从王闿运研习帝王之学，其目的就是为民族共同体发现甚至培养真正的君主或主权者。在他看来，这是救国保文明的要害。在唐浩明笔下，杨度不管是鼓吹君主立宪政体，还是推动袁世凯称帝，都不能在一般的复辟的意义上来理解，而是要为一盘散沙、主权涣散的中国找到政治的权威。虽然他也意识到袁世凯难当大任，仍然勉力为之，不愿轻易放弃，姑且死马当活马医。

洪宪帝制失败后，杨度转而支持孙中山。这并不是因为他赞同共和，而是看中了孙中山身上的王者品质。直到晚年，杨度才终于认识到只有共产党才能救中国。于是，小说最后一幕是杨度与李大钊和周恩来会谈，承认了共产党才是真正的主权者，将中华文明发扬光大。很多人批评杨度无特操，政治主张善变，忽而君宪，忽而帝制，忽而共和，在唐浩明看来，这其实都是皮相之见，杨度核心的追求一直未变，那就是寻找并造就民族共同体的主权者和现代君主。政治体制不重要，只要能保证强有力的决断权力就行。对于中

53

---

① 唐浩明：《曾国藩》（下卷），长江文艺出版社，2004年9月，第234页。

华民族政治共同体来说，什么身体不重要，只要有一颗强有力的政治头颅就可以。

小说读到最后，我们再回过头去看一下开卷语，才能明白其中深意，在这个简短的序言中，唐浩明叙述了这样的情节，1931年杨度去世，在灵堂前，伍豪（周恩来）郑重地肯定了杨度的历史地位。

> 孝子拿出一副对联，嘶哑着嗓音对这个年轻人说："伍豪先生，这是我父亲临终前亲手书写的自挽联。父亲他为寻求中国强盛的道路，艰辛探索了近四十年呀！"
>
> 被称为伍豪的年轻人郑重接过挽联，展开谛视：
>
> 帝道真如，而今都成过去事；
>
> 医民救国，继起自有后来人。
>
> ……伍豪庄严地点了点头，对着灵堂正中那张满脸忧伤的遗照，坚定地说："皙子先生，你放心地去吧，历史会替你说公道话的！"①

所以，《杨度》其实是一部非常主旋律的作品（其实主旋律一直包括历史作品），它的主题就是要论证"通两统"，结论是只有共产党才能救传统中国或文明中国。救国是为了中国文明，而只有共产党才能救中国，即建立起独立自主的强大的民族国家。

不难发现，这种理解很合乎施特劳斯学派对中国革命的定位。左派保守主义对共产党革命也给予了积极的评价，对其伟大历史意义极力维护，因此，刘小枫才有国父论，甘阳才有通三统之说。当然，保守主义对中国革命也有微辞，认为它也感染了现代性的病根，只不过是现代性的最新一波浪潮或热病发作而已。

《张之洞》：中体西用

尽人皆知，张之洞是近代洋务运动的代表人物，其指导思想就

---

① 唐浩明：《杨度》（上卷），岳麓书社，2016年1月，第1页。

是中体西用，他兴办洋务同样也是为了保教。小说中对此有较为清晰的表达。张之洞通过洋务富国强兵，利用初具基础的现代武器与技术力量，抗击外来侵略，取得对法国战争的胜利。可是，这只是救国的急务，更重要的，还是固本护体。所以，小说中特意设置情节，讲述张之洞办书院，申圣人之教，亲自创作《书目答问》和《劝学篇》，以回应时代新思潮的挑战，坚持祖宗之法，并对康梁之学加以驳斥。

不过，对于张之洞（甚至也包括曾国藩），唐浩明的态度明显有所保留，这显示了他思想中的矛盾，在用"中体西用"质疑八十年代启蒙主义的"西体中用"时[①]，他表现得比较犹疑。在九十年代中期的过渡时代，保守主义和文明论虽大潮初涌，但时代主流观念仍停留在启蒙主义时代[②]，唐浩明态度不免有些暧昧，显得有些迟疑不定，首鼠两端，对主流启蒙主义若即若离。因此，对于张之洞的保守主义立场，唐浩明流露出某种批评态度，虽然对其历史贡献做了充分的肯定，还是将洋务运动悲剧性的结局归结于它的内在缺陷，暗示只有变法才能保住祖宗之法，这就呼应了杨度的最终选择。有趣的是，先行出版的《杨度》中卷第一章中已经出现了张之洞的身影，为收回粤汉铁路，杨度游说张之洞，令张之洞对年轻的杨刮目相看，意识到必须变法才能救国。草蛇灰线，已经留下了伏笔。

总的来说，唐浩明比二月河，更为体大思精，史实严谨，见解敏锐，立意高远，对时代命题和思想氛围有着准确领悟和深刻把握。当然，因为比较超前，很多内容也没有想清楚，文学表达之中暗含着比较多的含混和矛盾。在文学格调上，唐浩明也远超二月

---

① "西体中用"是李泽厚的提法，大体可用来概括八十年代的启蒙主义思路。

② 八十年代寻根时期的"文化热"期间的新儒学等传统回归热，也被有些人看作文化保守主义，但其实并不是真正的传统文化本位，而是韦伯主义思路的现代化，是现代化的变形表达。这和九十年代中后期兴起的文化保守主义至文明论或文明中国论有着根本的差异。

河，但也正因如此，反倒不如二月河那么流行。二月河过分追求传奇色彩，与社会主流意识形态较为契合，更具商业性。

3. 第三阶段：新世纪以来——从《汉武大帝》《贞观长歌》到《大秦帝国》

自九十年代中期以后，伴随着复杂严峻的世界格局和大国崛起的前景，呼应保守主义和国家主义思潮，历史小说开始关注敌我之分、夷夏之辨和文明冲突，并隐约地表达了重新将中华文明推向世界，成为普世文明的抱负。此一阶段的历史小说多集中书写汉唐时期及大秦帝国。

粗略而言，新世纪的历史小说还是热衷于讲述帝王故事，新世纪最具征候性和代表性的历史小说是《汉武大帝》《贞观长歌》和《大秦帝国》，它们也都有同名电视剧版本，都是在央视一套黄金剧场播出。三部作品基本能代表思想演进的逻辑，先是汉朝在悲壮处境下的艰难崛起，继而是盛唐的大国情怀和天下秩序，最后走向了大秦的强力生存。

《汉武大帝》：华夷之辨

2005 年播出的 58 集电视剧《汉武大帝》的重心和落脚点是对外关系和华夷之辨。电视剧以汉匈关系象征中外关系，在隐喻的意义上，匈奴代表了非我族类的外部文明。正是由于在种族或"文明"竞争中取胜，汉朝才确立了它的伟大意义和历史地位，刘彻才成为千古一帝。

汉，显然在这里具有了文明的意义，它代表了中华文明的"纯正的源头"，这是清帝国所不能比拟的。仅此一点，就注定了《汉武大帝》和《雍正王朝》《康熙王朝》将承载着不同的意识形态功能。不过，《汉武大帝》还略显不够具有文化自信，表现的更多不过是国力强大之后的武功卓著，小说围绕对外战争而结构故事，电视剧更是注重呈现宏大的战争场面，这构成了故事的主线和戏剧冲突主轴，充满着持续的对抗的焦虑，和难以化解的汉匈之间的敌对与仇恨。

《贞观长歌》：天下秩序

2007年播出的82集电视剧《贞观长歌》深入了一层。虽然内外问题仍是重要议题，却已不再只是注重武功，而更注重在天下秩序上着力。它不再像《汉武大帝》那样强调他者的异己性，而是将他者收纳在以我为主体建立的新秩序中，"贞观长歌"唱响的是复调的合唱，唐帝国由是成为容纳内部多样性的多元一体的跨体系社会。

《贞观长歌》对《汉武大帝》所代表的文明论进行了批评和修正，《汉武大帝》其实是一种反向的东方主义论述，非我族类，其心必异。但在对突厥的关系上，唐太宗两手都抓，两手都硬，以武力为基础，却不只是以强力压人，而是见好就收，以德服人。为解草原百姓的灾荒，太宗特许让突厥人移向内地。终于，各族尊太宗为天可汗。

从《贞观长歌》可以看出，中国的"文明论"并不必然是保守主义的，它也容纳了对现代性和现代世界体系批判的内容。历史小说以古讽今，试图从正面提出一种新的普世理想——基本上是儒家的天下观和大同世界秩序，以此来批判危机中的现代方案和民族国家体系。文明中国论以"王道政治"反对当今世界的"霸道政治"，无疑显示了富于革命性的方面；另外，对内，某些文明论也坚持了超越性的道义原则，制约了民族主义力量的右翼化和极端化，在这一点上，像《贞观长歌》这样的作品具有积极意义。

《大秦帝国》：铁血文明

2009年以后，《大秦帝国》正式全套推出，并获得巨大社会影响。

小说主要讲述秦统一的历史，以战国纷争隐喻当今的国际格局，它暗示，现今由民族国家组成的世界不过是新的战国时代和"大争之世"。《大秦帝国》坚持新法家的立场，反对儒家的保守与迂阔，坚持改革，力争为"中国文明"开辟更大的世界空间。

当今的世界陷入深刻的危机，每个国家都很焦虑，国际国内都不安宁。紧迫的问题，就是建立外部的利益回流通道。现在，大家都看明白了，花样翻新的金融创新和杠杆操作，造成了一时的全球化的表面繁荣，但这是以透支未来为代价的，要维持这样的游戏不崩盘，必须要有外部的供血和补偿，美国的发展模式一时也离不开海外的利润回流作支撑。《大国崛起》式的专题片已经含蓄地表达了这层意思，每个民族国家都要追求建立"金铁主义"强国，争夺世界生存空间。这似乎已成为告别革命后某些"中产阶级"的集体梦想。它也应和了全球保守主义右翼化的潮流。九十年代以来，《狼图腾》正表达了这种历史冲动。其实，《汉武大帝》已经在强调"种族"了。

于是，历史小说就有了《大秦帝国》。

不可否认，《大秦帝国》自有其政治上的清醒。但是，也有让人担忧之处。当它强调"民族血气与大争之心"，颂扬"赳赳老秦，共赴国难"的老秦精神之时，似乎也将世界的丛林法则自然化了，和施米特一样，它将五百年的全球经验放大为了永恒冲突的历史。大国崛起无非是世界霸主的改朝换代。在不改变既有世界规则的情况下，《大秦帝国》只是幻想以强力抢占世界体系的中心位置。在意识形态上，它代表了民族资产阶级的利益，也体现了社会中下层的愿望。这种大国崛起的思维，起点上有其合理性，终点上却丧失了理想性和正义原则，因而面临着滑入极端右翼的危险。

新法家不像儒家那样讲究道义原则，对儒家持完全的否定态度，小说中孟子成了可笑的反派人物。孙皓晖虽然一再表明"中国原生文明"具有自然正当性，却始终没有说出它的实质性内容。这个时代不再需要素王和道统，它只重耕战，以吏为师。

对比一下二月河笔下的知识分子形象颇为有趣，康雍的帝王师伍次友和邬思道，都是只扶帝王上位，决不入朝介入具体政治实践，功成身退。帝王权威至高无上，在帝王成熟之后，帝师必须退出。到了唐浩明笔下，具有文明担当的知识分子亲身介入政治，挽文明狂澜于既倒。杨度虽然仍想做帝师，但他在位格上隐然高于帝王，代表道统。《贞观长歌》中的唐太宗本身就像个读书人。而到了《汉武大帝》，已经开始具有法家意味，一切都是汉武帝乾纲独断，董仲舒只是摆设，重要的角色都是酷吏和将军。而到了孙皓晖的大秦，知识分子的文明德行更加空洞化，成为单纯的法家的吏师，商鞅是冷酷的立法者，为了秩序的神圣性和权威的绝对性，为了共同体的生存目标，他甚至必须接受自己被消灭的命运，在孙皓晖看来，这正是商鞅的悲剧性崇高之所在。需要注意的是，从《汉武大帝》至孙皓晖《大秦帝国》风行之际，正是施特劳斯学派及施米特进入中国引领风潮的时候，我们不难从中辨识出某种隐约的对位关系，从文明担纲者的君主和主权者、立法者，到越来越强调法术势的政治决断，似乎对应了施特劳斯式的君主到施米特所赞赏的政治家的过渡。这不奇怪，不管是学术思潮还是历史小说，回应的是同一种历史情势。

三、结语

二十世纪八十年代以来，所有重要的或有影响的历史小说都强调了危机的历史开端，这是故事展开的前提。悲情的起点成为戏剧性的初始情境和人物出场的社会氛围。在二月河的小说中，危机来自内部秩序的涣散和对帝王权威的挑战，因而亟待解决的政治问题是如何建立政权的合法性。《康熙大帝》是主少国疑，清室入关，以夷变夏，民心未附，《雍正皇帝》是八王夺嫡，"得位不正"。到了唐浩明的小说，最重大的危机来自外部挑战及心性的败坏，文明受到生死存亡的威胁，如何自救，成为首要问题，而生存是为了护教。《曾国藩》开篇是太平天国黑云压城，来势汹汹；《杨度》开篇是甲午战败，国家面临瓜分豆剖之局；《张之洞》起首则是新疆危局，海防、塞防同时吃紧。《汉武大帝》和《贞观长歌》一开始，主要的矛盾是匈奴和突厥犯边，威胁共同体安全，呈现了文明冲突的世界格局，因而对于汉武帝来说，最重要的政治问题是为汉文明争夺生存空间，而对于唐太宗来说，则是居安思危，内外兼修，在文明普世性的竞争中胜出。

不必问我，这些作家是否直接受到过"文明论"思潮的影响。这并不重要，重要的是，他们身处这个催生了"文明论"的社会土壤和历史情境，处于某种弥漫性的意识形态氛围中，而这正是作家们写作的第一前提。如果说"纯文学"由于狭隘封闭，普遍对社会历史不敏感，那么，那些带有大众文艺特征的文艺创作则无法不直面时代思潮的关切点，不敢不回应普通民众的恐惧与希望，并努力对当代难题给出想象性的解答。因此，不难理解，自九十年代后期以来，持续地涌现出一批具有广泛影响力的带有文明论色彩的现象级作品，除了以《大国崛起》《复兴之路》为代表的一系列政论片和专题片，还包括网络"穿越小说"如《新宋》《窃明》等，以及现实主义的《狼图腾》，以《战狼》为代表的"军事文学"及"特种兵小说"。至于《三体》这样的科幻文学，甚至还把文明冲突伸展到了宇宙时空。

在这些创作中，或多或少都浮现着"文明论"的身影，或明或暗地带有文明冲突的色彩。比如，我们可以说，2000 年出版的《亮剑》不过是革命历史小说版的《汉武大帝》，那不再强调革命的实质性内涵，只宣扬亮剑精神，而《狼图腾》则是"知青小说"版的《大秦帝国》，它强调的只是强力生存的丛林法则。和《大秦帝国》一样，它内含了一种批判主流中华文化的视角，认为儒家文化戕害了中国人的尚武精神，所以，《大秦帝国》赞颂儒文化占主流地位前的纯洁文明源头，将秦视为中华民族的光辉的原生文明的高峰。而《狼图腾》则把臆想中的草原文明或狼性精神看作对中原文明的解毒剂。

文明论在全球的兴起，可以视作对市场化或新自由主义式社会方案所造成的社会后果的回应。传统暂时充当了社会保护力量的代用品，在找不到改变的可能性以前，乞灵于传统，将拯救社会危机和道德灾难的希望寄托于古代圣贤，以实现仁政和礼乐之治。

但是，"文明中国"和一切文明论及文化主义的思路一样，有先天的缺陷。任何试图用文化解释历史，解决社会现实问题，或将社会历史问题归结为文化问题的，都不太可能行得通。离开具体的社会历史分析的文化解释难以切中要害。应该说，"文明中国"的很多论者其实准确地意识到了当代世界的矛盾，他们的问题在于，仅仅试图在观念领域去把握和消化它。文明与文化不能解释社会历史，相反，文明与文化要由社会历史得到解释。一旦诉诸文明的理论模式，就容易陷入去政治化和去历史化的观念泥淖，从而离意识形态神话也就一步之遥了。

文明论有时讲政治决断，这当然难能可贵，但这种决断必须具有政治的实质性内容，而不是仅具有文明的含义。由于缺乏这种政治决断的实质的明确性和牢固基础，文明论就有滑向右翼的危险。近代以来德国哲学中的各种"生存决断"最终走向法西斯，和它只讲民族文化内容，在政治上抽象、空洞甚至错误，并非没有思想逻辑上的关联。海德格尔和施米特都是很好的例子。近年来悄然兴起的种族神话与天命观同样值得我们警惕。

最后，我想引用政治哲学家赫希的话作为结尾："任何'恢复'或强化共同体情感的做法，对这些群体而言都于事无补"，因为我们的历史情感和传统正是"问题的一部分，而非答案的一部分"。①

---

① 转引自《当代政治哲学》，[加]威尔·金里卡著，刘莘译，上海译文出版社，2011年4月，第277页。

先锋小说：改革历史的神秘化

——关于先锋文学的社会历史分析

　　先锋小说是个特定的概念，专指发生于二十世纪八十年代中后期的特定的文学运动，它兴起于 1985 年前后，在 1987 年、1988 年左右达到高峰，1989 年以后逐渐退潮。先锋小说往往表现出颠覆既有的文学观念和文学传统的写作追求。一般认为，有代表性的先锋小说作家主要包括马原、余华、苏童、格非、残雪、洪峰、叶兆言、北村、孙甘露、吕新、潘军等人。不过，当我们笼统地指称先锋小说家时，其实往往忽略了这一群体深刻的内在差别。在我看来，先锋小说家至少可以粗略地分为两类，一类如马原、格非、孙甘露、北村等，注重叙事变革或讲究形式主义策略，代表了激进的形式探索与文体实验的方向，这一方向有时甚至带有明显的恶作剧色彩。他们往往成为所谓后现代理论阐释的对象，据说他们的作品符合后现代的文体特征，如元小说、拼贴、混杂、取消深度等。另外一类如残雪、余华、苏童等，更多热衷于发掘那些经典的现代主义的文学主题。相对于前一类作家，他们在形式主义的方面要弱一些，在叙事上并不刻意冒犯旧有的文学惯例和接受习惯，但在内容或意义表达层面则带有较多挑战性，表现出更多的"精神性"的追求。

　　一个明显的事实是，先锋小说存在着模仿西方文学的痕迹。正因如此，它被很多人指责为照抄西方母本，不具有原创性。这当然可以找到各种文本上的证据。但这种说法也忽略了另一个要害的事实：先锋小说是在中国当代语境中所生成的对中国现代经验的表达，甚至那些支离破碎的模仿与照抄都深深打上了当代中国现实的印痕。在某种程度上，西方的文学大师只是提供了创作的启示与表达的策略而已，尽管在主观上先锋小说家是把西方大师当作普世性的文学典范来追摹。

先锋小说是中国改革以来的现代化命运的曲折隐喻，那些似乎完全抽空现实内容的形式实验，或刻意将主题抽象化、普遍化以脱离中国现实的现代主义情绪，背后隐约而片段地浮现着的仍是当代中国的历史性焦虑和愿望。在先锋小说空洞、虚张声势的面具之下，潜藏着丰富的也是零乱的个人无意识和集体的政治无意识。先锋小说的夸张姿态，包括文本中隐约显现的西方大师的特征，只不过是这种集体无意识的风格化而已。由此，先锋小说取得了象征化的寓言形态。

不过，这种寓言性的取得并不是基于美学上的成功，相反，恰恰可能是源于艺术上的失败。先锋小说中弥漫着一种艺术上的失败感，表面上的完美形式试图掩盖的是一种无法给自己的时代赋予艺术上的形式感的事实，和自我意识的混乱与矛盾。也许正因如此，它反倒恰如其分地充当了那个时代含混而矛盾的自我理解。由此也成就了一段尴尬的文学传奇。

然而，这段含混的文学段落却被新启蒙主义的意识形态借助文学批评赋予了巨大的意义，并由此收获了非凡的文学史荣耀。这甚至令那些年轻的先锋始料未及。事实上，如果没有理论界摇旗呐喊，擂鼓助威，这场泥沙俱下的先锋运动不会成为阵势，并延续几年之久。

于是，在理论批评营造的讳莫如深、虚张声势的奇特氛围中，先锋小说获得了当代文学史上的经典地位。这种被文学史以过牌方式命名的经典地位更加剧了先锋小说的神秘性。在我看来，经典化了的先锋小说是一个被当事者（相关的作家和批评家）这些利益攸关方所刻意维持的一个文学神话，某些批评家"深刻"的意义阐释固然只是自说自话的理论创作，那些事后进行的先锋作家的访谈与自述同样不足让人信赖——它们往往是对既有宏大阐释的言辞闪烁的事后配合。而随着当事人的实质性的沉默，先锋小说的真相渐渐退远，消失在经典化的历史风尘中。更重要的，在美学的经典化过程中，掩盖了借助先锋小说展开的启蒙主义的或现代化的意识形态实践，而它正是先锋小说最深的历史秘密，其实，掩盖本身就是这种意识形态实践的一部分。

先锋小说是一群年轻的文化祭司念出的故作高深的神秘呓语。但它在特定的历史情境中被赋予了神圣的仪式感，似乎具有了超越性的内在价值，这也给先锋作家敷上了一层沟通神圣源泉的天才的魅力。在八十年代中后期，不可索解的先锋小说具有了异乎寻常的话语力量，神奇地组织起人们处在历史夹缝之间无以名状的既兴奋又茫然的时代感受，成为大家共同参与的语言的乌托邦。就这样，先锋小说以极富象征性的语言实践，勉强充当了关于那个时代的寓言——在那样一个"现代化"的历史后果刚刚展开而又意义未明的时期，也只能由先锋小说提供这种曲折幽深、词不达意、神秘敏感，又具有高度象征性的表达。

先锋小说初兴于 1985 年前后，活跃于 1987 年至 1988 年之间，1989 年后开始跌落，随后很快便偃旗息鼓。这个时间表为我们理解先锋小说提供了重要线索。

1984 年左右是中国改革进入转折期的标志，我们基本上可以看作是中国面向西方世界的现代化全面而加速展开的一个重要时间标志。如果说七十年代末到八十年代初高层内部就社会方案一直存在着思想分歧（这种分歧也常借助知识界与文艺界的观念冲突来展开），那么，到了 1984 年左右，这种主流意识形态内部的冲突已基本上决出了胜负，在政治领域是改革派进一步占了上风，在思想文化领域则是新启蒙主义取得了优势。新的政治合法性与文化合法性初步建立，全社会也基本开始形成新的共识——虽然官方意识形态领域内的冲突仍未终结，但性质、形式与对抗性程度已然发生了重要变化，名与实之间出现了距离，或者说，旧有官方意识形态语言（如反资产阶级自由化）已开始包裹新的历史内容——与之紧密相联系，文学艺术领域内带有浓重意识形态性的论争也开始减少并降低烈度。

于是，改革的加速推进已没有多少意识形态上的障碍。1984年是改革的一个标志性年份，改革开始推进到城市领域（这也导致了城市的深刻变化，或许这也可以解释先锋小说家为何基本上都来自商品经济发达的江浙城市，如苏童、格非、孙甘露、叶兆言、余华等），此后出台的一系列改革举措如"放权让利"，价格"双轨制"，国有企业改革，都产生了深远的社会影响。

那是一个生机勃勃而又令人焦虑的年代。一方面，充满着一种对未来和"现代"的美妙期待，怀着对以西方欧美世界为象征的彼岸的浪漫想象，进入一个陌生的，让人激动，也让人困惑的道路。但随着现代化的展开与快速迈进，也开始产生意料不到的社会后果。对中国现代化的隐忧也朦胧地在意识或无意识层面上折射出来，尽管它在一开始往往披挂了伦理化、道德化的外衣，比如人们习惯于把社会问题归因于商品经济冲击造成的道德堕落。这种社会危机逐渐深化，也渐渐与个人生活发生了可被感知的联系，变得明显起来，至二十世纪八十年代末期它终于积累到一个相当高的程度，这导致了一场危机（可见汪晖的《中国"新自由主义"的历史根源——再论当代中国大陆的思想状况与现代性问题》一文的分析）。在当时的复杂情境中，一方面，新的性质的社会危机开始出现，但旧的社会控制形式仍具有延续性，它在社会意识的层面上仍被感受为一致的压抑性，于是，新的社会问题被轻易地归因于旧体制。

先锋小说以象征的方式表达了这种暧昧的社会情绪。它对现代化的隐忧潜滋暗长，虽然还只是一种无意识的心理反应。尽管社会主流意识形态仍是现代化的表述，但它显然越来越不足以应对复杂含混的现实经验——这种含混的经验需要获得语言的形式。先锋小说就产生于这个特定的历史间隙，如果说1985年左右，先锋小说的浮出历史地表还带有某种偶然性，那么，在1988年左右这种文化表达的功能已异常明显。它呈现出自相矛盾的性格，一方面是对社会主义现实主义的历史辩证法或意识形态的拒绝，另一方面也含有对新时期以来现代化或新启蒙主义宏大叙述的本能反抗。先锋小说置身于改革时代的文化危机与历史断裂之中，不但断裂于革命时代，也与浪漫的现代化进程或融入世界的幻想时代出现了隐约的裂痕。那种心神不定的双重偏离与犹疑姿态成为先锋小说的集体性格，这或许是先锋作家总体上的玩世不恭的文学风格的更深刻的来源。

从文学史的线索看，先锋小说出现以前，以伤痕文学、反思文学、改革文学等命名的文学潮流的社会启蒙的功能已经完成，它作为审美的意识形态的解放意义已经不存在了。社会政治、经济改革的实践已超越了文学的书写，新时期早期一直在靠意识形态提供动力（也收获荣耀）的文学自然丧失了意义。1985 年左右当代文学已呈现疲软态势，寻根文学试图摆脱对意识形态的依赖，到文化深处去寻找新的灵感与支撑，并朦胧地表达对现代化的反抗，它已经是对当代文学危机的回应。在"文学失去轰动效应"的惊呼中，1987年，中国文学似乎跌入低谷。在这个时刻先锋小说的出场，当然是别具意味的。

在这种背景下，我们或许可以更好地理解先锋小说思想上的矛盾。一方面，它仍处在现代化的意识形态或启蒙主义的视野之内。某些先锋作品具有对旧有的社会主义历史的批判性，它表现为残雪对现实的阴郁的象征性书写，它显然带有人与人不相信任（即使在亲人之间）的社会背景。《山上的小屋》中信件被搜查的情节连带着清晰的历史记忆，山上的逡巡的狼明显地象征了可怕的政治暴力。先锋小说热衷于书写日常生活中无来由的暴力，如余华的《现实一种》《河边的错误》《世事如烟》《难逃劫数》，残雪的《黄泥街》，苏童的《罂粟之家》《1934 年的逃亡》，它们映射着中国前现代，尤其是以"文革"为中心的暴力，正如《河边的错误》所书写的，杀人的疯子正象征着历史的疯狂与暴力，历史以及作为历史延续的现实弥漫着沉重的梦魇，表现为非理性的胜利。这在余华的《往事与刑罚》和《1986 年》中表现得更为清晰，《1986 年》中的"中学历史教师"与幽暗的"前现代"历史的精神联系是意味深长的：一方面，他的病灶具有明确的"文革"来源；另一方面，他又是一名历史教师并对刑罚史深有研究，这显然暗示了"文革"暴力的封建历史渊源。但值得注意的是，"文革"暴力的归来却是在1986年，被神秘带走并失踪多年的教师重新出现在一个全然不同的时代，令人产生一种时空错置之感。小说将场景安置在一个颇为现代化，具有某种商业化气息的背景中，在疯狂的中学历史教师边行进边以各种酷刑自戕的沿途，出现了电影院、咖啡馆和展销会，加上另外的消费时代的符号如万宝路香烟、雀巢咖啡、琼瑶小说，意外地暗示了这场悲剧性事件的当下性，或商业化时代的社会氛围。当然，在余华的理性层面上，对这场悲剧病症的解释仍是以"文革"为代表的几千年的封建历史幽灵。或者，它试图表明，即使在二十世纪八十年代中后期的中国社会中仍然潜藏着这种历史暴力的因素，他只是借此批判了人们对它的迟钝与麻木。

在余华的《十八岁出门远行》和苏童的《1934年的逃亡》中，出现了红背包的重要意象，它们来自父辈的赠予，象征了革命时代的意识形态。但在这些先锋小说中，它们联系着失败的父亲形象和主人公对于背叛和暴力的体验。红背包被抢走了，"天色完全黑了，四周什么都没有，只有遍体鳞伤的卡车与遍体鳞伤的我"（《十八岁出门远行》）。

先锋的表达是矛盾的，一方面，它表现为对革命时代的价值的质疑，对现实主义叙事成规以及背后的历史哲学的挑战。这在马原、格非、孙甘露等更注重形式革命的先锋小说家那里表现得更突出。这种对于叙事者自我的过度自信，既显示着对主体性、自我这些现代价值的高扬，也呈现了挑战既往主流价值规范的英雄姿态。但在另一方面，他们所心仪并模仿的西方作品，也传递着、不自觉激发着他们对中国现代危机的敏感把握，甚至超前的预言。即使那些表面上的对革命年代的批判，包括对"文革"的象征性书写，也潜在地具有了深层的复杂内容，我们甚至可以说，它只是在尚找不到新的语言的情况下，对新的社会症状的隐喻式表达。

从精神气质上看，先锋小说主要是现代主义的，它也是中国现代性自反式矛盾结构的一部分，它的一半面孔呈现为高蹈的现代主体性，除了精神层面上的意义表达，即使马原式的叙述主体，也带有现代性的进取性，诚如张旭东所言："（先锋小说）作为一个语言主体的精神自传，其自我营造的专注、安分守己、乐得其所之中的进攻性和扩张性，带有个体企业向市场渗透的经济本能的一切特征。"（张旭东《论中国当代批评话语的主题内容与真理内容——从"朦胧诗"到"新小说"：八十年代的精神史叙述》，《批评空间的开创》，东方出版中心，1998年）它的另一半面孔呈现为对现代化社会实践的本能的美学反抗。因为中国现代性危机在那时只是初步显现，先锋小说还不能清晰地意识到自己的这部分真实历史内容，这导致了它的晦涩含混与表意上的内在矛盾，事实上这也是它呈现为先锋小说这种艺术形态的重要原因。

在这一点上，先锋小说明显区别于此前热闹一时的"现代派"小说，二者虽然在形式上有相似之外，但"现代派"更多的是吸收所谓现代派的形式技巧，传达的仍然是反思文学的批判性内容，如在王蒙、宗璞、高行健、张欣欣的笔下，荒诞具有明晰的历史性内容，单纯地指涉以"文革"为代表的中国式的社会政治性荒诞。在这个意义上，更年轻的一代，如刘索拉与徐星是一个过渡，不过那种麦田守望者式的文化反抗更多地以一种略显颓废的方式肯定了人的现代价值。

或许正是因为这一历史阶段性，虽然1985年左右马原已出现，但先锋小说真正的潮流与高峰，以及它的核心特征，都大体出现在1987—1988年之际，而且越来越呈现出形式主义的倾向，表现为对内容的感伤放逐。1987年以后的先锋小说作品明显表现出态度上的犹疑，叙事上的破碎，想象的虚幻性，飘散出五色斑斓的夸饰色彩。先锋小说开始了一种无所适从的无目的流浪，如余华《十八岁出门远行》《鲜血梅花》，苏童《1934年逃亡》《飞越我的枫杨树故乡》，格非《青黄》《风琴》，北村《逃亡者说》，扎西达娃《流放中的少爷》……而孙甘露的小说最具典型性，他的所有作品都是一场语言的流浪。在1988年与1989年，先锋小说仿佛沉入一个集体的梦境，越来越无法索解，它不但消解了旧有的宏大话语，也消解了自身，一种随遇而安的漫游，似乎象征了一个黄金年代的落幕。

以注重形式感为重要特征的先锋创作，在它的高峰期，试图逃离既定的文化象征秩序，既对革命时代的宏大话语不屑一顾，也对现代化的意识形态心存疑虑，于是无法有效地安顿自己的位置，变成了心不在焉的眺望者。没有了刘索拉、徐星式的文化反抗的英雄气质，却于不期然间多了些玩世不恭、放任自流的感伤姿态。一种把持不住的话语失禁产生了。众多无法索解的情节是由打破线性时间而造成的，而对时间秩序的不信任表征着对世界秩序稳定性的丧失信心。格非的小说如《迷舟》《青黄》《褐色鸟群》中出现了一个个被批评家们所赞赏的"空缺"，其实它们反映的是文学对现实叙事能力的丧失，于是只能通过制造一些貌似具有形而上深意的空缺来勉强维系文本内的叙事动力。对于不完整的生活，格非们只能以不完整的方式加以讲述。既然已经无力艺术地把握现实，那就最大限度地远离现实，以营造一种"纯文学"的高深莫测吧。

从积极的角度说，先锋小说对时代的确具有某种超前的敏感，对过去已无所留恋，对正在展开的现代过程又丧失信心。正因为先锋小说不失准确地表达了那个时代的普遍的也是朦胧的感受，才受到读者的欢迎，尽管人们赋予了它另外的理由。那时，至少在理性的层面上，以想象中的西方为目标的现代化尚不失动人光彩。但是，对于这个中国正在进入的现代，似乎吸引力已然不够。不过，时间已经终结，历史已经不在，未来的道路似乎已经注定。虽然新时期的改革是独特的中国式的现代实践，但在意识上却是追求以西方为模板的现代性。如果说在与"西方"的拥抱中开始了一个梦想，那么在这场单恋的倦怠期便无力给梦想赋予新的内容。

先锋小说放逐了个体的责任，呈现出一种非真实感——抽取了个体选择可能性的生活只能是非真实的。小说中"人的消失"是自然的结果，因为已无所谓存在的勇气与意志。余华小说中的人物甚至成为符号与数字，在孙甘露的小说中，角色可以随时变换自己的身份。历史只是一个空洞的时间的展开，人的意志完全没有意义，它完全无法影响与干预历史。

人的消失只是现代的人的主体性的感伤形式。这种自我的消解，正是现代文化关于人的宏伟想象走向没落的表征。从中倒是不难窥见先锋小说与稍后兴起的新写实小说的精神联系，市俗化的、没有内在性的、随遇而安的小人物已经开始了历史的入场式。自我的内在性已成为累赘，正如格非的《敌人》所象征的，自我其实是自我的最内在也最危险的敌人。先锋小说放逐了历史，也解脱了历史中的人的责任，于是自然就产生了把一切交给命运的宿命之感。既然历史、现实与人自身已不可靠，那么，就在语言的乌托邦中寻求有限的放纵与沉醉吧。先锋小说一再书写逃离的主题，但却只有逃离的冲动与形式，没有逃离的方向与内容。即使开始看似有一个勉强目标的寻求也在最后演变为一场无目的流浪，正如《鲜血梅花》中的主人公的经历一样。这种随遇而安的流浪或许正是对当代历史境遇的象征化。这种历史宿命中的人如何获得解救呢，看来只能求助于神性的救赎了。北村的转向或许不是偶然的。

先锋小说进入了一个依靠惯性滑翔的失重时期，一个消失前的最后告别演出，正如苏童在 1989 年发表的一篇小说的名字，《仪式的完成》。

经历过二十世纪八十年代末的震惊和短暂停顿，在 1992 年之后，是更快速的现代化的推进。如果说，在历史展开之前，八十年代的现代化想象，以其抽象性和朦胧性找到了其美学的表现，那么，九十年代所展开的则是现代化的美学甚或神学的不加掩饰的世俗阶段（借用张旭东的说法）。而先锋小说作为其美学时代或神学时期的最后艺术结晶，在它的世俗阶段则变得既不可能，也不再必要，它的梦幻形式已失去了历史土壤。文学的商品化与市场化不可阻挡，即使"纯文学"也开始转化成了优质商品的标签，为贾平凹们的文学商品提供了质量担保。消费主义的"好看"的文学开始为消费时代的社会主流意识形态提供新的辩护。官方的意识形态也有了新的载体，九十年代以后，"主旋律"文学开始制度化，并具有了新的意识形态的内容。反抗这一市场化过程的文学也不再采用先锋式的含混方式，而表现为激烈的对抗性，明确地进行道德化的批判与思想上的争辩，比如张炜的小说。

比先锋稍晚的新写实主义小说潮流在某些方面延续了先锋小说的精神，它以低调的方式肯定了现代化价值。事实上，在1990年左右写出了《已婚男人》《妇女生活》《红粉》《离婚指南》的苏童也被有些批评家命名为新写实小说家。这似乎也预示了先锋小说的命运，正如丹尼尔·贝尔在评论先锋艺术时所说："反叛的激情被'文化大众'加以制度化了，它的实验形式也变成了广告和流行时装史的符号象征。"先锋小说很快被市场所收编，一个典型的现象是先锋小说家的作品一度被电影导演青睐，并被改编为更加通俗化的故事，如《红粉》《活着》《妻妾成群》等。

在某种意义上说，九十年代初以后，随着先锋小说事实上的退潮，它的思想倾向或美学因素开始重新化合并融入被命名为新写实小说、新历史小说和具有文化反抗意味的小说潮流或创作取向中去。先锋小说的退潮，也是它的曲折的内在延续与复杂的变形记。时至今日，如何评价先锋小说的历史遗产及后果仍然是个有趣的话题。

在1989年以后，在先锋小说家们中间，一种对历史的兴趣奇特地出现了。这以苏童和叶兆言为代表。格非的《敌人》、苏童的《妻妾成群》《米》《我的帝王生涯》和叶兆言《状元镜》《追月楼》《十字铺》《半边营》等"秦淮"系列小说，在打破了历史规律的紧箍咒之后，充分释放了历史的差异性，那些生动的细节释放出令人陶醉的韵味。这种向历史的逃逸，散发出感伤的抒情品格和莫名的末世气息。

如果说新写实小说是先锋小说在现实生活领域的体现，那么，某些新历史小说则是先锋精神在历史领域内的回声。它们延续了先锋小说的某种倾向，但形式探索的意味大大降低，也放弃了先锋小说时期的内部冲突与思想紧张。这种积极的紧张感的放弃，也是向市场时代的不失体面的暗中投降。这部分先锋小说已放弃了面向现实的愿望，只好沉溺于历史深处，把玩那些任由虚构打磨的历史细节和幽微的内心场景，支撑这些故事的只能是一曲欲望的挽歌。正如叶兆言的《挽歌》那样，面对无法把握的历史，只能发出如小说中的末世文人那样的暧昧而又意味无尽的感叹。在历史的幽暗碎片之上，昔日的先锋小说家尽情施展他们的才情，让空洞的内容呈现出唯美化的风格。在先锋之后转而向传统美学乞求灵感，并不表明对传统的皈依与怀恋，这些被打磨得光彩照人的历史细节其实与真实的历史无关，只是些消费化的历史表象而已。通过把自己交付给令人陶醉的古典主义风格和唯美的话语之流，他们以士大夫的文人趣味达成了与文化秩序的和解，悄悄地完成了文学的退却。

消费时代的先锋作家们进一步丧失了理解现实并给它赋予艺术形式的能力。对历史的过分热情在某种意义上正是源于讲述现实的能力的匮乏。有趣的是，他们大都热衷于讲述民国故事。民国故事既是历史，又在时间上连接着现实，它多少折射着对现实曲折的书写的渴望，和无力实现这种愿望的尴尬情状。此后的一些作家做出了转型的努力。如余华在1991年写出了《呼喊与细雨》，试图实现他"回到真实的生活中去"的愿望。但它却是通过个人化的童年经验，表达了被现实所驱逐的痛苦。经过了这个痛苦的阶段，余华才实现了自己的转折。

现在让我们再回到二十世纪八十年代末期的先锋小说。正如上文所指出的，那时的先锋文学具有某些本能的也是朦胧的反抗现代化或启蒙主义意识形态的性质。但是，这种反抗性被现代化的意识形态迅速收编了，这是通过文学批评来完成的。当然，先锋作家们也配合了这种收编。可以说，先锋小说是历史的造就，也是文学批评的构造。比如，文学批评通过将先锋小说命名为后现代主义创作，将之引入反抗或解构革命时代的宏大叙事，呼唤消费主义及市场化社会的意义轨道（虽然先锋小说也的确具有此种意义，但绝非全部），并实现自由的文学主体的意识形态梦想，它的内部矛盾与思想紧张消失了。

一个极其重要的事实是，先锋作家受到了父兄辈的作家、批评家过于热情的爱护，先锋小说由普遍出生于六十年代的作家所创作，但却是由年长的一两辈作家和理论家赋予意义。先锋作家的叛逆没有因看不惯而受到太多打击与否定，前辈们对他们的恶作剧也颇为宽容，对于他们拿抄来的西方文学摹本招摇过市大体上也没有什么意见。这当然不是无缘由的。

如果说，见多识广的批评家对这些模仿之作一直缺乏辨别力，我们显然低估了他们的才能。那么，那些心知肚明的批评家纵容、鼓励甚至怂恿先锋作家的动力何在？一方面，可能和先锋文学代表了某种"普遍主义"的文学标准，允诺了文学乃至人的自由有关。另外一方面，则是因为，批评家们借先锋小说与西方的"现代派"文学的联想关系，暗中呼唤着现代派文学可能存在的历史条件或社会前提，因为所谓后现代主义的先锋文学直接表征着后现代的历史阶段，即那个产生后现代文学体验的后现代。所以，当时的启蒙主义知识界是如此渴望着这个比现代更现代的后现代，于是不惜制造这个先锋文学的早产儿作为既成事实来索取未来现实的当下兑现或提前承诺。先锋批评夸张性地刺激着人们的想象，或以想象创造一种尚不存在、尚未充分现实化的现实，并把它当作既定的现实加以接受。当时的批评界之所以要强行把先锋小说命名为后现代主义创作，正是由于它寄寓了这种政治无意识。先锋文学仿佛启蒙巫师手中的金枝，它呼唤着理想的后现代社会的神奇到场。在最具代表性的先锋小说研究著作《无边的挑战——中国先锋文学的后现代性》中，陈晓明以"趋同与变异：中国产生后现代主义的前提条件"一节来夸张性地描述"后现代主义"先锋小说在中国兴起的现实条件，用意也正在于此。

批评家与当时的具有现代化倾向的知识界对先锋小说的阐释，对之进行了窄化、纯化与升华。从这一意义上说，先锋文学是被扶持的，也是被绑架的。当然，在这一过程中，先锋作家并不吃亏，他们获取了足够的象征利益。或许，他们早就对这场游戏洞若观火，并不失时机地暗中配合，而且可能越来越自觉。饶有趣味的是，以对叙事者的主体性的高扬相标榜的先锋作家，可能自觉充当了父兄辈的文学雇佣军。他们或许精明地以预留阐释空间的方式迎合了批评家的理论发挥，通过在文本中故意设置恶作剧式的、自己也不清楚的微言大义，栽种天然具有超载的文化象征意味的代码，如格非笔下的镜子、棋、神秘的死亡等。先锋作家与某些新锐批评家建立了良好的默契，他们各自收获了自己的职业荣誉。

新市民小说的意识形态蜕变史

二十世纪九十年代以来，中国更深刻地嵌入全球资本主义经济体系。伴随着经济的快速发展，社会分层也在急剧变化。于是，率先由东部沿海开放城市向内地扩展，一个富裕优雅的上流社会开始渐趋成形，他们不仅拥有令人艳羡的财富和社会地位，更具有不同流俗的品位。这个新贵群体为正在到来的消费主义时代提供了供人追随、膜拜的偶像，也树立了何谓现代的、有意义的好生活的完美标准。他们光鲜美好的形象重新接续起被"粗暴"的社会革命所中断的民国以至晚清贵族的所谓高贵血统，回应着知识分子对西方社会中产阶级的渴慕——对于八十年代末以来的主流思想界来说，中产阶级是现代自由民主社会的基石和稳定器，现代道德价值的载体；另外，作为橄榄形社会结构的庞大的中间阶层，他们还被赋予了民主政治的想象，成为使社会免于政治暴力的消极自由的捍卫者。在一般的想象中，中国式的中产阶级，一般具有良好的教育背景，体面的职业，勤勉的工作伦理，稳定而丰厚的个人或家庭收入，尤其重要的是，高雅的生活态度、文化趣味和丰盈的内心世界……张欣《岁月无敌》中临终的方佩给千姿的信勾画了这一阶级的道德草图："……此行只在挣钱出名，这些固然重要，但更重要的是从中锻炼自己抗拒诱惑的能力，坚持诚实正直的能力，不模仿别人的能力，靠自己双腿走路的能力……"这种清新的道德形象，作为发展主义的新主流意识形态，一方面代表了新崛起的精英阶层向全社会极力推销的自我形象——它也的确代表了他们假想中的自我理解；另一方面，也为其他阶层提供了一副完美的个人成功的神话镜像，从而成功地掩饰了财富的结构性起源和难以逾越的阶级壁垒。于是，围绕着中产阶级神话，现代都市生活获得了它的内在精神，找到了它的历史主体，也找到了它爆发式繁荣的根本依据。

所谓"新都市小说"，诞生于二十世纪九十年代初期以来的市场化改革的历史语境中，这使它完全不同于三十年代以来形成的，以城市为对象或场景的小说创作脉络，比如以茅盾为代表的社会剖析派的城市文学，以穆时英等为代表的书写殖民地洋场生活的新感觉派小说，以及老舍、张恨水、张爱玲、苏青等人的各种类型的现代市民小说；它也与八十年代以来的徐星、刘索拉、刘毅然、张辛欣、王朔等人的关于城市青年生活的小说完全不同。新都市小说标志着一次历史经验与文学表述的深刻断裂。需要说明的是，本文所指的所谓新都市小说，并不局限于 1994 年深圳《特区文学》倡导"新都市文学"以来被命名的小说创作，这种以新的都市体验和想象为叙述对象的小说类型，广泛地体现在诸如"新状态文学""新体验文学"乃至"新生代（或曰晚生代）小说"写作潮流之中，我们甚至还能在一些大众化的流行创作如职场小说中依稀看到它的身影。

九十年代以来的都市小说的理论倡导和写作热情都是源于一个新的中产阶层的成形与崛起，虽然，在最初它往往被不恰当地称为新市民，当然，作为一个颇具意识形态征候的表述，它似乎由此获得了广泛的社会代表性。正如《上海文学》1995 年 1 期刊登的《关于"新市民小说联展"征文暨评奖启事》所说的那样：

> 城市正在成为九十年代中国最为重要的人文景观，一个新的区别于计划体制时代的市民阶层随之悄然崛起，并且开始扮演城市的主要角色。……"新市民小说"应着重描述我们所处的时代，探索和表现今天的城市、市民以及生长着的各种价值观念的内涵。

一时之间，国内著名文学期刊如《大家》《钟山》《作家》《小说界》《芙蓉》《青年文学》《人民文学》等纷纷推出大量类似题材的小说创作。从深层意义上说，新都市小说的兴起正是源于中产阶级意识形态渴望美学化的冲动，或者说，反映了被想象为中产阶级的新贵群体寻找自身美学形象的心理诉求。这使九十年代的都市话语生产几乎突然间获得了不竭的动力。同样，伴随着中产阶级幻象的暗淡至于破灭，关于都市的令人炫目的，或华美或狰狞的表象也渐归于平淡。都市作为一个独立的美学形象或小说的核心结构要素而得以凸显，往往和这种中产阶级的虚假想象有关。本文也正是在这一意义上来界定所谓都市小说。事实上，并非以现代都市或城市为背景的小说都可以称为都市小说——其实，原初的命名"都市小说"尤其是"新都市小说"已经向我们显示了批评家和作家的理论潜意识。正因如此，梳理都市小说，我们可以清晰地发现这个想象中的中产阶级群体形象从神采飞扬的登台到面色黯然的退场的全过程。这其中，包括被寄予厚望的中产阶级道德的历史性破产，"新启蒙"理想的反讽式破碎，直至建立在"中产"想象之上的都市被祛魅，复归于一般的社会场景。于是，真正的都市小说在黑格尔意义上终结了。

都市的光彩四射的形象，是和富于魅惑力的中产阶层的生活方式内在相联的，星级酒店、高档餐厅、豪华夜总会、高级美容院、VIP 会所、情调不俗的酒吧或咖啡馆纷至沓来，衣冠楚楚的商界与文化精英、仪态万方的白领丽人粉墨登场。如池莉的《来来往往》《小姐你早》、张欣的《爱又如何》、王安忆的《我爱比尔》、邱华栋的《白昼的消息》、方方的《状态》、叶弥的《城市里的露珠》、葛红兵的《沙床》、棉棉的《糖》、卫慧的《上海宝贝》等，展现了这种新兴市民阶层的生活状态，那是一种有钱有闲、体面而优雅的生活。但是，这种被提纯的形象，刻意回避了财富的灰色甚至非法的来源，事实上，它往往与个人能力与努力关系不大，更为关键的是，根据社会学的研究，这个居于中国社会金字塔顶端的新贵群体，只占总人口的微小比例，从而与西方社会学意义上的中产阶级毫无关系。在都市小说的聚光灯之外，是支撑中产阶级梦幻生活的无名的人群，在中产的人生辞典里他们是社会失败者，虽然正是这个庞大的人群才构成了真正的城市生活的基础，但他们与都市的文学书写无关。

当都市小说把这个金字塔尖夸大为都市生活的主体甚至中国社会的中坚时，它只是在编织一种关于世界的意识形态幻象。相对而言，在二十世纪九十年代，尤其是九十年代末期以前，都市小说更愿意编织中产阶级的梦幻生活和情感乌托邦，此类作品是都市文学中一个流行的品类，比如《三人行》《生为女人》《私人生活》《回家》《春天的二十二个夜晚》《什么是垃圾，什么是爱》《如戏》《首席》《浮华背后》《我们都是有病的人》《那个夏天，那个秋天》《因为女人》《什么都有代价》《时钟里的女人》《游戏法》《来来往往》《浮华城市》《资本爱情现在时》《沙床》《卡布其诺》等。这在张欣、张梅的小说中体现得最为鲜明，在她们的小说场景里，轮番展示着乔治·阿玛尼、圣·洛朗、华伦天奴、耐克、杰尼亚、卡佛连、沙驰、古姿、"毒药"、"兰金"、劳力士等消费主义的时尚符码。当张梅笔下出现这样的句子，"我们常常把胭脂在脸上横着扫竖着扫，我们用蜜斯佛陀牌的定妆粉，用金鱼牌粉条，又用南韩的仙女牌湿粉"（《蝴蝶和蜜蜂的舞会》），我们不难感受到一种得意洋洋的炫耀之态。尽管他们的生活充满着优雅的感伤和痛楚，以及物质所无法填充的情感的失意与无聊，但仍然高傲地向我们呈现着高端的城市生活经验特有的奢侈。如《掘金岁月》里，穗珠最后"昏昏然地走至车旁，摸出车钥匙，几次对不准匙孔，夜其实已经深了，但此时她才真正感到暮色四起，倦意如海"。

特别应当指出的是，中产话语或都市话语的消费者除了真正的少数新贵，更多的却是向往"中产"生活的庞大后备军。都市小说的预设阅读对象或目标读者，主要是出身社会中下层，接受过良好教育，渴望通过个人奋斗进入上流社会的青年人。正如邱华栋《环境戏剧人》里的男主人公胡克所表白的："我必须要进入一个新的社会阶层，在这样一个社会迅速分层的时期，我必须要过上舒适的生活。我想这是我和很多年轻人的想法。"

男作家们更钟爱书写那些个人奋斗者。相对于白领女性，他们对城市生活的批判性更强，但是，他们的批判与焦虑主要来自尚未跻身中产阶层的现状和未能过上有意义的上流生活的沉重压力，所以，邱华栋式的都市小说不过是张欣式书写的补充形式，只是加入了一味"美学现代性"的批判的辣椒面佐料而已。作为都市生活的第二副面孔，它并没有，也不打算真正挑战中产阶级的都市想象。

邱华栋式都市写作，像西方现代主义文学一样，激烈地批判了资本主义的物化的现代性。不过，它没有否定都市生活的合理性本身，而只是说，只要放下身段，克服心理障碍，就能如鱼得水，成为成功者。如果说，张欣式小说，试图正面建构一种关于中产阶级或新富群体的道德价值以及文化形象，那么，邱华栋笔下的于连、拉斯蒂涅式的外省青年，则无意间有限度地呈现了中产道德的虚伪假面。它暴露了中产叙事的内在矛盾。一方面，新贵阶层试图尝试在启蒙主义的现代框架内建构西方式的"市民社会"或"中产阶级"道德，表达了将自身合法化的自我意识和朦胧的历史诉求；另一方面，这种政治冲动因它不合法的起源和脆弱的现实社会根基又不具备真正的正当性和可能性。这种自我意识的分裂呈现为《城市战车》叙述人即主人公的自述："在此之前，在我内心之中一直响着两种声音，一种是催逼我去拥抱现实，像一粒小精子那样流到现实的子宫里去，可另一种声音则是叫我上升，找到一种新的时代的精神价值尺度。我就是在这两种情绪扯动下去进行活动的。"

都市生活，以及与之紧紧联系在一起的"先富起来"的所谓中产阶级，在二十世纪九十年代，至少是前期，代表了普遍的现代生活的前景。生活在这一意识形态情境中的作家，往往习惯于用这种普遍主义的世界意识和目的论的时间框架来理解都市生活，所以，即使都市生活并不那么令人满意，也必须接受。我们不难在那个时代对都市生活且爱且恨的叙述中读出对现代生活的欣赏和新贵们对自身的信心。这也体现在那种通过个人奋斗进入上流社会的奋斗激情中。

化身为中产阶级的新贵阶级试图重新建构自身的历史以确立自身的现实合法性，王安忆的《长恨歌》作为一部具有内在的史诗气质的小说，以非凡的抱负描画出贵族化的"市民社会"的前世。王琦瑶，穿越革命年代，为上海这座具有特殊象征意味的城市赋予了绵延不绝的魂魄。另一位上海女作家陈丹燕以《上海的风花雪月》《上海的金枝玉叶》和《上海的红颜遗事》三部曲重新打捞起中产阶级的历史记忆，两个出身于中产阶级家庭、有着高贵血统的女性以特有的坚韧抗拒着时间的侵蚀。在民国的历史之后，张欣《岁月无敌》以对新中国的新贵族的叙述填补了中产历史的缺失环节，维护了中产历史承续的完整性。

但是，所谓中产阶级并没有在小说中真正建立起它的合法性，尽管在滞后和保守的大众文化领域它依旧光鲜迷人。这并不奇怪，中产阶级话语是被二十世纪八十年代以来的"新启蒙主义"观念催生出来的，但是，随着这一社会思潮渐失理论魅力，和启蒙知识分子阵营的溃散与分裂，附着在中产阶级之上的油彩与面膜也开始脱落。被"启蒙"出来的市场社会渐渐被感知为一个压抑性的体制，中产阶级的文学形象褪色了，显现出苍白虚弱的本质，其实，所谓中产阶级原本就是一种理论虚构和梦幻想象的产物。

中产阶级的形象其实继承了多种启蒙主义的现代理想，他们把个人权利与自由放在首位，特别关心自己的情感、欲望，时时警惕地看护着这种内在的自我，担心失去个性，高级的消费品位或生活格调恰恰体现了这种恐慌。如果说，最初的启蒙主义还具有理想气质与崇高追求——包括被启蒙主义寄予厚望的市场也被托付了自由、解放的神圣使命，那么，被启蒙出来的市场化的社会（以都市生活为代表）却一再偏离了最初的启蒙理想，或者说，都市生活把启蒙逻辑推向了极致，从而也就瓦解了启蒙思想的高调的灵与肉、精神与世俗的二元结构。被启蒙主义看好的"新贵族"正体现了这种启蒙主义的世俗化逻辑，当然无力建构起"中产阶级"的道德与规范。

都市小说的欲望化时代来临了，这正是中产阶级道德形象崩塌的开始，或者说，它意味着，新贵阶级以及作家们已经开始放弃建立虚假的中产阶级道德形象。比如有爱心、有情感责任和社会担当——在最初的都市白领小说及商战小说中，我们还是能依稀看到这种追求。都市小说开始为欲望本身及消费主义快感进行赤裸裸的辩护了，尽管还会披挂一些启蒙主义的装饰，比如一些无伤大雅的反思、内省与忏悔。都市生活经验被还原为混乱的城市生活碎片，最初的对人生意义的装腔作势追问此时也成了累赘，爱情蜕变成了性。

在新时期初期，作为人道主义话语的一个重要部分，爱情具有巨大的社会抗争意义，到了八十年代中期，由爱情进一步解放出来的性本能仍被赋予了政治解放的色彩，具有某种理想性的内涵，如在王安忆《岗上的世纪》和"三恋"中，男男女女的"自然"性本能天然地具有反抗社会辖域化的革命意义。但是，顺着这个逻辑再向前走就超越了启蒙主义理想的界限。由启蒙主义知识分子发起的"人文精神大讨论"标志着一种历史断裂，这时，人们面对的主要已不再是社会主义政治专制的压抑，而是以市场之名的新体制的控制。但对于启蒙的右翼来说，则是欢欣鼓舞，他们迅速地在新的体制中找到了位置，或者说，自觉不自觉地和既经变化的利益格局结成了新的同盟关系。他们继续将启蒙逻辑更为激进地推进下去，为已经成形的市场社会秩序作意识形态辩护。于是，新的文学观念开始形成。都市文学充满了世俗的喧嚣，但是，在它的支持者看来，这种"新状态"所代表的都市的混乱自有其内在的秩序，这是一种生机勃勃的混乱。朱文等作家携带着粗鄙的欲望入场了。

需要指出的是，本文所描述的演化线索并不全是历史的线索，而是逻辑的线索，二者只是大体的对应，但是，考虑到某个作家创作的惯性及观念改变的滞后性，二者并不完全重合。

这种后现代式的都市书写其实从何顿就开始了，它表现为对粗鄙的市场社会时代的日常生活的认同。它不再对消费主义时尚和贵族化的上流社会表示欣赏，而是对这种中产价值的假模假式心存不屑。这股粗俗的市井风与此前的"新写实主义"有某种承接关系，但不同的是，"新写实主义"那种无奈感和反讽气息消失了，批判性的底子彻底隐去了。

朱文的《我爱美元》、何顿的《生活无罪》《弟弟你好》《我不想事》《太阳很好》《我们像葵花》、戴雁军的《租贼公司》、钟道新的《股票市场的迷走神经》等小说，开始剥离中产阶级形象上的道德性或精神性价值，赤裸裸地展示金钱与欲望以及它们所代表的社会主流价值。在《生活无罪》中，身为知识分子的主人公"下海经商"，他以刻意的嬉皮士精神，展示了自己放弃精神，无负担地追逐金钱的过程。《生活无罪》显示了一种强烈的辩护色彩，所谓生活无罪也就是金钱无罪。

从何顿走向卫慧只有一步之遥，尽管二者面目不同。二者分享了共同的消费主义价值观，但却有着不同的关于自我的想象方式。毋宁说，卫慧等的写作是张欣与何顿的奇特混合体，"遵循享乐主义，追逐眼前的性感，培养自我表现的生活方式，发展自恋和自私的人格类型，这一切都是消费文化所强调的内容"。[①]大体来看，这批"70后"作家，发展出了一种颓废而又坚持格调的都市波希米亚风格，她们瞧不起早期都市小说的资产阶级式的庸俗，更瞧不上市井生活的恶俗，她们要用另类的生活姿态强调自己的独特性，即使是对商品的消费也不是为了像张欣小说那样炫耀，而是为了彰显自己的内在性——在巨大的生存虚无中，她们仍然拥有一个近乎"崇高的客体"，即她们的身体。

从一定意义上说，她们的都市书写倒是回响着陈染《私人生活》和林白的《一个人的战争》的流风余韵，只不过她们更深刻地打上了消费主义时代的烙印。这种另类的姿态，象征着对上一代中产道德的无因的反叛，以及以自我为中心的绝对自恋主义和遁世主义。在卫慧的《上海宝贝》《蝴蝶的尖叫》、棉棉的《糖》等小说中，另类青年"红""张猫""倪可可"等人脱离了中产阶级价值规范，追

---

① 迈克·费瑟斯通:《消费文化与后现代主义》，刘精明译，译林出版社，第 55 页。

逐时尚，只尊重本能、欲望和感觉，性爱与毒品是他们确证自身存在的方式。正如卫慧在《上海宝贝》"后记"中所说："这是一本可以说是半自传体的书，在字里行间我总是想把自己隐藏得好一点，更好一点，可我发觉那很困难，我无法背叛我简单真实的生活哲学，无法掩饰那种从脚底心升起的战栗、疼痛和激情，尽管很多时候我总在很被动地接受命运赋予我的一切。"

从人性启蒙而来的关于现代个人的想象，在中产阶级这里摆脱了政治与经济压力，抵达了顶点，也抵达了终点，走向了"人"的终结。"人"从人道主义、爱情、性或本能一路狂奔，在层层剥离了种种社会性马甲的束缚之后，只剩下了这点属于自己的内在性，绝对的消极自由的内核，同时也是空空荡荡的身体。这个原子化的个人自由也就构成了都市或现代生活的伦理基础。失去社会性理想和某种实质性的道德价值支撑的中产阶级在道德上虚脱了。

在这些另类青春的都市书写中，出现了脱离中国语境的全球化想象。新一代的新贵族（小说的主要人物大都是靠遗产、父母以维持高消费的生活，基本上是不事劳作的富二代）已经跨越国界，将认同的目光投向了欧美世界，这也标志着中国式的中产阶级的流产。《糖》中的赛宁成长于英国，《上海宝贝》中的马克干脆就是个德国人，而"上海宝贝"们认同的文化资源则是二十世纪六十年代美国反文化时期的大众文化经典，亨利·米勒、垮掉的一代、嬉皮复古装束，"白粉女孩"们则醉心于肖邦和交响乐、艾伦·金斯堡、西方摇滚、麦当娜、甲壳虫唱片和帕格尼尼，这些西方后工业社会中产阶级的文化时尚和趣味的象征，有效地标识出了"宝贝"们的阶级身份，也表明，她们已经不可能再在中国背景中想象自己的现实位置。那种吸毒的飘浮感自有它的社会的物质性内容。

"上海宝贝"们的另类颓废生活是有着背后强大的财富作保障的，但是，对于那些指望通过个人奋斗攀登上升之梯的青年来说，他们的路又在哪里呢？这恐怕也是"70后"作家们的感慨。他们生不逢时，二十世纪六十年代出生的作家还算赶上了一个好时候，当时的社会还是可以容纳来自底层的他们的上升的空间，在变动的利益格局里抢到一个有利的、至少还不算差的位置。作家邱华栋在与刘心武的对话中就曾确切地这样表述："我表达了我们这一代青年人很大一群的共同想法：既然机会这么多，那么赶紧捞上几把吧，否则在利益分化期结束以后，社会重新稳固，社会分层时期结束，下层人就很难跃入上层阶层了。"①可是，总的来说，在新世纪以来的当下时代，如果他是一个从边缘向中心的个人奋斗者，将面临着更严峻的形势。

在新一代的都市青春书写中，一股不可遏止的哀伤和凄楚甚至无奈、绝望的气息弥散开来，其中似乎潜藏着某种对生活本身与未来的绝望，即使欲望的放纵也带有一种忧伤的表情。迥异于邱华栋当年笔下的野心勃勃的、正在上升中的准中产。2000年以后，他们蓦然发现，自己原来只是没有明天的社会底层？通向云端的梯子在脚下断掉了。从二十世纪九十年代至当下，都市小说标画出了一条中产阶级梦想破碎的轨迹。新一代的年轻人，作为梦想中的中产阶级预备队，蓦然惊觉，所谓中产阶级从来没有真实地存在过，相对于居于塔尖的精英利益集团的，是庞大的"底层"。在这场零和博弈中，并没有"中产"存在的空间，同时，所谓中产幻象所遮蔽的社会结构清晰呈现。横亘在当初的准中产面前的是不可跨越的社会鸿沟。如果说，最初尚有一条狭窄的通道为个人奋斗留下了可能性，那么，在新时代，这个空间正在逐渐缩小以至封闭。当初怀揣梦想的邱华栋式的小人物不得不承认，他们其实和底层分享了更多的共同命运——这或许正是都市版的底层文学兴起的某种动力。

当初都市小说中高大帅气的中产阶级男性不再具有昔日的魅力，在须一瓜的《淡绿色的月亮》中，当一场入室抢劫案发生时，伟岸的丈夫尽现懦弱、卑微的面目，没有任何的责任感，他的高大形象在芥子心目中彻底坍塌了。

---

① 刘心武、邱华栋：《在多元文学格局中寻找定位》，载《上海文学》1995年8期。

戴来将这种女性视角贯彻得更充分，正如她所说："我的写作的独特之处在于我采用的男性视角"，小说《鼻子挺挺》《别敲我的门，我不在》《对面有人》《要么进来，要么出去》等以冰冷的叙述，勾勒了一个令人绝望的男性世界。或许，他们所代表的正是当初那个满怀信心，在商场、政界与情场开疆拓土的中产阶级的没落命运。戴来的女性视角更是别具一种宣判的意味。

伤痕文学：被压抑的可能性

正如旷新年和许子东所说，整个二十世纪八十年代文学的叙事前提就是"文革"①。自七十年代末以来，贯穿于整个八十年代，甚至延伸至九十年代，"文革"为中国文学提供了讲述故事的动力、素材甚至灵感。如果套用杰姆逊的说法，八十年代的中国文学，即使那些形式上纯粹关于个人力比多的故事，也总是和"文革"相关。在这些文学作品中，形态各异的个人的命运以及内心图景，总是以这样那样的方式归结于"文革"这个最终的历史起源，它提示着一道潜在的精神创伤，隐约标识着无法消除的历史疤痕。它就是那个幽暗而巨大的历史大他者，或者说中国当代历史自身。自七十年代末以来，这道伤口就被当时正在形成的后革命时代的主流意识形态小心翼翼地加以缝合，但却一直未能被彻底或有效地抹平。事实上，既经愈合而又刻意留下醒目的疤痕，正是后革命时代的意识形态有效运作的需要。而这种意识形态实践正是开始于七十年代末以来的所谓"伤痕文学"时期。

提及"伤痕文学"，人们首先的联想是它的过强的政治色彩以及"问题小说"的特征，它也因此受到钟爱"文学性"的文学史家和批评家的轻慢。不错，如果从所谓艺术性上贬损"伤痕文学"是容易的，也是方便的，对于八十年代中期以后受"纯文学"观念浸染的人们来说，这种反应也是极其自然的。但是，"伤痕文学"根本就没有"纯文学"的抱负，它追求的是与正在进行的社会历史发生互动，不管作者还是读者，判断文学的尺度都是它介入历史实践

---

① 旷新年：《告别"伤痕文学"》，载《写在当代文学边上》，上海教育出版社，2005年9月。许子东：《为了忘却的集体记忆——解读50篇"文革"小说》，生活·读书·新知三联书店，2000年4月。

的强度与深度。不可否认，它所秉承的同样是一种古老的文学传统，这也是八十年代特有的一种文学气质。因此，对于这一类型的文学，进行所谓的内部研究意义不大。它自身显豁的政治性，以及与现实政治更为直接紧密的关联，决定了政治分析或意识形态分析是唯一有效的研究路径，甚至是进入它的艺术性或文学表达层面的有效路径或必由之路。

根据文学史的普遍说法，"伤痕文学"兴起于"文革"结束后的 1977 年左右。以《班主任》《伤痕》为代表，集中涌现了一批展示"文革"给人们造成精神创伤的控诉性小说作品，这一创作类型被命名为"伤痕文学"。这种潮流持续的时间并不长，大概在八十年代初，它就被一种新的创作类型——所谓的"反思文学"所取代。据说，尽管二者在内容及风格上均表现出了极大的相似性，但反思文学不再满足于仅仅展示个人遭遇和不幸命运，而是进一步追问造成这种灾难的更深刻的历史原因甚至文化根源——这也是它们被命名为"反思文学"的原因。表现在小说内容上，"反思文学"与"伤痕文学"的一个重要的区别在于，前者往往试图在一个更广大的历史背景中来理解以"文革"为顶点的创伤性经验，叙事风格上也不再像"伤痕小说"那样具有情绪化的甚至歇斯底里的激越腔调，而是表现得更为理性。它往往从四十年代或"十七年"讲起（如《剪辑错了的故事》《内奸》等），以期建立一种目的论的历史逻辑，勾画出历史如何一步步走向灾难顶点的戏剧性线索，因而表现出更为宏大的社会悲剧或历史悲剧的气质。不过，在实际的文学史书写中，所谓"伤痕文学"与"反思文学"之间的界限却并不怎么容易区分，各种文学史中关于"伤痕文学"与"反思文学"的描述多有交叉融合，且说法不一，我们所能感受到的区分它们的唯一有效的标志，只是发表的时间。一般意义上来说，1981 年以前的作品会被指认为"伤痕文学"，而之后的则是"反思文学"。

如此看来，这样的形式上的区分与分期并没有太大意义，甚至可以说，自"文革"后期的"知青"民间创作，七十年代末至八十年代中期的小说创作（以及戏剧、电影、诗歌），当然包括狭义上的伤痕文学，也包括"反思文学"以至"现代派小说"及"改革小说"，都分享了共同的意识形态逻辑，可以称为广义上的"伤痕文学"。明乎此，我们不妨说，八十年代中期以前只有一个文学思潮，那就是"伤痕文学"思潮。

但是，这绝不是说，那个被称为"伤痕文学"的最初阶段是不重要的，没有什么特别的意义，如一般文学史家所说的，"伤痕文学"只是更成熟的"反思文学"的一个相对粗糙的前史或铺垫。绝非如此。在我看来，八十年代初之前的"伤痕文学"包含了更多的暧昧性和丰富性因素，潜藏着多重的可能性的空间，反倒是后来的"反思文学"和"改革文学"丧失了这种充满活力的异质性和革命性，从"乌托邦"正式过渡到了"意识形态"，正式成为改革开放时代的新型主流意识形态的文学表达。在七十年代（以 1976 年为节点）到八十年代初（以 1978 年 12 月中共十一届三中全会和 1981 年 6 月的中共十一届六中全会为节点）的历史转折中，文学场中进行着持续而激烈的角逐和争夺，这种围绕着文化领导权的争夺，在文学写作上打上了深深的印迹。这一过程也是意义含混的"伤痕文学"逐渐被正在形成中的"实践派"或改革开放的新主流意识形态收编的过程。众所周知，那一时期，文学创作深深影响乃至引导了新意识形态的建立，是塑造新的社会共识的至关重要的力量。[①]

这种共识是塑造出来的。我们现在是生活在共识已经成为"常识"的过程之后，对此已经缺乏反省能力，事实上，最初围绕着"文革"中哪个阶层、哪些人是最大的受害者，为什么受难，谁应为此负责等问题远没有形成社会共识，而那个时代的文学以其富于感染力的戏剧化的修辞效果，强烈引导并塑造了公共的情感体验方式，这构成了新型意识形态和政治实践的社会基础。"伤痕"当然是被塑造出来的，正如杰弗瑞·亚历山大所说，"创伤并非自然而

---

① 1978 年基本上可以视作一个重要分期，考虑到写作与发表的周期，实际的文学作品出现的时间可能稍有滞后，所以大体上，"伤痕文学"集中出现于 1977—1979 年间。

然的存在，它是社会建构的事物"。① 对创伤的话语将回答四个方面的问题：痛苦的性质、受害者的性质、创伤受害者与广大受众的关系以及责任归属。这也正是从"伤痕文学"到"反思文学"的使命。当然，最关键的是，"文革"被理解为创伤以及所有创伤的来源。

但是，需要注意的是，真正完成这种创伤共识的是"反思文学"，而不是"伤痕文学"。早期的"伤痕文学"在表达上充满歧义，它是逐渐被纳入了"共识"的轨道的。当时的批评界为什么要特意划分出一个所谓更高的"反思文学"来终结"伤痕文学"——二者在创伤性叙述的意义上区别不大，其实就是要否定或压抑"伤痕文学"的异质性因素。这次命名代表了某种意识形态的历史性的胜利，"反思"回溯性地给了"伤痕"以意义，从而避免了所指的滑动。"伤痕"由此结痂，成为一次无害的情绪的释放与宣泄，也成就了一次历史的告别仪式。"右派"（归来的官员和知识分子）的历史叙述终结了"知青"（"红卫兵"一代）的叙述。

大体而言，"伤痕文学"的创作主体是"知青"一代，素材和直接背景主要来自"知青"生活，其创作动力和思想资源也来自"文革"后期"知青"对"文革"的反思，它才是"伤痕文学"的真正源头。最早出现的具有代表性的"伤痕文学"作品几乎全是出自"红卫兵"或"知青"之手，如《在小河那边》《枫》《伤痕》等。是"知青"一代人为"伤痕文学"确立了基调和模式，但潮流兴起之后，"右派"作家迅速跟进，以带有"反思"气质的"伤痕"书写与"知青"写作分庭抗礼，并慢慢地引领潮流转向了"反思文学"方向。因此，我们可以说，真正代表"伤痕文学"气质的，是"红卫兵"或"知青"一代的"伤痕小说"，它们是这一代人对"文革"反思的艺术结晶。

89

---

① Jeffery C.Alexander, "Toward a Theory of Cultural Trauma." In Jeffery C.Alexander et al.,Cultural Trauma and Collective Identity.Berkeley,CA:University of California Press,2004. 见王志弘译：《迈向文化创伤理论》（www.cc.shu.edu.tw/~gioc/download/jeffrey_Chinese.doc）。

"伤痕文学"表达了"知青"与"红卫兵"一代人对"文革"的幻灭，这是最深刻的精神"创伤"，历经波折之后，这一代人开始对自己曾参与其中或被裹挟其中的"文革"进行批判性回顾并继而对理想和信仰进行痛苦反省。必须要指出的是，这种反思绝不是简单的否定（尽管有时在形式上不乏这样的气息和特征），而是以革命理想为基础，对具体的"文革"过程的否定和批判，他们要追问的是，当初他们满怀热望参加的，旨在消除新的不公正与权力垄断的文化"革命"，怎么被扭曲成了一场害人害己的社会灾难和人生悲剧？应该说，最初的"伤痕文学"把控诉的矛头和怒火指向以革命为名为非作歹的"小人"是本能的情感反应，也符合他们的直接观察。在他们看来，这些利用革命青年的"坏人"以及他们的总后台"林彪、四人帮"，正是破坏真正"文革"的社会政治力量的代表。把罪责都推给"坏人"，何尝没有要把"文革"和具体的"文革"过程分开的意思？这和后来的"反思文学"是不同的，它越来越把"坏人"当成了"文革"自身的人格化。

需要特别说明的是，1979 年之前，官方并未公开否定"文革"，当时朝野的一般看法是维护真正的"文革"路线①，最初的"拨乱反正"指的是"拨""林彪、四人帮"的"乱"，"反"的是毛主席的"正"。这种认识也代表了主流的政治正确，不管是"知青"还是归来的"右派"，都没有偏离这种表达。所以，我们不难理解，在 1978 年年底于上海召开的短篇小说座谈会上，参会者的一致口径是："我们一定要把文化大革命和'四人帮'区分开来，决不能把这两者混为一谈，不能把揭露'四人帮'说成是暴露文化大革

---

① 实践派对"文革"的否定从试探到正式发布，经历了一个过程，这当然也是一个斗争的结果，从叶剑英 1979 年的元旦祝辞，到 1980 年 11 月对"林彪、四人帮"主犯的公审，以及 1978 年中共中央十一届三中全会，对"文革"的评价都很策略，也很有保留，最后到 1981 年 6 月中共中央十一届六中全会通过《关于建国以来党的若干历史问题的决议》，才正式予以否定并成为官方结论。

命。"①《神圣的使命》在结尾处这样写道:"经历过无产阶级文化大革命的急风暴雨,社会主义祖国的江山,更显得分外妖娆。"在《我应该怎么办》中,男主角亦民的一段话颇可玩味:"这年头,坏人当道,好人遭殃。开头,我也是兴高采烈地参加了文化大革命,但是,后来许多老干部和平民老百姓的血和泪擦亮了我的眼睛。""我觉得有人把这场运动搅浑,有人打着党和毛主席的旗号,其实是给党和毛主席的脸上抹黑。"这段话在女主角"我"心中激起的反应是:"我从这位普通工人平淡无奇的语言里,看到老一辈无产者的道德继承。现在由于某种邪恶势力的推动,使自己阶级营垒里许多人盲目地自相践踏的时候,这个码头工人儿子的出现,仿佛在我阴冷的心头升起了一颗闪耀的明星,使我看到力量,看到光明。"小说结尾,亦民出狱后,笑着说:"应该让孩子知道多一点嘛!要让孩子知道:在林彪、'四人帮'横行时,我们有一些无产阶级专政机关曾经一度成为对无产阶级实行专政的工具!这个教训,不但我们这一代,而且我们子孙后代都要记住!"

如果说八十年代的思想主流是"新启蒙"主义,那么,在"伤痕文学"时期,很多作品试图回归的却不是"五四",而是正统的革命传统或者"继续革命"的"文革"最初构想,这样的表述恐怕不能仅仅视为不得已的表达策略或保护措施。《班主任》中的张俊石说:"现在,是真格儿按毛主席的思想体系搞教育的时候了。"

不可否认,对"文革"甚至革命理想的质疑在民间确已存在,对于"知青"一代来说,1971年的林彪事件的打击是巨大的,昔日革命者一朝成为叛国贼,这很容易造成信仰的轰毁。"今天派"正是代表了这种颓废趋向,某种意义上,《波动》《一个冬天的童话》《晚霞消失的时候》等书写"伤痕"的作品和一般的"伤痕文学"已经分道扬镳,这也是它们引发争议并遭受压抑的原因。"今天派"的确更激进,直奔资产阶级现代性而去,悄悄开启了启蒙主义的门

---

① 《解放思想,冲破禁区,繁荣短篇小说创作——记本刊在上海召开的短篇小说座谈会》,载《文艺报》,1978年4月19日。

扉，这当然和他们因为特殊的条件所接受的思想资源有关。不过，我们还不能如此轻易地把它和后来的蔚为壮观的启蒙主义大潮混为一谈。

这种颓废具有积极的思想内容，绝不同于后来的后现代主义式的"什么都行"。试想，在当下的时代，还可能提出这样的类似潘晓的问题吗？在我看来，这种激进的反体制的颓废情绪中，很大程度上，包含着"文革"理想失落之后对历史的绝望。从本质上说，他们反抗的其实并非革命理想自身，他们所要反的恰是当初"文革"要反对而实际上未成功，反而又正在恢复和强化了的现实秩序，尽管在理性上他们意识不到这种思想矛盾。可是，他们在"文革"后向历史索要的公正与民主，人道与自由，权力的非垄断，平等的公共参与，难道不是革命包括"文革"最初的目标和承诺吗？但是，这一切似乎都被轻易抹去了，留给他们的只是历史依旧，以及无意义的"蹉跎岁月"。此后，这种思想的矛盾与张力渐渐消失，随着历史演进的大势，它的政治潜意识逐渐地被压抑，创伤性体验被整齐地引导向对"文革"的不加区分的否定，继而走向对一切革命价值与社会理想的否定和对资产阶级现代性的全面拥抱。这正是历史的狡计！"知青生活的多样性、丰富性和矛盾性却被知青群体自己所遗忘，并日渐被偏执地窄化。其实，知青经验只是表象，从根本的意义上说，无论是红卫兵、知青，还是革命的挑战者，他们都是不折不扣的革命之子。知青群体，为红色革命所催生，而后又逐渐将革命的激情导向革命自身。在那个特定的历史年代，在从压抑性的旧的革命体制脱身而出时，他们恰恰以否定性的方式真正延续了革命的精神，并在此过程中迸发出巨大的生命潜能，这才是所谓知青群体作为一代人更为本质的方面。"[1]或许，我曾经对"知青经验"的这段评价同样也适用于对"知青"的"伤痕文学"的评价吧。从某种意义上说，"知青一代"到"黄皮书"去汲取西方思想资源时，是到异域去寻新路，试图用另类的想象来勾画一个彼岸的新世

---

① 刘复生：《掘开知青经验的冻土》，载《文艺争鸣》2013 年 8 月号。

界，以替代褪色或失落的旧理想，在这一意义上，"人道主义""存在主义"都被抽离它们本来的历史文化脉络，具有了在当代中国的现实政治针对性，从而也就具有了真正的革命性和解放性。当然，随着这种对西方世界的想象越来越落实在真实的欧美与日本，它也就堕入了庸俗阶段，丧失了批判性和革命意义，这正是八十年代以后发生的故事。

毫不奇怪，由"知青"（含"红卫兵"）与归来的"右派"（主要是官员和知识分子）共同参与的"伤痕文学"表面的共识很快就分裂开了，随着政治信号的明朗化，两拨人渐行渐远。他们各自的立场本就不同，极端一点说，"红卫兵"与被打倒的官员在"文革"中还是对立的双方，分别是革命主体与对象。"知青"的"伤痕文学"更强调理想失落的痛苦，被欺骗的幻灭，因此，在文本内外，1971 年的林彪事件和 1976 年的"四五"运动具有异乎寻常的重要性，前者表征了心理创伤的情结，后者则是情感爆发式宣泄的出口。伤口多具开放性，拒绝愈合，感伤气息浓烈。而"右派"的"伤痕文学"着重叙述旧有秩序的回复，伤口已结痂，主人公所需要的是告别过去，重建面对未来的信心。伤口是封闭的，具有苦尽甘来的团圆感，或崇高与悲壮的升华感。"右派"一再强调受难的无辜，将自己在文本中的投影塑造成纯洁的文化英雄（从维熙的小说最典型），他们所受的创伤主要呈现为生活上的打击，入狱，流放，妻子或恋人的背叛等，他们视自己为圣徒，将生活的打击看作人格修炼的冰与火（张贤亮），或走向世事洞明的通道（王蒙）。而不经意流露出的归来后的得意，为"改革文学"里大展宏图留下了伏笔——章永璘走过红地毯，摇身一变化身为陈抱帖，尽现"男人的风格"，那种杀伐决断的做派俨然与后来的走市场的新权威主义遥相呼应。

1976 年之后的几年，出于特殊的政治需要，为了制造"平反"的社会舆论氛围，"实践派"鼓励对"文革"的控诉与否定，因而与所谓"凡是派"存在分歧，文艺界内部也分裂为两派。大体上，周扬、夏衍、张光年、陈荒煤、冯牧等为一派，林默涵、刘白羽为另一派，双方围绕着第四次文代会报告的起草，对"伤痕文学"的评价，包括具体文学作品的评判，进行了争论。尽管双方在批判"文革"上似乎并无不同，但仍存在政治观念上的差异。在关于"写真实"和"写黑暗"的争论背后，我们依稀可以看到双方争论的核心仍是对"文革"及社会主义历史的评价问题，可惜具体的历史情境与僵硬的理论语言阻碍了问题的展开与深入。

但是，到了1979年之后，随着历史转折的政治障碍的消除，新的政治秩序的建立，展示"伤痕"以推进转向的必要性就不再存在，而一度受到鼓励的"伤痕文学"的"文革"批判对新秩序的现实与历史合法性的挑战却愈发显现，因而与主流意识形态的冲突就不可避免。据何言宏的统计，1978年到1984年间的全国主流的各类重要奖项中，"1980年（含该年）以前，文化领导权体系对于'伤痕''反思'小说话语激励的力度较为强劲，此后，便处于基本持平而略显下降的趋势"①。中央领导高层不断重申"四项基本原则"，国家出台了更为严厉的出版管理制度，于1981年1月29日和2月20日接连颁布了两个重要文件即《中共中央关于当前报刊新闻广播宣传方针的决定》和《中共中央、国务院关于处理非法刊物、非法组织和有关问题的指示》，对意识形态的管控再度收紧，后来的"清除精神污染运动"只不过是这一过程的自然结果而已。值得注意的是，这次文艺创作上的收紧，既针对《苦恋》（电影《太阳和人》）这样的作品，更特别针对《骗子》《在社会的档案里》《女贼》这样的作品，其间传达的意味很值得思考。对于这样一种创作倾向，中央专门于1980年1月23日在京召开了剧本创作座谈会，会议由中央宣传部直接组织和主持，时任党中央秘书长和中央宣传部部长的胡耀邦做主题报告。胡耀邦指出："现在争议最多的大概是如何看待官僚主义、特殊化。我们的国家有没有官僚主义、特殊化呢？有，而且有的地方相当严重。""还有一个很重要的问题：官

---

① 何言宏：《中国书写——当代知识分子写作与现代性问题》，中央编译出版社，2002年，第48页。

僚主义、特殊化究竟从哪里来的。这个问题必须研究清楚。是不是我们社会主义社会固有的？说官僚主义、特权者，就是我们社会主义根本制度本身产生的，我不赞成这个意见"，"还是旧社会遗留下来的影响"[①]。而我们非常清楚，这些所谓官僚主义和特殊化问题其实正是"文革"原本所针对并试图去解决的问题。

与此同时，《今天》也被取缔，此后，"今天派"的诗人诗作经挑选后开始被《诗刊》等接纳，正式被新体制收编。

"伤痕文学"的转向或许也和"知青作家"作为"知青"在社会上层普遍获取了优越的社会位置不无关系，更和新的社会体制的建立相关，"知青文学"的"伤痕"色彩逐渐淡去，"伤痕文学"的青春性，或者说它所具有的包含了各种可能性的某种未定型状态，被"反思文学"所替代。而后来的"知青文学"也渐渐熄灭了它"伤痕"时期的粗粝感伤姿态，而被整合规训，融入新的意识形态与制度化的文学主潮，慢慢地，它开始沉浸于对青春激情的空洞缅怀，对个人成功神话的苦难前史的怀旧。"知青文学"开始与市场时代的逻辑互通款曲，相得益彰。初心早已不可辨识，"文革"几成笑谈，或许回首过往，还要做一些轻飘飘的忏悔，向当初的无知岁月致奠。

更值得注意的是那些从一开始就拒绝展示"伤痕"的"知青文学"，比如拒不承认受难的张承志和史铁生等，由于偏离于控诉的大潮，他们多少显得有些另类和边缘，至少没有引起社会公众的注意，尤其是张承志，他关于人民与理想的表达从来没有离开他最初的理想。而后来，张承志、王安忆、韩少功又重新回到知青的"文革"经验中，试图将其中的复杂性重新打捞出来，让当初"伤痕文学"错失的可能性再度浮现，成为对新时代的批判性资源，对照"伤痕文学"，阅读《金草地》《启蒙时代》和《日夜书》，我们会别有感触。

"伤痕文学"迅速向"反思文学"和"改革文学"转变。我们

[①] 胡耀邦：《在剧本创作座谈会上的讲话》，载《文艺报》1981年第 1 期。

不难发现，有些"改革文学"和"反思文学"非常相像，比如《冬天里的春天》和《花园街五号》，不过只是"反思文学"加了个"改革"的尾巴，而大多"改革小说"的主角都是归来的"右派"或老干部，"改革小说"不过是他们落实政策之后大显身手的故事，是"右派"故事的下半场或续集。故事的基本矛盾是走市场经济道路的改革者与"左"的保守派之间的斗争，当然，这些反派人物基本上都是思想僵化的，道德伪善的，甚至心性邪恶的，外表丑陋的。

1981 年的中共十一届六中全会彻底"终结"了"文革"问题，"现代化"成为时代的主题，以"反思""改革"小说为代表的文学创作也在那两年达到了空前的繁荣，当然，文学与新秩序的蜜月也即将走到尽头。1984 年十二届三中全会正式提出"建立充满生机的社会主义经济体制"，改革的重心转向城市，新时代的意识形态已经不再需要文学保驾护航，文学迅速丧失了它的社会功能，不再被重视，迅速"失去轰动效应"。八十年代初文学的红火，一度让文学界产生了虚假的膨胀的自我认知，不断地索求主体意识的扩张与摆脱政治的自由。一个具有反讽意味的事实是，文学的成功正是建立在"不自由"的前提之上，建立在它与历史现实的张力之中。当它索取的自由一旦得到，它自身也就迅速地无足轻重——反过来说，自由的获得其实正是建立在它已不再重要这一前提之上。"纯文学"在主体性的膨胀之中走向形式，走向自身的现代化，即现代主义或先锋派。从这一意义上说，新时期文学正是终结于 1985 年，它与社会历史的关系开始断裂，也丧失了面对总体历史的叙事能力，文学越过空洞的形式实验的泥淖之后迎来了一个散文化的市场时代。它走向了偶然的历史和卑微琐屑的人生，于是，"新历史小说""新写实主义""新都市小说"接踵而至，文学由"叙述"走向了"描写"，由历史走向了"浮世绘"。

新革命历史小说的身体修辞

——以《我是太阳》《亮剑》为例

一、新革命历史小说：穿越私人领域

二十世纪九十年代中期以来，"主旋律"文学借助国家体制资源的支撑，产生了广泛深入的社会、文化影响，极大地改变了当代文坛的整体格局。在"主旋律"创作（主要是影视剧及长篇小说）中，最早出现及最为成熟的表现领域是革命历史题材。作为国家意识形态的载体，为了完成在新的时代条件下的意识形态功能，这批新的革命历史题材的"主旋律"作品极大地超越了"十七年"时期同类题材作品的固有模式，借助对于个体生命史的富于感性与激情的书写，来曲折完成现实秩序合法化的叙述。近年来这一写法颇为流行并大获成功，其重要作品如小说《我是太阳》（邓一光）、《父亲进城》《军歌嘹亮》（石钟山）、《亮剑》（都梁）、《我在天堂等你》（裘山山）、《英雄无语》（项小米）、《走出硝烟的女神》（姜安）以及根据这些作品改编的影视剧如《激情燃烧的岁月》（根据《父亲进城》改编）、《我在天堂等你》、《英雄无语》、《走出硝烟的女神》等。这批"主旋律"作品成功地将个体生命史穿越，并加以征用，使那些关于个人力比多的故事生成政治隐喻。为了达到这种复杂的意识形态效果，"主旋律"作品使用了大量关于身体的修辞，这种对于身体的书写显示了个体生命的具体性与感性化，也使主流意识形态的传达更为隐秘、有力，它制造着基于情感认同的阅读快感，从而将作为"他者"语言的意识形态写入受众的无意识领域，以完成对新的主体的塑造。从这一意义上说，作品的接受过程正是微观政治学的精妙实践，这些革命历史故事对于"身体"的书写正是对于新主体的规训技术的重要组成部分，它潜在地改变着受众的欲望结构，并对欲望在既定的方向上重新加以组织。

在这一序列的"革命历史"创作中，主人公的生活大都贯穿革命年代以至改革后的岁月，因而他们的个体生命史与现当代史是高度一致的，在某种意义上是这段历史的浓缩，也可以说，这些活生生的革命者个体将这段历史的"本质"人格化了。在人物关系及情节设置上，这些作品多半都遵循相同的写作模式：男性主人公为粗鲁、骁勇的军事指挥官，经组织安排如愿地与年轻貌美的女主人公结婚，在共同革命、参与历史的过程中，女主人公也完成了对男主人公由抗拒到认同的情感历程（《走出硝烟的女神》与《英雄无语》的处理比较特殊），"革命"的历史与个人情感的历史成为互相交织的两条故事线索。于是，外在的宏大的历史进程被转移到私人领域中来，革命历史奇妙地成为个人史，二者互相渗透、穿越，构成互文关系。在这里，"主旋律"作品与既往的革命历史题材作品出现重要差异，它也是主流意识形态表意策略的新的调整。这种变化鲜明地体现在对于"身体"的不同处理方式上。本文将主要以产生较大影响的长篇小说《我是太阳》（邓一光）和《亮剑》为例进行分析，尝试发掘意识形态如何借助身体完成了自身的再生产。

二、性感的身体：身躯的突显及暴力美学

在这批小说及影视剧作品中，作为主人公的男性军人具有鲜明的可识别的身体特征：

> 你们的父亲18岁入伍，是个大个子，年轻时身高一米八。他跟我说，他刚当兵时连长就很喜欢他，常拍着他的肩膀说，好小伙，天生一个当兵的料。的确，我认识他时他30岁，仍然精神抖擞，丝毫不见老。可以想见18岁的他是怎样的英武了。有句老话说，山东出好汉。我挺相

信这句话。这里面除了有梁山好汉留下的英名起作用外，很重要的一点就是，山东人首先在个子上像个好汉，几乎个个都魁梧高大，不会给人卑微畏缩的感觉。（《我在天堂等你》）

其他小说中多处出现的外貌描述也大都是诸如"胡子乱糟糟的，皮肤又黑又粗，人显着老气"（《我是太阳》中的关山林），"身材孔武有力，面相粗糙，却也浓眉大眼"（《父亲进城》中的石光荣）之类的语句，李云龙（《亮剑》）也以异乎寻常的硕大头颅（小说交代是因为练武所致）显示了特殊的威猛之气，这些体征似乎也使他们同样异常鲜明的粗豪的性格具有了坚实的物质基础。

这种白描式的外貌描写颇类似于中国古典小说对英雄人物的刻画，与"十七年"及"文革"时期小说对英雄人物的书写也相去不远，其用意仍在于传达英雄气与"男子气"。但值得注意的是，这种对身体的刻画并没有停留在表征的意义上，而是往往获得了进一步的肉身化的感性呈现，从而透露出某种性感的光辉。这充分地体现在小说对于战斗中的英雄的描摹上，他们身体的活力，非凡的力量，以及肢体的灵活性、协调性、技巧性得到完美的呈现。这是身体的舞蹈，魅力四射。《我是太阳》《亮剑》中大量篇幅都是此类英雄身体动作的展示，如：

> 关山林射击的架势，就全看出是一个地道的老兵来了。若是新兵，激战时，手中要有一支快机，准是一搂到底的，一匣子连发，打的是气势，打的是壮胆，打的是痛快。关山林不，关山林打的是点射，少则两三发一个点，多则四五发一个点，不求张扬，要的是个准头。枪指处必有目标，枪响处必定倒人，而且是在奔跑中射击，凭的是手法和感觉。换匣也快，最后一发弹壳还在空中飞舞的时候，左手拇指已按住了退匣钮，空弹匣借势自动脱落，右手早已摸出新弹匣，擦着落下的空弹匣就拍进匣仓里了，

就势一带枪栓，子弹就顶入枪膛了，此时空中飞舞着的那粒弹壳才落到地上。说起来有个过程，做起来却只是眨巴眼的工夫，就是射击时的那个声音，也能听出一种意思，哒哒，哒哒哒，哒哒哒哒，那是有张有弛，有节有奏，不显山不露水，不拖泥不带浆，老道、阴毒、从容、直接，那全是一种技巧，一种性格，一种气质。关山林就这样，像一头绷紧了肌腱的豹子，在火海中跳跃奔跑，怀中的冲锋枪点射不断，将一个又一个二〇七师敢死队的队员打倒在自己脚下。阵地上子弹四处横飞，关山林的裤腿衣袖不断被穿出窟窿来，冒出一缕青烟，又很快熄灭了。炮弹和手榴弹的弹片擦他的脸颊飞过，把他一脸的胡子削出一道道的槽，他却像全然不觉似的，只知道在火阵之中奔跑、跳跃、射击。他就像一块黑乎乎沉甸甸的陨石，在阵地上飞速通过，而那些擦身而来的代表着死亡的子弹，只不过是陨石四周飞舞着的美丽的星星。(《我是太阳》)

如果说对关山林的身体动作的夸赞还多少包括了对于他使用枪械的技艺的激赏（其实，器械已化为关山林身体的内在组成部分，是他的一种自然延伸），那么在《亮剑》中，则似乎更偏爱展示李云龙挥舞鬼头刀的身体形象，它无疑更直接地呈现了李的肢体力量和技巧。如：

李云龙的第一个对手是个日本军曹，他不像别的日本兵一样嘴里呀呀地叫个没完，而是一声不吭，端着刺刀以逸待劳，对身旁惨烈的格斗视若无睹，只是用双阴沉沉的眼睛死死盯着李云龙。两人对视着兜了几个圈子。也许日本军曹在琢磨，为什么对手摆出一个奇怪的姿态。李云龙双手握刀，刀身下垂到左腿前，刀背对着敌人，而刀锋却向着自己，几乎贴近了左腿。日本军曹怎么也想象不出以这种姿势迎敌有什么奥妙，他不耐烦了，呀的一声倾其

全力向李云龙左肋来个突刺，李云龙身形未动，手中的刀
迅速上扬咔嚓一声，沉重的刀背磕开了日本军曹手中的步
枪，一个念头在军曹脑子里倏然闪过：坏了，他一个动作
完成了两个目的，在扬刀磕开步枪的同时，刀锋已经到
位……他来不及多想，李云龙的刀锋从右至左，从上而下
斜着抢出了一个180度的杀伤半径。军曹的身子飞出两米
开外，还怒视着李云龙呢。李云龙咧开嘴乐了……

在几乎每一次战斗中，作为师长、团长的李云龙或关山林总是
冲锋在前，亲手毙敌，虽然在现实生活中缺乏根据，却为展示英雄
们富于男性魅力的躯体创造了条件。

如果说在"新时期"以前的主流意识形态小说中，形貌特征所
象征的内在品格压抑了对身体的呈现，那么"主旋律"小说则突出
地将身体推向前台。从这里我们可以发现现代性内部两种对身体的
想象方式的对立。

肉体与精神的二元对立是现代性的重要内容，文艺复兴以来
对宗教的批判并没有解救身体，精神与肉体的等级秩序只是变换了
一种方式而已。"之前用以反对基督教永恒的观点，现在则被用于
由乌托邦主义所构想的俗世的永恒"[1]，肉体依然是这个彼岸世界
的低级的"他者"。革命话语作为一种现代性观念体系，强烈地体
现了这种认识。在二十世纪五十至七十年代的中国文学中，可以清
晰地看到一个越来越强烈的对肉体的排斥过程，这正是精神——肉体
的现代性观念不断激进化、纯净化的结果。肉体不单是一个与精神
相对立的存在，在激进化的"无产阶级世界观"中，肉身及其所表
征的个体欲望，不可避免地还是"私"的内容。所谓"献身"，不
单包含死亡这种最极端的形态，还包括对"日常生活"的自觉放
弃。在"一体化"时期的社会主义文学中，身体与日常生活都被有

---

[1]　Mafei Kalinescu,Five Faces of Modernity,Duke University Press,
1987,p.67.

机地组织进了革命、国家建设的宏伟现代性目标。[1]从一定意义上说，这体现了一种生产性伦理，是国家对身体加以组织管理使之更有效率地投入"革命建设"的控制手段。这种观念确立了身体的地位——身体自身是无意义的，甚至是邪恶的，它的意义要由革命等现代性目标赋予，只有融入了这一伟大的时间进程它才得以合法地呈现自身。也正因如此，江姐等革命者"献身"时，才会获得完美的躯体（高大、神圣），彼岸世界的光芒照亮了他们，拯救了他们作为肉身的有限性，使之不朽。所以，在五十至七十年代的革命历史小说中，革命者的身体总是处在缺席状态，相反，革命者的对立面（敌人，叛徒）才具有肉身性。正如李杨在分析《红岩》时指出的："叙事人在《红岩》中表现出的'肉身的意识形态'立场引人注目，在这里，敌我双方的政治对抗被简化为'精神'与'肉身'的对抗，作为纯粹精神存在的共产党员几乎没有任何肉身的踪迹，因此对共产党人的肉身摧残不但不能伤害共产党员的形象，相反成为了共产党人精神纯洁性的考验，而大大小小的国民党特务却无不生活在'食''色'这些最基本的身体欲望之中，在这种最卑贱的动物性中无力自拔，'阶级的本质'使他们始终无法了解和进入共产党人的精神世界。"[2]从某种意义上说，远离肉体的程度是衡量是否是一个革命者及其纯度的一个标尺。

"主旋律"革命历史小说对身体的想象呈现为另一种形态。我们不妨说它是在尼采的"反现代性的现代性"的方向上展开对身体的想象。不过，新革命历史小说中的"身体的造反"并没有强烈地消解主流意识形态的意义，毋宁说，它是以另一种形式服务于主流意识形态的表达（见下文）。在新革命历史小说中，富于活力的，

① 唐小兵对《千万不要忘记》的解读对这一问题做了很好的分析，见唐小兵：《〈千万不要忘记〉的历史意义：关于日常生活的焦虑及其现代性》，《英雄与凡人的时代——解读 20 世纪》，上海文艺出版社，2001 年。

② 李杨：《50—70 年代中国文学经典再解读》，山东教育出版社，2003 年，第 194 页。

或者说"强力"的身体被构造出来，它还经常以一种暴力的形象（杀戮的身体）呈现。

这里显示出某种暴力美学的特征。暴力是现代性的内在规定性之一。帝国主义、民族主义、殖民主义、革命都是现代的暴力形式，所谓"现代化"进程总是伴随着一系列的暴力。依照民族主义或阶级解放的话语逻辑，暴力都可以获得合法性。所以，在"十七年"及至"文革"时期，展示暴力也是革命历史小说的惯常策略，其暴力的语言也经常借助于身体的隐喻式表述。[①]但是，五十至七十年代的革命历史小说对呈现暴力中的革命者的躯体颇为节制，一般不对躯体做过多的美化与渲染，不像《我是太阳》《亮剑》这样的作品如此专注于暴力中的躯体的快感。即使是《林海雪原》《烈火金刚》一类保留了更多民间英雄传奇色彩、热衷于展示暴力场景的作品（其中经常出现利刃剖腹、肝肠满地的血腥场面），也未对革命者杀戮时的感觉多做描述，虽然在叙述中也流露出了某种复仇的快意，却不是对杀戮本身的快感。总的说来，旧有的革命历史小说对暴力的展示是为了表达某种有关阶级、民族的特定意义，其背后仍是一套爱与恨的情感结构，进步与反动的历史、价值判断。身体只是作为一个外在表征，服务于更完美地呈现革命者作为全新的现代性主体的内在本质。但在这批新的革命历史小说中，这些现代性的历史内容被抽空了，暴力过程，暴力中的躯体，富于男性魅力的从事杀戮的身体，作为一个独立的审美过程与对象被凸显出来。

读者不难从这些作品中发现主人公（包括叙事人）的"嗜血"倾向。在《我是太阳》《亮剑》中，主人公都是"嗜血"的，他们无时不对战斗，尤其是短兵相接的搏杀充满渴望与迷恋。正因如此，于他们而言，和平年代完全是平庸乏味的。对于这些革命者、英雄来说，战斗是一种个人化的爱好。这些出身社会底层的革命者缺乏对于自身战斗的最终目标及其宏大意义的认知，小说凸显的是

---

① 关于这一问题可参见唐小兵对《暴风骤雨》的分析，见唐小兵：《暴力的辩证法——重读〈暴风骤雨〉》，载《英雄与凡人的时代——解读 20 世纪》，上海文艺出版社，2001 年。

他们的身体与性格这些相对来说缺乏精神、思想深度的个人特征，他们的政治理想、内在精神境界始终是缺席的。小说没有出现这类心理描写，也没有设置专门的情节或人物语言来显现这种内在精神——他们甚至连一点这样的朴素想法都没有。与之形成对照的是他们过于充盈的身体：强健而富于男性魅力。这种写法对于旧有的革命历史小说来说是不可想象的。如果从原来的革命历史小说的标准来度量的话，这些小说呈现给读者的革命者的形象是可疑的，他们还处在粗糙的前革命者的状态。

三、躯体中的躯体：身体的升华

在"十七年"及"文革"的革命历史小说中，革命英雄的肉体是升华的，革命者的精神信仰、钢铁意志，使他们的身体超越了生理意义上的实在性，因而具有了不可毁灭的崇高性。所谓"革命者是由特殊材料制成的"。正如斯拉沃热·齐泽克（Slavoj Zizek）对此所做的分析："共产主义者是'有着钢铁一般意志的人'，他们以某种方式被排除在了普通人类热情与脆弱的日常循环之外，好像他们在某种程度上是'活着的死人'，虽然还活着，但已经被排除在自然力量的普通循环之外——即是说，好像他们拥有另一个躯体，一个超越了普通生理躯体的升华的躯体。……共产主义者是不可毁灭和不可战胜的，他能忍受世界上最残酷的折磨，能毫发无伤地死里逃生，并能用新的能量强化自身。在这样的共产主义者形象后面，存在着这样的逻辑，与《猫和老鼠》中的幻想逻辑毫无差别，在那里，小猫的脑袋被炸药炸掉了，但在下一场中，它又毫发无伤地继续追击它的阶级敌人——老鼠。"[1]这种幻想逻辑正是旧有的革命历史小说对革命者身体加以升华处理的观念基础，突出的例子

---

① 斯拉沃热·齐泽克：《意识形态的崇高客体》，季广茂译，中央编译出版社，2002年，第200—201页。译文略有改动。

如《红岩》等作品（根据其部分内容改编的电影《在烈火中永生》将这一逻辑伸展得更为充分）。在《红岩》中，徐鹏飞审问许云峰和成岗时，就陷入了困境，他所能使用的针对世俗肉体的拷打手段在两个"升华"的躯体面前完全失效：

> "哼，你受得了十套八套，你可受不了四十八套美国刑罚！"
>
> "八十四套，也折损不了共产党员一根毫毛。"还是钢铁般的声调。
>
> "这里是美国盟邦和我们国民党的天下，不是任你们嬉笑的剧场。神仙，我也叫他脱三层皮！骷髅，也得张嘴老实招供！"徐鹏飞咆哮着……

可是，升华的躯体比神仙还要刀枪不入，陷入深深挫败感而气急败坏的徐鹏飞只好把他们拉出去枪毙。面对死亡，许云峰和成岗获得的是升华的快感：

> 从容的许云峰和刚强的成岗，互相靠在一起，肩并着肩，臂挽着臂，在这诀别的时刻，信赖的目光，互相凝望了一下，交流着庄严神圣的感情。他们的心情分外平静。能用自己的生命保卫党的组织，保卫战斗中的无数同志，他们衷心欢畅，满怀胜利的信心去面对死亡。

"主旋律"小说中革命英雄的身体不再由肉体向精神升华，他们的身体是自足的，并不需要由另外的、来自肉体深处的理想性的光芒来照亮。但是，他们的身体仍然是升华的，即肉体向着其自身高度完美的形态升华，它与其内在的精神性因素无关。在《我是太阳》及《亮剑》中，都有主人公负重伤之后神奇痊愈的重要情节，关山林被炮弹炸飞，身体几乎被"炸烂了"：

关山林被人从战场上抬下来以后就一直处于昏迷状态，他的身上至少留下了十几块弹片，全身血肉模糊，腹部被炸开了，左手肘关节被炸得露出了白森森的骨头，最重的伤是左颞颥处，有一粒弹片切掉了他的半只耳朵，从他的左颞颥钻了进去。邵越把他从硝烟浓闷的血泊中抱起来的时候以为他已经死了。

但是，仿佛任何重创都不能损伤关山林的身体，七天七夜之后，他又"活了过来"：

医院的医生说，关山林能够活过来，当然和医院的抢救条件治疗技术有关系，但最重要的还是靠他自己，一般说来，这种术后综合症能够活下来几近奇迹。……关山林的伤势恢复得很快。邵越洋洋得意地对医生吹牛说，我们首长不是一般人，我们首长只要死不了，活起来比谁都旺盛，我们首长呀，他是属马的，经折腾！医生说，难怪，给他做手术时，看他一身的伤，整个人像是打烂了又重新缝合起来似的。邵越坐在那里，跷着二郎腿说，这回你们开眼界了吧。

《亮剑》也一样，甚至连李云龙与关山林受伤和康复的方式都一样（被近距离炸弹击中，七天后苏醒）：

躺在手术台上的李云龙真正是体无完肤了，腹部的绷带一打开，青紫色的肠子立刻从巨大的创口中滑出体外，浑身像泡在血里一样，血压已接近零，医生迅速清洗完全身，发现他浑身是伤口，数了数，竟达18处伤，全是弹片伤。眼前这个伤员的伤势太重了，血几乎流光了，整个躯体像个被打碎的瓶子，到处都需要修补。

但，李云龙也奇迹般地生还，很快又活蹦乱跳了。

这种处理使英雄们的躯体显示出某种非肉体性。的确，在小说中，很少对英雄们身体感觉的书写。受伤，虽然是濒临死亡的重伤，对于他们来说，只是一次短暂的记忆中断，醒来后，他们依然拥有完美、强健的身躯（小说此后也没有写到这些重伤留下的后遗症，直至壮士暮年，依然精力充沛，身强力壮），能量未受任何损伤。于是，在这里，英雄们的身体实现了一次隐秘的升华，它使身体超越了生理学，脱离了肉体的实在性，被抽象化为一种完美的躯体。那个身体中的身体是不可摧毁的。

这一方向上的升华已完全不同于旧有的革命历史小说对英雄躯体的"升华"方式。虽然仍带有一些对革命英雄意志的赞美，但小说表达的重心显然已经偏移。如果说革命历史小说对肉体的"升华"是为了追求精神、灵魂的绝对深度，那么新革命历史小说对肉体的"升华"却只是为了强调（男性）肉体自身的魅力。

不过，这种对肉体的专注书写并未能抵达肉体感觉自身的深度。因为，在旧式英雄那里，升华的极乐是经由富于痛感的过程，经过了足够长的延宕与锤炼而获得的升华的快感，其中存在着一种奇妙的痛感与快感的辩证法[①]。在《青春之歌》中，出身于地主家庭的林道静要成长为新的主体，必须经受入狱、酷刑拷打等折磨。这一漫长的过程结束后，她的躯体发生了质的变化，那个著名的"黑骨头，白骨头"的比喻说明了躯体变化的深度。从此，林道静的身体获得了升华，战胜了作为世俗个体的有限性。经过重重考验，党终于接纳她时，林道静的狂喜是升华式的：

> "从今天起，我将把我整个的生命无条件地交给党，
> 交给世界上最伟大崇高的事业……"她的低低的刚刚可以
> 听到的声音说到这儿再也不能继续下去，眼泪终于掉了下

107

① 李杨认为这部分革命历史小说存在一种受虐的快感，见其对《红岩》的分析，李杨：《50—70 年代中国文学经典再解读》，山东教育出版社，2003 年，第 197—210 页。

来……世界上还有比这更高贵、更幸福的眼泪吗？

她彻底告别了庸俗，将自己的有限的人生与一种宏大的时间融为一体。这是一种典型的现代性态度。在五十至七十年代的小说中，这种《钢铁是怎样炼成的》式的主体磨炼过程是革命者成长的常见轨迹。

而新革命历史小说中的"升华"对痛感的取消则不但取消了升华的精神快感，也取消了肉体感觉的真正深度。这就使英雄们起死回生、神奇复原的二重或多重生命具有了某种游戏色彩。从中可以发现新的"升华"形式已经渗入了所谓后现代时代大众文化的幻想逻辑：其最典型也是最极端的形式是电脑游戏，其中的英雄即具有多重生命，遭受重创或"死亡"之后还可以重新完好如初地恢复自身的能量。其实，这种幻想逻辑正是大量科幻片和动作片的前提与预设。①新革命历史小说巧妙挪用了电子时代的大众文艺幻想逻辑及其表现技巧。如果仔细做一比较的话，我们会发现，在某些方面，电脑游戏中的第一人称射击游戏（first person shooting game）与《我是太阳》和《亮剑》存在着某种很有意思的相似之处，比如，在同样为"革命历史题材"的国产游戏《血战上海滩》的虚拟世界中，由游戏者扮演的抗日英雄即拥有多重生命，被他击中的敌人即刻丧命，但他被击中却只损失"生命力"的点数，也就是说，每"死一次"只失去"一滴血"，只要在流尽最后一滴血之前能通过杀敌补充能量，即可重新获取完整无缺的生命力。对他来说，不存在所谓残疾之类的可能性，这正如关山林与李云龙一样。而且，在第一人称的游戏中，游戏者必须无保留地认同自己所扮演的角色，这正是新革命历史小说作为一种意识形态叙事所要达到的目标。所以，吸取电子游戏的策略对意识形态叙事来说是个很好的选择。的确，

---

① 著名的如电影《终结者》系列。好莱坞路线的动作片中的英雄也总是具有"多重生命"，如在吴宇森的《英雄本色2》中，"周润发"多处要害近距离中弹之后还能够迅速复原，遵循的正是这种大众文化的幻想逻辑，而不是现实逻辑。

我们也可以在另外的方面看到"主旋律"小说"挪用"电子游戏的痕迹，如小说中对枪支器械的讲究与对运用枪支、手榴弹、大刀、匕首的技艺的精细描写，都能勾起电子游戏"玩家"对某些游戏的联想。在所有的第一人称射游戏中——比如在风靡全球的游戏《反恐精英》（CS）中，挑选、使用枪支器械的水平是区别"菜鸟"或"高手"及玩家境界的重要标尺。①从这一意义上讲，关山林与李云龙都是此中的顶尖"高手"。

四、女性的躯体：欲望化场景与性别秩序

与男性英雄的强健躯体相对应，他们的妻子一律美丽、优雅，他们的组合代表了典型的美女配英雄的古典理想。小说对这些女性的描述带有清晰的男性中心主义的痕迹，隐含了男性欲望化的目光，体现着父权制的文化秩序。

> 谁都承认，第四野战医院的女兵中，最漂亮的姑娘当然是田雨了，18岁的田雨是个典型的中国传统美学认定的那种江南美人，修长的身材，削肩，细腰，柳叶眉和樱桃小口一样不少，若是穿上古装，活脱脱地就是中国传统工笔画中的古代仕女。（《亮剑》）

> 巴托尔有个妹妹，名叫乌云，年方十八，尚未说下婆家。张如屏派政治部的人去伊兰巴托尔的家实地侦察了一下，去的人回来报告，说乌云人长得那个俊，赛过年画上的美人，歌也唱得好，一张嘴就跟百灵鸟叫似的。
> 他看乌云，乌云有些紧张又有些拘谨地站在那里。因

---

① 其实，在几乎所有类型的游戏中，都存在着这种对器械的依赖与迷恋的倾向，只不过程度与表现方式不同而已。

为结婚穿了一套新军装，军装很合身，衬托出她好看的腰身。她的脸蛋红红的，因为喝了点儿酒，眸子里明亮如星，比往常更多了一份俊俏妩媚。（《我是太阳》）

在小说中，这些女性都是男性英雄的陪附，她们的存在似乎只是为了印证丈夫的男性力量与强壮的生命力，包括他们出色的性能力。虽然在形式上她们也分享了作为后辈的叙事人的尊敬，但仔细阅读则不难发现，叙事人其实将对前辈革命者的敬意几乎全部给予了男主人公，同为革命者的女性只不过是欲望的对象而已。这一点在《父亲进城》中体现得较为极端和矛盾，在小说中，叙事人的身份是主人公石光荣的儿子，在叙述中叙事人总是以"父亲"代替石光荣，但对作为母亲的褚琴则从来都是称"琴"，而且对她的讲述在语气、分寸上也不像一个儿子而更像一个男人，一个和父亲的视点统一起来的男人：

> 父亲本想打马扬鞭在欢迎的人群中穿过，当他举起马鞭正准备策马疾驰时，他的目光在偶然中落在了琴的脸上。那一年，琴风华正茂，刚满二十岁，一条鲜红的绸巾被她舞弄得上下翻飞，一条又粗又长的大辫子，在她的身后欢蹦乱跳。青春的红晕挂满了她的眼角眉梢。
>
> 年轻貌美的琴出现在父亲的目光中，父亲不能不目瞪口呆，那一年，父亲已经三十有六了，三十六岁的父亲以前一直忙于打仗，他甚至都没有和年轻漂亮的女人说过话。这么多年，是生生死死的战争伴随着他。好半晌，父亲才醒悟过来，他顿时感到口干舌燥，一时间，神情恍惚，举着马鞭不知道落下还是就那么举着。琴这时也看见了父亲，她甚至冲父亲嫣然地笑了一下，展露了一次自己的唇红齿白。父亲完了，他的眼前闪过一条亮闪，耳畔响起一片雷鸣。在以后的日子里，他无论如何也忘不下琴了，他被爱情击中了。

小说中充满了对英雄们激情如火的性爱场景的书写，这当然不同于一般的"十七年"及"文革文学"的写作惯例——在那里，性或性欲总是给"坏人"准备的。其中自然含有从道德、伦理的角度对反动分子从人格上加以否定的用意——所以，对反动分子的性欲的安排经常采用"强奸""轮奸""通奸""性乱"等反人伦与反社会秩序的方式，如《白毛女》中黄世仁奸污喜儿，《创业史》中姚士杰强奸素芳，《苦菜花》中国民党兵轮奸女三青团员，《林海雪原》中蝴蝶迷淫荡乱交……当然，除了这种伦理上的考虑之外，五十至七十年代对性的排斥主要是因为性及性欲是最具私人性的不易驯服的"日常生活"内容。性是肉身性的强烈形式。它给现代国家组织日常生活带来了难度。所以，革命者必须远离性。

新革命历史小说对英雄的爱欲的描写无疑是二十世纪八十年代以来"新启蒙主义"文学观的体现，在这种文学观中，人性的描写具有天然的合法性（在"新启蒙主义"的思想脉络中，人性具有反封建、反专制、主体解放的意识形态含义）。革命者也是人，性当然无须回避。所以，九十年代以后，在"新启蒙主义"的这种文学观已成不言自明的常识的情况下，新革命历史小说描写革命者的"性"已没有对旧有的革命历史小说的任何挑战意义。

《我是太阳》《亮剑》对新婚以及征战间隙的热烈情爱给予了热情的笔墨，它表明着男性对女性的征服、占有、施予的绝对权力，小说经常以军事化的语汇将床榻比喻为"另一个战场"：

> 那天夜里关山林将滚烫的土炕变成了他另外的一个战场，一个他陌生的新鲜的战场。他像一个初上战场的新兵，不懂得地势，不掌握战情，不明白战况，不会使唤武器，跌跌撞撞地在一片白皑皑的雪地上摸爬滚打。他头脑发热，兴奋无比，一点儿也不懂得这仗该怎么打。但他矫健、英勇、强悍、无所畏惧，有使不完的热情和力气。在最初的战役结束之后，他有些上路了，有些老兵的经验和

套路了，他为那战场的诱人之处所迷恋，他为自己势不可挡的精力所鼓舞，他开始学着做一个初级指挥员，开始学着分析战情，了解战况，侦察地形，然后组织部队发起一次又一次的冲锋。他气喘吁吁，大汗淋漓，精神高度兴奋。他看到他的进攻越来越有效果了，它们差不多全都直接击中了对手的要害之处。这是一种全新的战争体验，它和他所经历过的那些战争不同，有着完全迥异但却其乐无穷的魅力。他越来越感到自信，他觉得他天生就是个军人，是个英勇无敌的战士，他再也不必在战争面前手足无措了，再也不必拘泥了，再也不会无所建树了。对于一名职业军人来说，这似乎是天生的，仅仅一夜之间，他就由一名新兵成长为一位能主宰整个战争局面的优秀指挥官。乌云始终温顺地躺在那里，直到关山林把战争演到极致，直到关山林尽兴地结束战斗，翻身酣然入梦，她都一动不动。（《我是太阳》）

无论是在战斗、日常生活（包括性活动）中，运动着的男性身体与被动的女性身体都形成了对照，这正如穆尔维（Laura Mulvey）所指出的，对积极的、运动着的男人的凝视与消极的、对被动的女性身体的凝视具有不同的意识形态内涵。①

《我是太阳》中关于英雄身体上的伤疤的重要细节颇耐人寻味，新婚之夜，乌云发现了关山林身上的伤疤：

被子撂到一边，乌云走过去给他盖被子，先前替他脱衣服时没留意，这时才发现关山林的身上，密密麻麻的全是伤疤，有的凹陷下去，像被剜掉了一块肉，有的生着鲜嫩的肉瘤，数一数，竟有一二十处。乌云愣在那里，心里

---

① 劳拉·穆尔维：《视觉快感与叙事性电影》，周传基译，载《电影与新方法》，张红军编，中国广播电视出版社，1992年，第203—221页。

慢慢就涌起一股痛惜的感觉，一种壮烈的感觉，一种撕裂的感觉。那个壮实的身体是陌生的，但是昨天晚上他们毕竟有过了肌肤之亲，毕竟实实在在地接触过了，她的体内已经留下了他的烙印。此刻，看着那伤痕累累的身体，乌云心里有一种疼痛，那种疼痛化冰似的，一缕缕慢慢沁渗开来，就好像那些伤疤是长在自己光洁如玉的身体上似的。(《我是太阳》)

同样是新婚之夜，《我在天堂等你》中的"我"也看到了丈夫身上的伤痕：

> 我说，小冯告诉我你的肚子上有枪伤，好了吗？他说早就好了。我说我看看行吗？他就扭过腰身，往月光那儿凑了凑。我还从来没有见过枪伤，在我们那个时代的女孩子眼里，有枪伤的男人才英勇。我是想在他身上找到英雄的感觉，好让自己能够接受他。月光下，我看见他的腰际有一朵黑色的花。

伤疤与硬茧之类，是"十七年"及"文革"文学中值得注意的身体印迹，它当然不单是生理标记，而是政治身份的标志。如《红色娘子军》中的吴琼花通过向党展示南霸天留下的鞭痕而顺利地加入娘子军；《暴风骤雨》中的赵玉林在控诉地主韩老六时，也当着工作队和听众的面展露了身上的伤疤，明确表达了自己的阶级意识；电影《决裂》中的江大年凭着一手的硬茧所表明的阶级身份上了大学……而在新革命历史小说中，伤疤不再具有如此强烈的或直接的意识形态含义，而是象征着男性的力量与意志，引发的是女性的爱怜，我们甚至可以说它是一种权力的象征，无声地要求着女性的屈从。伤疤，在某种意义上，已成为男性身体特殊性感魅力的标记。《我在天堂等你》中"花"的比喻恰切地透露出伤痕的这种美感。伤疤等标记通向的不再是某种抽象的阶级品质或道德素质，而

113

是通向"男人气"，它激发的是女性的爱怜与认同。

国家意识形态永远都是与男性中心主义的意识形态同谋的，它自身就是一个父权制的象征秩序与权力结构。在英雄与女性的权力关系上，也铭写着意识形态的意义。女性的身体起到了双重作用：一方面，作为价值客体，女性印证着英雄的魅力；另一方面，在潜在的意义上，女性还构成了对于"人民"的隐喻与象征。她们的情感认同正是为了引导阅读者对革命者的认同。

五、以身体为中介跨越断桥

新革命历史小说对英雄躯体的修辞既含有对旧有的革命历史小说叙事传统与资源的继承，也暗中吸收、挪用了消费时代的新的大众文化技巧。从中可以发现，作为主流意识形态载体的新革命历史小说一方面试图延续旧有的意识形态，另一方面也不得不在新的时代氛围与文化语境中对表述策略加以调整。旧有的革命历史小说对身体的清教主义态度已难以为继，商业时代的欲望化写作也对"主旋律"写作构成了强大的压力，这种语境迫使它改变叙事策略，以消除其训导气息。但与此同时，消费时代的写作对于身体的处理方式也为"主旋律"写作提供了可资借用的技术资源，从而使主流意识形态小说在新的时代条件下找到了新的可能性，重新焕发了生机。它改换了"询唤"的技术，重新建立"想象性关系"，试图将个体询唤为它所希望的主体。如果说旧有的意识形态运作机制在于将力比多压抑、转化为生产力（投身革命激情，自觉融入现实秩序），其背后仍然是一种劳动伦理；那么新的意识形态则旨在引导力比多的流向，加以规划，这是一种力比多的政治经济学。

性感化的身体引导着认同，进而这种认同再被潜在地转化到对其所象征的政治秩序的认同上去。因为，革命者是革命历史的人格化。这一过程在欲望及潜意识的层面上进行，而不是像"十七年""文革"小说那样在颇为抽象及象征的层面上展开（"样板戏"是这种象征性艺术的典范）。其意识形态实践的路线及运作逻辑是这样的：革命者的富于魅力的身体、人格——革命历史的合法性——作为革命历史合法继承者的现实秩序的合法性。这是一个曲折的意识形态的论证过程。其实这种论证技巧也是出于某种不得已，因为在革命历史的合法性与现实秩序的合法性之间在逻辑与现实上已发生了非常大的断裂。借助于革命者的身体作中介，意识形态成功地避免了自己的尴尬，跨越了断桥，在历史与现实之间完成了对接。不过，它也要承受一个代价，即感性、性感的身体对主流意识形态所同时具有的消解作用。过于充溢的身体天然地具有消解宏大意义的作用，事实上，这也是旧革命历史小说节制身体的重要原因。所以，"主旋律"革命历史小说在身体描写上不可能走得太远，远比一般的精英文学（所谓"纯文学"）及大众文化要谨慎、持重，这是它无法跨越的疆界，或许这也是涉及革命者身体的文学作品所不得不警惕的边界。

新革命历史小说对身体的修辞是一种在生命政治层次上的意识形态实践方式，它既消解了国家意识形态的深度和力量，又暗度陈仓，延续了其意义表述。从另一种意义上，也可以这样说，在身体似乎获得其充分自由的时候，它总是难以摆脱种种意识形态的缠绕。新的英雄们的性感的肉体正是在逃脱意识形态的过程中重新落网。在逃脱与落网之间，"身体"被各种意义所穿透、争夺，从而承受了不同意义之间的张力。或许，国家意识形态与消费社会共同需要这种张力。

"反腐败"小说的表意模式与叙事成规

一、"反腐败"小说：追求司法公正的现代性诉求

　　"腐败"问题由来已久，但在中国社会"市场化转型"的过程中，权与钱的联合与相互渗透，转化成为突出的社会问题，正是在这一背景下，"腐败"才异常鲜明地凸显出来，当代的腐败问题其实主要特指这种腐败。二十世纪八十年代中期，当经济改革进入城市改革（以国有大中型企业改革为中心）阶段之后，某些官员利用自己所掌握的权力谋取经济利益，当代意义上的"腐败"问题开始真正出现。虽然自九十年代以来，国家通过各种政策调节手段努力抑制"腐败"的发生，同时也加大了反"腐败"的力度，但这项工作依然任重道远。"腐败"问题自然引发了社会各阶层尤其是中下阶层的普遍不满，也引起党和国家的高度重视。

　　"反腐败"小说正是伴随着这一历史过程而产生的，并渐渐形成一种重要的创作潮流与特定的题材与类型[1]。自九十年代以来，出现了一批"反腐败"长篇小说作品，其代表作家有张平（《抉择》《十面埋伏》）、周梅森（《绝对权力》《国家诉讼》）、陆天明（《苍

---

[1] 本文中的"反腐败"小说，特指以"反腐败"为基本主题和中心线索的小说，也就是说，在这些小说中，"反腐败"是贯穿性的关注点和基本的叙述动力来源，至于局部涉及"反腐败"内容的小说则不在此列。例如"新改革小说"与"新乡土小说"中很多作品也都把"反腐败"作为自己的重要构成部分，因而很多人也习惯于把它们（如周梅森《至高利益》《天下财富》、陆天明《省委书记》等）称作"反腐败"小说。在本文中，这些作品都不属于典型的"反腐败"小说。

天在上》《大雪无痕》）等人，这些作品也大多被改编为影视剧播出，产生了广泛的社会影响①。可以说，无论在小说还是影视剧方面，"反腐败"题材都形成了一种异常突出的创作现象。

"反腐败"小说高扬法律的旗帜，延续了"新启蒙主义"的思考向度：法律是现代性的标志，所谓"现代"社会，应当是一种建立在契约和法律之上的社会制度安排。在这种观念里，法律或法制与市场化、商品经济有密切相关性。"新时期"以来，在现代化的理论表述和意识形态中，"民主与法制""市场经济就是法制经济"一直是常见的提法，法制对应的是前现代的"人治"与"封建专制"。公民权利、私有财产要靠法律来保障，国家管理机制的运作、市场的规则都要由法律来协调。对法律的呼唤一直是中国追求现代性的重要方面。

不过，在九十年代以后，"新启蒙主义"所呼唤的法律形象开始丧失它原初的神圣魅力。分配的不公正需要由法律予以矫正，但是，这种矫正只是对某种社会问题与后果的补救，无法代替对社会问题自身的根本解决。而且在法律背后，也存在权力与利益的纠缠，它既有保障社会稳定、实现社会公正的一面，也有维护现存秩序，使某些不合理的分配规则合法化的功能。何况，在现实中，司法有时又受到各种权力、利益的制约和影响，被某些黑箱作业、幕后交易等潜规则所支配。这些因素都在一定程度上导致了法律公信力和权威性的下降②。

九十年代中后期开始，伴随市场经济发展出现的各种社会问

---

① 代表作品如电影《生死抉择》（和电视剧《抉择》都改编自《抉择》），电视剧《大雪无痕》《绝对权力》《国家诉讼》《大法官》《刑警本色》等，其中有部分作品是所谓"影视同期书"，即影视剧版本与小说版本同时出现，或者根据影视剧本改写为小说出版，如《大法官》（张宏森）、《刑警本色》（张成功、杨海波）与《英雄无悔》（南翔、严丽霞）。

② 关于这一问题，可参阅章敬平提供的资料与相关论述，见章敬平：《向上的痛——目击 2000 年以来中国转型之痛》中的"法官应对公共信任危机"一节，中国财政经济出版社，2003 年 10 月。

题，法律身上的玫瑰色逐渐消褪，法律自身的合法性也遭遇严峻的挑战。司法或法治题材的"反腐败"创作正是对这一危机的应对。它试图在想象的领域重建正在受到侵蚀的法治自身的合法性。同时，在一个象征的层面上，将法律"矫正"的正义转变为对社会现实问题的根本解决。

"反腐败"小说试图将"中立化""形式化"的法律描绘成富于强烈的正义感、超越"程序的正义"的道德化形象；同时，又以高度的理性态度来看待各种社会性的不公正、"腐败"问题，包括司法自身的腐败，将之视为现代化过程中的必然伴生物和必须付出的代价，更以高度乐观的态度对追求法律现代性的前景充满信心。张平、张宏森、周梅森的作品都较多地触及了法治乃至体制自身的问题，如司法权力与"腐败分子"相互勾结，形成紧密的利益共同体（《十面埋伏》）；政治权力、经济权力与司法权力结成盘根错节的关系网络，构成对"清官"的排斥机制（《抉择》）；政治权力过多介入司法过程，影响程序公正与结果的公正（《大法官》《绝对权力》）；等等。但他们总是将这些问题的原因归结为"法治不健全""法治观念落后"等，并确信它们将在法治现代化的过程中被逐渐化解。在《大法官》的一篇创作谈中，作者张宏森清晰地表达了这种观念和态度，他将"腐败"（特别是"司法腐败"）视为某种偶然现象或"人治"观念的产物，并深信通过正在进行的"司法改革"就可加以祛除，而这种"司法改革"正是以向西方的现代性标准看齐为目标："我们正在和世界上先进的优秀法治文化接轨，和世界上先进的司法队伍接轨。"①

"反腐败"小说试图重建社会公众对公共权力的信任——既包括维持社会公正、合理秩序的司法、审判、检察、公安等权力，也包括行政权力。这是"反腐败"小说极其重要的意识形态使命，这些直接行使"反腐败"权力的主体、组织与机构的品格将决定现实

---

① 《司法　文学　美女与大地——青年作家张宏森访谈实录》，载《东方烟草报》2002年4月19日。

秩序是否具有正义性与合理性，《大法官》（张宏森）、《国家诉讼》（周梅森）、《十面埋伏》（张平）、《英雄无悔》（南翔、严丽霞）[①] 等作品就起到了建立读者对公、检、法等机关的信心的作用。在隐喻的意义上，司法权力正是现实秩序的象征。

为了达到这种意识形态功能，"反腐败"小说运用了一套定型的情节模式和表达策略，这形成了这类作品比较成熟和固定的叙事成规，它使得众多"反腐败"小说给人以面目相似的感觉。

二、"反腐败"小说的叙事成规

"反腐败"小说的叙事成规是一般大众都能辨识的，小说一般以市一级的党、政副手或部门领导为"腐败分子"，他们的保护伞一般是省一级的副书记或副省长。在《绝对权力》中，"腐败分子"是市长。

但一般作品中，市长或市委书记是正面主人公，常见的是作品让市长唱主角，市委书记配合，市长或书记发现市属某部门、大型国有企业存在"腐败"问题，但当他试图处理某些人的时候，却扯出了他们背后的权力网络和更深的政治背景——更高一级的后台，一般是省里的某重要政治人物，如省委副书记、副省长，而且他很可能还对自己有某种栽培、赏识之意，关系到自己的仕途与前程。

---

① 《英雄无悔》是根据同名电视剧改编的长篇小说，内容有所丰富，也更为文学化，阅读者中有相当一部分人是带着电视剧前文本的影响来重温小说的，可能还有读者是因为没有看全电视剧来选读该书，或虽未看过电视剧，但却受到其巨大宣传效应而读，因而很难说是纯粹的小说读者。其实，这一问题对于"反腐败"小说来说相当普遍，虽然未必这么极端。很多"反腐败"小说都是在同名影视剧播出后发行量大增，比如周梅森、陆天明、张宏森的作品，影视剧的宣传效应与它们给予观众的良好印象是这些小说作品拥有庞大读者群的重要原因。当然，先于影视剧发行的小说也会影响读者对影视剧的接受，不过相对而言，小说对影视剧的影响要小得多。二者之间存在着复杂的互动关系。

于是，他陷入痛苦的抉择。但党性、良知使他抛开私利，在政治利益与物质财富的诱惑面前不为所动，在重重阻挠中，在迫害、威胁、挫折面前坚持正义而不退缩，在人民群众的保护、协助下，他不断地协调各种政治关系，凭着勇气与智慧，终于获得上级如省委书记，高法、高检的支持，赢得"反腐"的胜利，但自己也付出了沉重的政治、生活代价。这种叙事方式以《抉择》《苍天在上》为代表①。

　　或者是以市法院院长、检察院检察长为主角。如《绝对权力》是以省纪委副书记、专案组组长刘重天为主角，到镜州市来展开调查，从小案抓起，最后引出来的"腐败分子"是市长、市委书记等高层领导，因为涉案人的特殊权力，司法程序一再受到干扰，主人公也受到各种打击与政治压制，但凭着法律的良知与高度的职业伦理、业务素养，他（她）以意志顶住压力，掌握了大量铁的证据，得到上级包括省委、省纪委、高法、高检、省反贪局的支持，在民众的帮助下，终于战胜了气焰不可一世的"腐败分子"。这种叙事方式以《国家诉讼》《大法官》《绝对权力》为代表。

　　再有就是以公安部门的警察局长或刑警队长、缉私队长为主角，以刑事、走私案件为切入口，引出公安内部官员，一般是市级公安系统的高层人物，如市公安局副局长，或政治官员的"腐败"。由于级别低微，主人公在办案过程中受到了严重的阻挠和打击，甚至被迫离开公安岗位，只好以私人身份继续调查。经过艰难的努力，在众多正义干警的支持下，在人民群众协助下，主人公终于掌握了关键的铁的证据，获得了案件侦破的重大转折，在最后的激烈冲突中，时常伴有黑势力介入，于是就有了犯罪团伙的最后挣

---

①　"新改革小说"中的"反腐败"大体属于这种模式，如《至高利益》《人间正道》等，但主人公不会因"反腐"付出政治生命的代价（如《抉择》中的李高成，《苍天在上》中的黄江北），因为"新改革小说"以反映改革全景为使命，还要留着他们继续改革，而且作为改革的主将，他们出问题也将连累改革的形象，不像"反腐败"小说那样中心事件就是反腐败，比较单纯。

扎——枪战，最终正义战胜了邪恶，最大的"腐败分子"被绳之以
法。司法、公安系统的"腐败分子"一般都选择自杀，如《刑警本
色》中公安局副局长潘荣，《大法官》中检察长张业铭。这类叙事
方式以《大雪无痕》《财富与人性》《刑警本色》《英雄无悔》和《十
面埋伏》为代表[1]。

　　除了这些大体一致的情节模式，"反腐败"小说在内容处理上
也具有一些模式化的特征。最明显可感也最为重要的是，正义的
"反腐败"力量要取得压倒性优势的最后胜利，关键的一点，这
种胜利需要有一个前提：在体制的富于洞察力和坚强有力的统揽和
控制下。虽然在小说的前半段往往是正义力量受到某种压抑，但体
制的力量会越来越强大并给正义力量以越来越有力的支撑。在小说
中，代表体制的更高的权力一般都出现在小说情节进展的后三分之
一的段落，因为，它们的显现将意味着在地方一级上猖狂的"腐败
分子"要面临着致命的打击，这也就标志着故事要进入高潮和结束
部分了。这一处理模式是"反腐败"小说的本质所在和主要标志，
它强调了正义秩序的本质，以及它对"腐败"的非本质部分的祛除
机制。有限度地展现"腐败"然后靠体制自身的力量"反"之而成
功，才是真正的"反腐败"小说。否则，也就不成其为"反"腐
败，达不到其意识形态目标。"反腐败"的目标在于重建正义秩序。
它其实仍然重复了那个古老的最基本的叙事模式：秩序—秩序的损
坏—秩序的修复。

　　在这一"反腐败"过程中，体制内的"反腐败"力量与"民心"
具有高度的同一性。"反腐败"小说都会书写对"腐败"深恶痛绝，
并热心、勇敢参与"反腐败"的一般民众形象，这一群体的构成以
底层民众（"腐败"的直接或间接受害者，如《苍天在上》中因控
告"腐败分子"而成为非法的"盲流"的流浪者，《抉择》中的老
工人夏玉莲及纺织厂工人，《十面埋伏》中被犯罪分子致残的汽车

121

---

[1]　这一部分"反腐败"题材与公安题材或一般所说的警匪题材有交叉，
　　但它只涉及那些以官员"腐败"为重要情节或情节推动力的部分，
　　至于专门涉及刑事案件或打黑、缉私的作品则不在此列。

修理工张大宽）或普通公务员（《苍天在上》中掩护受到打击的反贪局长郑彦章的医护人员）为主，他们以各种体制外的方式进行民间的"反腐"行动，从而有力地配合、促进了体制内的"反腐"行动，甚至成为"反腐"成败的转折点。

这些民间的"反腐"力量支持并保护受到迫害的"反腐"英雄，或不顾危险，揭发、控告甚至亲自参与"反腐"的侦破工作，如《大雪无痕》中的廖红宇，《十面埋伏》中的张大宽就非常深入地介入了调查、取证、跟踪等工作，他们与体制内的"反腐"英雄互相配合并肩作战。当然，"英雄"们可能已被开除公职或排斥在"反腐"过程之外，如《苍天在上》中的郑彦章和苏群，《十面埋伏》中罗维民，《大法官》中的杨铁如，因而他们的工作已带有暗中"反腐"的民间性质，已经成为编外一员和边缘部分。在这一合作关系中，"民间"的参与者总是自觉地服膺于体制内的"反腐"英雄的人格魅力，听从他们的安排与调遣，带有"助手"的依附性质，他们只有最终依靠体制内的力量，归拢到体制内的方式来寻求"腐败"问题的解决，他们从始至终对体制的"反腐"能力与必胜充满信赖，而没有也不可能采取任何的反体制的方式，即使带有愤激的反社会性质的"盲流"们（《苍天在上》）也在最后找到了可以信赖的"组织"，从非法回归到合法的轨道中来，至于那些集体闹事的工人（《抉择》），也只是为了保护好干部李高成，并没有其他的要求与过激行为。在《大雪无痕》中，民间的"反腐"英雄廖红宇同时还是一位党性坚定的基层干部，更鲜明地体现了这种中介性与代表性。

"反腐败"小说采取上述写作模式，是主流意识形态表达的内在要求，因而也是这一题材的必然要求，同时它也提示着某种写作禁忌的存在。从一定意义上说，"反腐败"小说家并没有太多可供选择的空间，他们的自由与技艺高下只能体现在对这一种模式的创造性运用上，而不是显现为对它的挑战与抛弃。

除了这些模式化的叙事、情节安排与内容处理，"反腐败"小说的模式化还体现在对"反腐败"这一主题的阐释角度上，即对"腐败"根源的道德化或人性化解释上。

三、对"反腐败"的道德化与人性化解释

对"反腐败"进行道德化解释是为了建立司法权力的正义性，也是为了转移问题的重心。"反腐败"小说中的正面英雄形象都是道德的英雄，从某种意义上说，小说中的英雄人物是法律、体制力量的人格化。"反腐败"作品往往对英雄的伦理、道德品格刻意表现，着力展示他们身上的超凡魅力，以与道德堕落、人格卑下的"腐败分子"形成鲜明的两极。这就使"反腐败"作品具有了宽泛的道德主义色彩，法的尊严与人的尊严紧密地联系起来，取得了同一性。

在"反腐败"小说中，我们可以清晰地感受到，在这场"正与邪"之间的生死较量中，与其说是法律获得了胜利，还不如说是人格、意志、操守、信念获得了胜利。这里很有意思的是，以反传统、反"人治"、追求现代法治为基本诉求和理性目标的"反腐败"小说高扬的恰恰不是现代法理与程序，而是带有某种儒家文化"内圣"色彩的人格操守。如果说在《大法官》中，杨铁如和陈默雷对正义秩序的追求还是基于对现代法治理念的信仰，还可以看作是对职业伦理的坚持，那么在《抉择》中，支持李高成"不腐败"并"反腐败"的只能是强大的道德自觉力量，这种来自内心的绝对律令促使他"趋害避利"，以政治前程和身家性命为代价做出一个个命运"抉择"。

于是，在"反腐败"过程中，具有道德主体意志的人格力量被异乎寻常地凸显出来，法治秩序被传统道德秩序所取代了。比较典型的作品还有《苍天在上》，"反腐败"的最深层动力来自民间伦理秩序的支撑，"腐败分子"的倒行逆施触犯的不仅是法律，更重要的，他们冒犯了传统的、民间的伦理秩序，激起了从普通干警、医护人员到下层"盲流"以至"腐败"集团内部成员田蔓芳等人的共同义愤。"腐败分子"的失败是注定了的，因为他们挑战的是"邪

123

不压正"的"天道","苍天在上"！

虽然在九十年代中期以后，在"反腐败"小说中，"包青天"式的叙述已很少出现，正如陆天明所说的，"到了 90 年代不能再写一个青天大老爷，他一降世就解决了各种问题。再写一个'李向南'，老百姓已经不相信这个……"①。完美的、强力的"青天"式人物消失了，作家们在理性上有意突出的是现代法治的力量，但"青天"式人物所具有的强大道德力量以及其所象征的传统伦理秩序仍然存在，它构成了很多"反腐败"小说的潜在结构。正因如此，《抉择》在前半段使用的"清官微服私访"的叙事模式并非偶然：市长李高成以平民身份深入青苹果娱乐城和纺织厂，才得以发现只靠听汇报、看材料所不能得知的真相。在此过程，李高成并没有遵循现代法治设定的程序。其实，作为市长的李高成，包括《苍天在上》中的黄江北，他们介入司法的方式，甚至这一介入本身并不符合现代法治的规则。

有意思的是，虽然小说中叙事人的态度、倾向性，还有所发议论，都清晰地体现了法治现代性的诉求，却容许甚至鼓励了政治权力（当然是正义的）的介入。从这里不难发现，在"反腐败"小说中，存在着现代法治与传统道德理想之间的持续张力。当然，从另一方面看，在现实中，即使现代法治程序能够排除种种政治、经济权力与社会性因素的干扰，而较为完美地付诸实施；其形式化与"中立的"特点，也使它无法化解某些社会性的根本问题，比如"腐败"的起源。因而，当作者试图在叙事中将现代法治理想付诸实现时，便遇到了难以跨越的障碍，于是不得不转而寻求传统道德与民间伦理秩序的支撑。

就这样，具有超凡魅力和强力的英雄人物力挽世风日下的"腐败"逆流，重新拯救了正义的秩序，以这种方式，"反腐败"小说解决了现实的矛盾，给焦虑中的公众提供了心理的抚慰。与此同

① 参见《戏剧电影报》对陆天明的访谈，《戏剧电影报》1996 年 1 月
15 日。

时，在小说的表层叙事中，有效运转的是令人信赖的现代法治，及其对正义秩序的维护。张平在一篇创作谈中说到了这种心理治疗意义："我国正处于最深刻的社会转型时期，正处于一个最沉重的变革时代。一方面，这个时代有着极为丰富、极为复杂的社会现实，这个让人对未来充满憧憬和为了实现这一憧憬必须克服巨大困难和阻力的难忘历史时刻，为我们提供了前所未有的文化资源和创作资源，这就要求作家能直面社会的重大矛盾，能真实地提示和表现这些重大矛盾。另一方面，中国民众在这一特定的历史时期，尤其渴望正义战胜邪恶，光明战胜黑暗，渴望出现更多的主持正义的理想英雄，而人类又具有憎恶腐朽和崇敬英雄的天性，所以民众在这一特定时期的精神期待，正是文艺作品产生和得到回应的最开阔雄厚的基础。"①

多数情况下，"腐败分子"成为道德堕落的象征，"腐败"是私欲膨胀，人性被财富、权力所异化的结果，使"腐败"获得一种人性化的解释。有时，甚至"腐败"完全是一种被财富、权力所异化的人性的非理性造成的，是一种不计后果追求财富与权力的疯狂状态，直到东窗事发，"腐败"人物才意识到这种行为的非理性。

所以一般的"反腐败"小说都要安排一个"腐败分子"忏悔的段落，如周梅森《绝对权力》、毕四海《财富与人性》等。只有从这一意义上，我们才能理解在《大法官》的开头数页，为何作者要设计"腐败分子"周士杰在法庭上做长篇陈述：他从幼年时偷同学的一块橡皮的往事谈起，一直讲到贪污 200 万人民币的犯罪事实。这场触及灵魂，自剖与反思的讲话内容长达数千字，其中一再出现的核心词是"鬼迷心窍"。最后，周士杰追悔莫及地说："我一直想，现在的周士杰已经不是过去的周士杰，我已经远不是我了……"

《大雪无痕》中，陆天明对周密这一人物心灵世界的复杂性也

125

---

① 舒晋瑜：《为祖国和人民写作——访作家张平》，载《中华读书报》2000 年 9 月 27 日。

进行了这样的揭示，他由一个贫苦山村的孩子成长为一个前程似锦的副市长，再到沦为受贿、杀人罪犯，最后，在行刑前，堕入疯狂的周密面对死亡终于醒悟了，恢复了"理性"，他对警察马凤山、方雨林讲了一个财富无用的寓言故事。

《大法官》对"腐败"的检察长（原法院党组副书记）张业铭自杀前的一段"闲笔"也具有这种劝诫的寓言意味：自知难逃法律惩罚的张业铭来到野外，遇到一位知足常乐、与世无争的牧羊老人，老人活得闲适自在，这对于疯狂地攫取财富、到头来却走上绝路的张业铭来说，无异于无言的嘲讽。

《绝对权力》描写女市长赵芬芳最后的绝望与悔恨。她自杀前给拿受贿的钱送到美国留学的儿子打电话，发现儿子竟然不顾她的死活，是个只管向母亲要钱、泡女友的废物。于是她发现，自己一生为权力与金钱所做的奋斗没有任何意义，却付出了生命的代价。金钱和权力的欲望使她成为一无所有的失败者：家庭不幸福，儿子不成器，自己被迫自杀，辛辛苦苦受贿所得的大量钱财成为对她失败人生的反讽。为强调这种反讽意味，作品将赵芬芳塑造成一个丧失了"女人性""女人味"的女人，并多次通过其他人物之口，将她比作可怕的"政治动物"。这样的人性描写，将人物牢牢地钉在伦理道德的耻辱柱上。另外像《财富与人性》，通篇以"人性"来看待腐败问题，这从小说名可见一斑。

"反腐败"小说大都有这样的情节和段落，带有强烈的劝诫的味道，甚至带有一点宗教文学（如佛教故事）、民间寓言的影子，使人联想起"三言二拍"等古典作品常见的表达套路。在这些作品所流露的古典文学意绪中，放纵自己的欲望，如过分追求金钱、财富或沉湎于女色，都是"执迷不悟"，或迷失本性的表现，只能导致人性的堕落。只要做了亏心事，最终都将招来命运的报应，"寄声暗室亏心者，莫道天公鉴不清"（《警世通言》之《三现身包龙图断冤》）。法律的惩罚只是这种"天道"或伦理判决的一种延展。在"反腐败"小说中，这种"人性堕落"的书写已经显现出程式化的布局，在法律的审判和惩罚降临之前，"腐败分子"在人性原罪的意义上已经被判为有罪者①。

其实，小说中"我已经远不是我了"的灵魂追问，还是八十年代以来"主体性"文学观和精英文学书写"人性"的写作向度的延续。在"新时期"初期兴起的"人道主义"思潮中，作为讨伐"专制主义"的武器，"人性"在文学中获得了崇高的位置。此后，这个"人"在"主体性"理论那里得到哲学化的形态，并进而转译为"文学的主体性"。在当时的"性格组合论"等文学理论著作、文章中，这种关于"人"的性格复杂性、丰富性的结构衍生为一整套的文学标准、技巧和经典原则，更上升为一种美学尺度和审美理想。这种理论事实上成为八十年代"新启蒙主义"文学趋向的指导性原则之一，新时期影响深远的"向内转"基本上可以看作这一理论的产物，它也在心理分析批评与巴赫金的"对话"理论那里找到了域外的回声。在这种美学理想中，对人性多侧面的揭示，对人物性格多维度的书写，成为文学作品价值高下的内在标准之一②。作为一个结果，人性的扭曲与异化成为最能体现文学深度与超越性的写作领域。

《大雪无痕》中的周密这一人物形象颇为典型地体现了这种文学观念，这可以看作曾是精英小说家的陆天明对自己旧有的文学经验的一种移植。小说封底带有广告色彩的"内容简介"以这样的话来概括小说的内容及"看点"："这是著名作家陆天明继《苍天在上》之后推出的又一部反腐力作。小说入木三分地剖析了权欲膨胀后，人性畸变的痛苦而又丑陋的历程，并声声泣血地呼唤着社会的正义

---

① 另外，"反腐败"小说还与晚清黑幕小说或谴责小说有着某种继承关系，"反腐败"小说对"腐败"过程和官场内幕的揭示与细致描写，从它们那里借用了大量的技巧。由于论题的限制，此处不做展开。

② 相反，同样作为经典美学原则的"性格突出"原则也成为一种不符合现代美学原则的技巧受到某种贬抑，似乎圆形人物性格比扁平人物性格在文学价值序列上处于更高的等级。事实上，书写人性多维度这一美学原则在很大程度上被滥用了，无原则地书写人性复杂性的企图非但没能达到向往中的人性深度，反而可能牺牲了经典的单维度人物身上鲜明的力度和单纯的深刻性。

和良心。"这部小说被誉为"反腐败"的"现实主义力作",所针对的却并非是产生"腐败"的社会性和体制性问题;在反腐题材掩映下,作品实际表现的是主人公周密如何被权力、金钱所扭曲和异化了的人性悲剧。小说采取了侦探小说的故事框架,却不以设置悬念和公布"谁是凶手"为线索,因为"谁是凶手"的答案已经由叙事人提前公布了,作品旨在揭示周密人性堕落的过程,还有其中复杂的人物内心经历。比如,他如何由一个贫苦山村的孩子成长为大学教授、前程光明的市长,又如何由一个市长堕落为一个受贿者和杀人犯?根据作品的叙述,答案只能从周密的内心以及他的个体生命史中去找寻。因此,小说不惜笔墨地描写周密那间诡秘的档案室,它记录着周密一步步走上高位背后的内心压抑,并专门铺设周密与女记者丁洁之间的感情线索:只有丁洁这个周密深爱的女性才有机会进入他的内心世界,听取他痛苦的内心流露。周密送给丁洁的几大本空白的日记与最后一页的话,表达了无尽的追悔和对美好情感的珍惜:"我给自己留下了一片遗恨……一片空白……我一直想告诉你这一切到底是怎么发生的。我想以空白的日记本来引发你的好奇,让你主动来询问我。但你竟然如此地'规范',不肯稍稍提早一点进入一个男人的心灵……虽然如此,我还是要感谢你这些时日以来给我的信任和那种特殊的感觉。正由于这种感觉,才使我在面对你的时候,总是能回悟到这世界还是纯净的,生活也仍然是美好的。珍惜上苍所赐予你的一切吧!要知道并不是所有的人都能得到他如此的恩爱和厚赐……珍惜它……珍惜它……生活本不应该这样结局的……不应该啊……"这段在小说结尾出现的话成为全书的点睛之笔,它将"腐败"的根源引向了一念之差,引向了人性的缺陷[①]。

128

① 陆天明并不认为自己将"腐败"的根源引向了人性问题,"在《苍天在上》中我们很容易把根源归结到个人的品质上,但在《大雪无痕》中我们做了多方面的思考,有个人素质的原因,但周密腐败的根本原因并不在个人的品质和素质上,而主要的是体制、机制的不完善,这就要求我们要加速体制的改革"(陆天明:《让精神出场》,《文艺报》2001年2月15日)。但我们在作品中并没有看到他对体制或机制问题的思考。

其他作品中，如《抉择》中的曹万山，《财富与人性》中的毕天成，也同样体现了作者对人物性格多维度的展现。

这些小说多有人物对自己一步步走向人性腐败的不归之路的回忆，尤其是对童年的回忆，象征人性纯洁的起点，如《大雪无痕》中的周密，《财富与人性》中的孟广太、毕天成，《大法官》中的张业铭。故乡，父母之坟是他们生命最后时刻都要去祭拜的地方，这是一种试图回复到"原初"的内心渴望，故乡的大雪于是成为一个经常出现的隐喻。毕天成自杀前回到幼时生活过的破败的茅草房故居，在漫天的风雪中，"毕天成自言自语，我终于回家了，我终于有了自己的家。这里才是我的家……漫天的大雪，你的洁白也许能够让我的人性恢复到原来的洁白，谢谢"。

《大雪无痕》更是通篇以大雪设喻，大雪无痕是人性、人生完美的标志。小说中一再出现大雪，尤其是结尾，关于雪的描写夹杂着哲理性的议论，长长的段落具有强烈的隐喻色彩，是对全书人性主题的紧密扣合：已被收审的周密凝视着大雪，默默无言，却无疑正在进行一场对自我的灵魂审判。在这里，"人之初，性本善"也构成某种批判力量，成为"腐败分子"堕落的人性悲剧的证明。

这是"反腐败"小说的一种写作模式，"腐败"转化为人性的腐败与灵魂的扭曲，"腐败分子"被处理成非正常的个体，处于疯狂状态与非理性状态，是"鬼迷心窍"，其中有些人，如《苍天在上》中省委副书记的"大少爷"，被描写成冥顽不化的偏执狂。在"腐败分子"的对立面，"反腐败"小说塑造了代表高贵人性的正面官员形象，如《绝对权力》中鞠躬尽瘁、死而后已的副市长周善本。这样，童年的回忆与代表了"高贵人性"的正面人物就从历时与共时两个方向对"腐败"的人性进行了超越性的批判。但这种将"腐败"进行人性化解释的方式，却缺乏对滋生"腐败"的制度性根源和深层社会原因的进一步追问①，从而减弱了"反腐败"题材的现实主义深度。在此意义上，"反腐败"小说对人性的探讨，只局限于金钱、权力对人性的异化与扭曲，而对人性探讨中更为复杂也更为深层的问题还缺少执意的发掘。如法律与道德、人性的二律背反，等等。因而，即使在现实题材中立意表现人性的作品，如果将"人性"的书写局限在固有的既定模式内，不仅会影响这一题材的现实力度，而且也会影响小说在开掘人性中应该或可能达到的维度与深度。

结语

"反腐败"小说作为意识形态实践，旨在以想象的方式化解现实矛盾，重建现实秩序的合法性，它以现实主义写作的面目描述、诊断了前行中的代价与痼疾，而且在试图表述历史、现实问题上，一些"反腐败"小说也表现出了批判性的勇气，做出了可贵的思考②。但总的来说，作为对当下历史问题的一种文学回应，它们还

---

① 这种人性化的解释，忘记了"腐败"恰恰是一种高度理性的行为。很多人都曾指出"腐败"产生和愈演愈烈的一个重要原因是"成本与收益"之间的高度不平衡。这里不妨引用一位论者的话："腐败和贿赂是人们的一种理性行为，个人为何以及如何选择了这样的行为，取决于腐败和贿赂的成本和收益（包括经济上的利益和心理上的满足）大于这样做的成本，即以权谋私败露后可能受到的惩罚和谴责（行贿者的成本还要包括用于贿买的钱财），腐败和贿赂就会发生；净收益越大，就越容易发生，其程度也越严重。反之，亦然。"（张曙光：《腐败问题再思考》，载《读书》1994年第2期。）当然，这种纯粹从经济学角度给出的解释也是狭窄的，不能说明"腐败"的真正历史与现实根源，但它却道出了"腐败"产生的一个重要原因，可以有力地反驳那种人性化的解释。

② 比如，张宏森的《大法官》认真地提出了关于司法公正与社会公正的命题；周梅森的《绝对权力》指出，不受约束的政治权力必然产生"腐败"；张平的小说虽然表面上高扬了主人公的道德意志，却也潜在地质疑了仅靠道德操守"反腐败"的脆弱性。

没有抵达应有的历史与文学深度。应该看到，所谓"腐败"只是某些历史痼疾的外在征兆而不是疾病本身，但"反腐败"小说却将症状当成疾病，并开出了一枚安慰性的镇痛剂，它对"腐败"根源进行人性化的解释，以大团圆的结局、正义秩序的永恒胜利化解了现实矛盾。这种模式化的叙事虽然抚慰了被现实困扰的大众，却也中止了深刻反思历史的可能性。或许，正确地反映与认知历史并非小说应当承当的使命，但是，刻意地忽视历史现实的真正问题与症结，却无法说成是小说的美德，更何况这类小说以现实主义自命，以现实使命感作为自己合法性的标志。

"反腐败"小说以其大众化的、好莱坞式的叙事模式，深刻地影响了大众对"腐败"问题的认知，可以说，以读者为中介，"反腐败"小说正在悄悄地成为建构现实与未来的一种力量。这对于使命重大的"反腐败"事业来说也未必是件幸事。

第三辑：作家与作品

一曲长恨，繁花落尽
——"上海故事"的前世今生

一、一曲新词酒一杯　去年天气旧亭台

电影《米尼》（2007年）字幕片头是一个长镜头，镜头从夜色中波光粼粼的黄浦江水升起，掠过灯光璀璨的豪华游轮，在对岸浦东的高楼上略一停留，再缓慢平移，巡礼式地扫过各个跨国公司的霓虹灯招牌，EPSON、NIKON、联想、LG、NESTLE、HSBC……而在影片《新十字街头》（2001年）片头中，关于上海的世界主义想象表达得更为显豁：镜头同样是由黄浦江水摇起，将辉煌的外滩尽收眼底，继而镜头升至辽远的夜空，片名闪出后，叠化为晴空白云，当镜头再度摇下，已是纽约曼哈顿的鳞次栉比的楼群——在双城之间，二十世纪三十年代《十字街头》男女主人公"老赵"和"小杨"的下一代将展开一段跨国的新恋情。如果说这两部影片还都是影响有限的本土产品，那么，在真正跨国生产的好莱坞大片《007大破天幕杀机》中，上海也同样呈现出光彩照人的全球化核心城市的形象。詹姆斯·邦德在全球观众的注视下，从陆家嘴金融中心险象环生地跑进环球金融中心，情境化的打斗场面和沿途的国际都市景象共同构成了动人心魄的视觉奇观。

无须再多做描述，正如很多人已经指出过的，二十世纪九十年代以来文学与流行文化中的"上海怀旧"，对接的只是三十年代十里洋场的海上繁华梦。"老克勒"的衣香鬓影和中产阶级的小资格调，呼应的无非是全球化时代上海甚或中国对自我的重新定位和想象性认知。于是，也就不难理解，对于九十年代普遍的"怀旧"书写来说，上海并非实指，而是一幅超级幻象，一个象征，一则寓言

和神话，它是充分"非在地化"或"去地域化"的，既和上海的现实缺乏联系，也和历史没有瓜葛。一切有障观瞻的，妨害了"超级真实"的上海想象的城市空间和社会场域及"闲杂人等"，都被遮挡在"开麦拉"的画框之外。上海已被缩减为《小时代》里思南路上的别墅区，或黑帮片、谍战剧中大亨及摩登特工们大显身手的百乐门（《新上海难》《赌侠 2 之上海滩赌圣》《岁月风云之上海皇帝》《上海皇帝之雄霸天下》和《伪装者》《英雄联盟》《脱身》等）。红色的历史自然被小心翼翼地抹去，棚户区的底层命运也难觅踪迹。即使如影片《摇啊摇，摇到外婆桥》，虽然引入了乡下少年近乎极端的主观视点，看见的也只是浮华和"堕落"的上流世界。同样，为了增加真实感的层次性，影片《夜·上海》也安插了一个女出租车司机（赵薇饰），但以她的视点展示的仍然只是豪华酒店和酒吧，她像个本雅明式的漫游者，整日开车游荡在最繁华的街区，等待着一次次美丽的邂逅。《欢乐颂》虽然将不同出身和社会层级的女孩们强行安置在同一所豪华公寓内做邻居，却没有带出各自"人设"所携带的社会内容，虽然夹杂着出身不同所导致的摩擦，却也并不影响阶级调和的姐妹情谊，就这样，曲中奏雅的"欢乐颂"（本是剧中小区名称）轻巧巧地向那些怀揣梦想向中产阶级攀爬的下层青年允诺了美好未来。

"上海怀旧"的文学书写遵循着同样的叙事逻辑，只不过有时没有那么爽快，也没有那么可爱罢了。虽然陈丹燕、程乃珊、潘向黎、唐颖、素素、卫慧、棉棉笔下的上海加入了些仿真性的装饰，其实与"上海滩"的黑帮故事和赌场风云没有太大区别。

三十年代的上海和九十年代的上海，分享了共同的本质和"上海梦"，"新旧上海在一个特殊的历史瞬间构成了一种奇妙的互文性关系，它们相互印证交相辉映，旧上海借助于新上海的身体而获得重生，新上海借助于旧上海的灵魂而获得历史"①。不管是昔日的

---

① 旷新年：《另一种"上海摩登"》，载《中国现代文学研究丛刊》2004 年 1 期。

"魔都"还是当今的"国际都会",都激发着合理主义的财富追求欲望和勤勉主义、守护小日子的顽强精神,滋养着金钱拜物教和消费主义,也或明或暗地指示着早晚混成人上人甚至一夜暴富的奇迹。上海,成为我们共同的未来,当代生活的典范,历史的终结之处。

杜维明把上海史分为三个阶段:1949年以前,1949年至1992年,1992年以后,[1]并隐约地将1949年以前和1992年以后的"上海价值"做了对接。李欧梵延续自己的"现代性的追求"理论,将"上海摩登"视为现代性的典范,而"这种现代性的建构并未完成,没有完成的原因在于革命与战乱"。[2]"现代的上海"在二三十年代崛起,中断于1949年,在1992年之后得以再生。

根据一般的历史研究,上海在三十年代的繁盛,得益于畸形的租界经济。我们知道,上海的崛起一开始就伴随着江南地区农业和手工业的全面衰落。从一定意义上说,上海压根儿就不能算作是中国的城市。新中国成立以后,这种失血式的"口岸经济"模式被终结,上海获得了新的国家定位,它的外贸转运、金融服务和服务性行业走向沦落。另外,在全国一盘棋的发展格局中,它虽然保持了制造业中心的标兵地位,却承负着超载的国家使命。一方面是国家优先照顾内地的项目投入,对上海支持不多;另一方面是上海超额的财政上缴,留在本地的积累有限。这就彻底扭转和颠倒了半殖民地时代汲取全国膏腴以供上海的局面。[3]于是,"鞭打快牛""竭泽而渔"式的政策,拖累出了所谓"大上海的沉没"。[4]伴随着全国

① 杜维明:《全球化与上海价值》,载《史林》2004年2期。
② 李欧梵:《现代性的追求》,生活·读书·新知三联书店,2003年,第156—157页。
③ 柯文:《在传统与现代性之间:王韬与晚清改革》,雷臣颐、罗检秋译,江苏人民出版社2003年;白吉尔:《上海史:走向现代之路》,王菊等译,上海社会科学院出版社,2005年。
④ 1980年《解放日报》发表了上海社会科学院沈峻坡的文章《十个第一和五个倒数第一说明了什么》,成为一时名文,也备受争议,1986年该文获上海首届哲学社会科学成果奖。

均衡而整体的突飞猛进，上海的生产总值和国民收入总值等各项经济指标在全国的占比却不断下滑，由此也导致了上海基础设施和整体面貌的破败和局促。上海的历史贡献和牺牲是巨大的。

改革开放以后，随着中国经济增长模式的转向，这种局面逐渐改变，开始造成沿海与内陆的发展级差和马太效应，再次形成中心与边缘的发展格局。众所周知，1992 年是中国经济史和社会史上具有决定意义的标志性年份。上海，作为首批沿海开放城市，摆脱了共和国长子的工业基地和全国经济发动机的重负，"重振雄风"，轻装进行，再度成为转口贸易的枢纽以及国际经济、金融、航运、科技创新和服务业的中心，完成了"起飞"。从这个意义上说，上海的三十年代与九十年代的确存在着多重的结构性相似，历史轮回，人间沧桑，真是让人感叹！1992 年的"深化改革"成为和 1843 年开埠、1853 年的小刀会起义可堪并列的发展机遇。浦东开发、世博会的举办、自贸区建设……进入新世纪后的上海，已经成为中国走向世界的象征和不折不扣的国际化明星都市。

"上海怀旧"正是伴随着这一崛起过程在九十年代兴起并蔚为大观的。而我们不能忽略的一个事实是，"上海怀旧"的热风最初是由港台刮起来的，这里还不包括它在八十年代的先声（《上海滩》和白先勇小说，初期的张爱玲热等）。[①]九十年代以后，典型的关于上海的怀旧想象还是来自香港影视剧，包括大量合拍片。它艺术片和商业片通吃，既包括《滚滚红尘》《阮玲玉》《红玫瑰与白玫瑰》《海上花》《花样年华》《色戒》，又包括《赌侠之上海滩赌圣》《岁月风云之上海皇帝》《上海皇帝之雄霸天下》等。迤逦而下，成为一个系列。这不难理解，香港的发家史和二十年代的上海高度相似，两个城市几乎同时开埠，同样得益于受殖民统治地口岸经济和在资本主义体系中的中转站的地位。二者一南一北，占尽地利，从来就是一对欢喜冤家，不断上演双城记。早在 1876 年，时人葛元

① 李欧梵也曾论述过上海与香港的双城记，参见其《上海摩登》的后记部分，北京大学出版社，2001 年。

煦就指出了二者的此消彼长的竞争关系，在《沪游杂记》中，他说道："自香港兴而四镇逊焉，自上海兴而香港又逊焉。"日军入侵造成了大量上海人南迁香港，在《倾城之恋》里，张爱玲借上海租界孤岛的徐太太说："这两年，上海人在香港，真可以说是人才济济。"之后的解放战争，再次导致在港的上海人激增，人口数量和政治经济实力都远超其他外省人，很大程度上，是上海资本带动了香港的兴盛。之后，香港依靠承接资本主义中心国家产业转移出来的劳动密集型轻工业，借助移民潮带来的廉价劳动力，慢慢发展起来。而在同时，随着社会主义中国被资本主义世界所封锁，以及上海城市功能的转变，上海的光彩暗淡下来。

简单重复一个众所周知的基本史实，六十年代末以前，香港的经济地位从来没有超越过上海。真正的转机来自中苏关系破裂之后，大陆与社会主义经济体系"经互会"联系受阻，难以获得来自国际的经济技术支持，遂尝试与探索面向西方世界的改革开放，虽然一开始规模较小。香港于是迎来了真正的发展机遇，充当了中西世界与海峡两岸之间的中转站，从而走上了腾飞之路，才与上海拉开了距离。香港相对上海的自我优越意识才开始建立。

二十世纪九十年代尤其是 1992 年之后，香港的这种天时地利不复存在。随着"回归"临近，不确定性增加，面对上海咄咄逼人的追赶，香港作为重要的国际金融、贸易和航运中心的地位将不可避免地受到严峻挑战，风光难再。这种疑惧与焦虑就这样悄然投射到了旧上海的繁华之上，在三十年代的上海身上，香港看到了自己昔日的芳华，也体味到了繁华难再的怅惘。这份爱与怨在《花样年华》《半生缘》中被凝结为一段挥之不去的淡淡悲情，一声"永远错过"的叹息。它与大陆原生的上海怀旧那种骨子里的自信张扬判然有别。大陆式的上海故事如果有悲情，只会来自"文革"，这种伤痕叙事有一个隐秘的源头——郑念的《上海生死劫》（中国文联出版公司 1988 年出版译本，作者名字译作程念）。正如《罗曼蒂克消亡史》中，1949 年，陆先生身形落寞，远赴香港，罗曼蒂克消亡了。在大陆八十年代以来很多人的想象中，香港，这个张爱玲赴美的中转地，显然寄托着另外一种情怀。正如上海一直是香港影视的梦境，香港，作为上海的他者镜像，也一直隐约在场，直到《繁花》，不过，意味已经变得复杂暧昧起来。

二、变调如闻杨柳春　上林繁花照眼新

必须指出的是，"上海怀旧"的风潮，是和专写当代城市市民的"新都市小说"同步展开的。[①]更值得注意的是，这也正是中国思想界流行"市民社会"和"公共空间"理论的高潮时期。当然了，众所周知，也是单面化的张爱玲风头最劲的高光时刻。

不过，这种流行的"市民社会"和作家们笔下的市民社会，显然不包括本土化的现代文学市民写作。即使成熟的京派文学也不行，如老舍笔下的张大哥，邓友梅小说里的八旗破落户，《城南旧事》里的小英子一家，就不属于典型意义上的"市民社会"，《京华烟云》《金粉世家》里的现代范儿虽有相近之处，仍相去甚远。只有血缘复杂的上海才真正代表了八九十年代所提倡的"市民精神"。因为只有上海才切断了暧昧的本土根脉和古典血缘，对接了西方的近代文化。所以，九十年代的"市民社会"其实是有特指的，而上海是它的专名。于是，理论界的"市民"理念在上海这里找到了完美的肉身，又在"上海怀旧"的文学中表现出了它光华四射的前世今生。

在我看来，所谓"市民社会"理论，不过是新富起来的 new money 构筑起的关于自我的意识形态映像。这些衣冠楚楚、格调不凡的"市民"虽然也有时被社会学家们称为"中产阶级"，其实和西方社会学中的中产阶级并没有什么关系，只不过是要借此套上自由民主的光环罢了——据西方社会学的某种普遍说法，中产阶级是

---

① 并不局限于 1994 年深圳《特区文学》倡导的"新都市文学"，还包括以新的都市体验和想象为叙述对象的小说类型，诸如"新状态文学""新体验文学"等，以及大众化的中国版禾林小说或职场小说等。

个人奋斗挣来的社会地位，是自由民主体制的稳定器。借由这种误认，新富阶级成功回避了他们并不光彩的甚至带有原罪的出身胎记。他们也正是王晓明在九十年代中期观察到的"新富人"群体（他们和旧体制的资源优势往往关系密切）。[①]而王晓明的经验显然主要来自正在不断上升的国际都市上海，那里无疑是"当代成功人士"扎堆的地方。

　　说白了，所谓"上海怀旧"，其实是冒名为"中产阶级"的新贵族试图虚构出自身的前史以确立现实合法性的外衣。面目清新、格调高雅的资产阶级上流为上海这座具有特殊象征意味的城市赋予了一以贯之的魂魄。陈丹燕在《上海的风花雪月》中明白清晰地表露了这层意思："突然远远看到南京路上，堆在一起射过来了高高矮矮的霓虹灯。想要重铸昔日辉煌的心思正在发扬光大，老店名在恢复，老建筑在重建，人人享受着寻根的乐趣，像19世纪欧洲旧小说里的孩子，贴身挂着一个不知来历的金鸡心坠子，里面是个贵夫人的像，可是他穷得像老鼠一样活着，然后有一天，发现自己原来是贵族家的私生子。"陈丹燕以《上海的风花雪月》《上海的金枝玉叶》和《上海的红颜遗事》三部曲重新打捞起"中产阶级"的历史记忆。"上海的金枝玉叶"、永安公司郭家小姐戴西，以她高贵的血统和女性特有的坚韧抗拒着时间的侵蚀。而真正的"上海金枝玉叶"、著名银行家之后的程乃珊，则以《上海探戈》《上海 LADY》《上海女人》等作品，追忆、描摹了旧上海的名媛贵妇和洋场阔少们的上流生活。这些叙述填补了当代成功人士历史起源的缺失环节，维护了血统承续的完整性。它们有时难以掩饰一种悲从中来的气息，这些美好的女子总是命运多舛，坎坷曲折，当然了，悲剧主要是由政治暴力导致。"蓝屋"的老贵族，代表着一种高级的文明或精神的格调，被弄堂的居民们所景仰和艳羡着，他们也逼着儿女学钢琴和英语，希冀能跻身上流世界。

---

① 王晓明：《1990 年代与"新意识形态"》《半张脸的肖像》，载《半张脸的神话》，广西师范大学出版社，2003 年 6 月。

从陈丹燕、程乃珊走向卫慧、棉棉其实没有想象中那么遥远。尽管面目不同，二者还是分享了共同的价值观，虽然有着不同的关于自我的想象方式。大体来看，这批"70后"作家，发展出了一种颓废而又坚持格调的都市波希米亚风格，她们瞧不起早期都市小说的资产阶级式的庸俗，更瞧不上市井生活的恶俗，她们要用另类的生活姿态强调自己的独特性，即使是对商品的消费也是为了彰显自己的内在性——在巨大的生存虚无中，她们仍然拥有一个近乎"崇高的客体"，即她们的身体。这种另类的姿态，象征着对上一代资产阶级道德的无因的反叛，以及以自我为中心的绝对自恋主义和遁世主义。在卫慧的《上海宝贝》《蝴蝶的尖叫》，棉棉的《糖》等小说中，另类青年"红""张猫""倪可可"等人脱离了中产阶级价值规范，追逐时尚，只尊重本能、欲望和感觉，性爱与毒品是他们确证自身存在的方式。

在这些另类青春的都市书写中，更强烈地体现了全球化想象。新一代的新贵族（小说的主要人物大都是靠家族、父母以维持高消费的生活，不事劳作）已经跨越国界，将认同的目光投向了欧美世界，他们是不折不扣的世界人。《糖》中的赛宁成长于英国，《上海宝贝》中的马克是个德国人，而"上海宝贝"们认同的文化资源则是二十世纪六十年代美国反文化时期的大众文化经典，亨利·米勒、垮掉的一代、嬉皮复古装束，"白粉女孩"们则醉心于肖邦和交响乐、艾伦·金斯堡、西方摇滚、麦当娜、甲壳虫唱片和帕格尼尼。这些西方后工业社会中产阶级的文化时尚和趣味的象征，有效地标识出了"宝贝"们的阶级身份，也表明，她们已经不可能再在中国背景中想象自己的现实位置——需要指出的是，卫慧们引为时尚的六十年代文化，已经消解了六十年代革命性的反体制内容，成为二战以后美国新资产阶级建立文化霸权的手段。[①] 这种文化再经过跨语际实践，到了卫慧那里，已被完全消毒，不再具有任

142

----

① 　程巍对此有精彩的分析，见《中产阶级的孩子们：60年代与文化领导权》，生活·读书·新知三联书店，2006年。

何反叛性。

那种吸毒的飘浮感自有它的社会的物质性内容。或许，它们以一种异常尖锐的方式揭示了"上海怀旧"的全球化想象的实质，当然，"70后"们已经走得太远了，她们已经不需要借助"上海的三十年代"这种老土的历史了。和韩寒一样，他们共同反感老资产阶级的拿腔拿调、审慎古板，又厌憎新贵族的浮华粗俗。但吊诡的是，他们的青春期的反叛，只不过是以叛逆的姿态认祖归宗，强调了自己的正统身份。

卫慧们的上海故事既是"上海怀旧"的负片，也是它的漫画版，更是它的过于真实的、令人难堪的兵棋推演结局。这种危险的前景，才真是市民社会的末路。

真正要把握上海市民精神的是王安忆和金宇澄，在他们看来，"上海怀旧"故事里的人物都是伪市民，根本不能代表真正的上海。因此，他们的写作自然地就含有了对伪市民书写的批判，从这种意义上说，他们其实是"对着写的"。这也是为什么王安忆总是一再撇清和所谓海派的关系，而金宇澄则对各种"上海怀旧"加以嘲笑讥讽的原因。在《繁花》的末尾，金宇澄特意安排了法国人拍上海纪录片的可笑情节。其实他是想说，既有的关于上海的传说压根儿就和一脑袋奇思妙想的外国人拍的纪录片一样不靠谱。当然，他们关于上海市民的表述，也未必没有沾染主流的"怀旧"意识形态，我们也不难发现二者之间藕断丝连的不清爽处。更何况，在接受与传播中，《长恨歌》《繁花》也不可避免地被"上海怀旧"的意识形态所利用、吸纳与扭曲，并加以收编。

三、春风桃李花开日　秋雨梧桐叶落时

王安忆和金宇澄对上海的市民生活做出了真正的批判性书写。尽管在庸俗的"上海怀旧"之外，关于上海市民的严肃写作的脉络

一直存在，①但却没有人企及他们的美学深度。这固然和个人才华密不可分，却也得益于当代市民社会历史逻辑的充分展开。

他们关心的不是上流世界或国际都市的传奇，而是这座城市的"芯子"，它的真精神，它的世俗情感背后的神圣价值和道德热忱，它的不曾耗尽的政治潜能和无法克服的致命缺陷，它充满内在紧张感的"法权哲学"，以及这种法权注定无法实现，只能转头向下，走向"理性的崩溃"的命运。一曲长恨，繁花落尽，个人命运的浮沉，折射了黑格尔式的市民社会理想的执着与陷落，勾画了启蒙理性辩证法的历史轨迹。

有人说，王安忆是张爱玲的传人，这未免是谬托知音。如果我们非得要给王安忆寻一个文学的先驱，那也只能是苏青。张爱玲太悲观，她所见到的上海市民世界融合了中国传统的残忍和西方现代的无情，呈现的是现代的"大悲"，而她之所以热爱生活的"小确幸"，正是因为生活的本质让人太绝望。她是个虚无主义者。正如王安忆所说："张爱玲也是能领略生活细节的，可那是当作救命稻草的，好把她从虚空中领出来，留住。"②

世人皆称"传奇"，却不知张爱玲的传奇只是欲求"岁月静好、现世安稳"而不可得的悲苦，被张爱玲本人所称道的《传奇》的封面设计正说明了这一点。上海市民社会恰恰是反对传奇、反对做梦的，虽然张爱玲仍禁不住要做做梦。张爱玲的小说，像《花凋》《红玫瑰与白玫瑰》，更不必说《倾城之恋》，都是坚定地维护现代核心家庭的，说她是鸳鸯蝴蝶派的传人，绝不是随便说说的。"发乎情止乎礼"，体现的是现代的合理主义的市民社会婚姻观。

---

① 在快速的现代化进程中，老城区面目全非，怀旧书写是普遍的，具体到上海怀旧，2000 年后，浦东等新城区建成，老城区人口大量搬迁，众多上海人口住进新式小区，石库门老房子或里弄就成为怀旧的对象，并被文化产业开发赋予了上海本土民居的象征。但是，这种意义上的文学怀旧并不占有文化的强势地位，它被上流资产阶级的花园洋房式怀旧有力地压抑和驱逐了。

② 王安忆:《寻找苏青》，载《重建象牙塔》，上海远东出版社，1997 年 9 月，第 50 页。

王安忆是乐观的，表现出了对生气勃勃的上海市井生活，尤其是中下层市民中蕴藏的活力的肯定，所以她更像苏青，虽然她仍具有批判的底子，但无疑赞赏的一面是主要的。王安忆的《寻找苏青》是一篇坦露心迹的文章，将自己和苏青的共同态度呈现得相当充分，同时借说苏青把自己对上海市民生活的判断表达得淋漓尽致。"苏青是有一颗上海心的"，"这种生计不能说是精致，因它不是那么雅的，而是有些俗，是精打细算，一个铜板也要和鱼贩子讨价还价。有着一些节制的乐趣，一点不挥霍的，它把角角落落里的乐趣都积攒起来，慢慢地享用，外头世界的风云变幻，于它都是抽象的，它只承认那些贴肤、可感的。你可以说它偷欢，可它却是生命力顽强，有着股韧劲，宁屈不死的。这不是培育英雄的生计，是培育芸芸众生的，是英雄矗立的那个底座"。①苏青代表了上海女性，而上海女性则代表了上海市民社会，她们"脑子清楚""没有非分之想""硬朗、尖锐""泼辣""世故""明世理"，当然，也"识相和知趣"，目光短浅……而这一切，都源于她们为了生计而锻炼出来的强大的适应力。

这种顽强的适应力来自上海生活的永恒冲突。同一个上海，总是存在着内部多重空间或历史时间的重叠。一部上海当代史，并不是像众多"上海怀旧"作家所描述的那样是一部捍卫三十年代式的摩登生活的历史——在这种描述里，上海的生命力，似乎在于顽强地抵挡粗鄙的历史冲击，保持住其生活格调。王安忆要写的是在变化中调整身姿，辗转腾挪的天赋和生活智慧，它并不是那么本质化的。它不断地被世事变化（包括革命）的冲击所激发，并从外围乡土世界获取滋养。上海的社会结构不断被革命的平等与集体主义所重新规划，②同时也持续由乡下保姆和邬桥的纯真质朴甚或粗鄙的乡土资源得到补充，包括它的道德的校正（《富萍》等）。外

---

① 王安忆:《寻找苏青》，载《重建象牙塔》，上海远东出版社，1997 年
9 月，第 44—45 页。

① 王安忆:《寻找苏青》，载《重建象牙塔》，上海远东出版社，1997 年9 月，第 44—45 页。
② 张济顺:《远去的都市：1950 年代的上海》，社会科学文献出版社，2015 年 4 月。

来的南下干部，在所谓上海人看来，一开始也显示出可疑的粗俗作风，但经过谨慎的试探和警惕防范，二者总会达到谅解，互相调整，共同融汇成新的上海生活，化为上海的内在因素（《好婆与李同志》等）。

《长恨歌》被广泛地误解为赞美上海格调的作品，甚至被解读为上海抵抗革命年代侵蚀，顽强保卫自己生活方式的史诗。与此同时，《长恨歌》和众多"上海怀旧"叙事的一个重要的甚至相当表面化的差别却被刻意忽略了。王琦瑶，不同于任何一部赞美资产阶级格调的作品的主角，她的出身并不高贵，既非大家士族，又非名门显贵，而是一位正宗的里弄的女儿，整部小说，我们甚至都很少看到王家父母的正脸。在王安忆看来，正是这种寻常百姓家的出身，才造就了她的"三小姐"的气质。她的精明，识大体，通人情，世事练达，都打上了上海市井的烙印。为什么王琦瑶会在激烈的竞争中胜出成为"三小姐"？打动观众的正是这种上海精神的内在闪光，或许，冠亚军正是陈丹燕和程乃珊笔下的沪上名媛吧，但她们在人气上分明输给了季军三小姐。王琦瑶不是"沪上名媛"而是"沪上淑媛"，"她不是影视明星，也不是名门闺秀，又不是倾国倾城的交际花，倘若也要在社会舞台上占一席之地，终须有个名目，这名目就是'沪上淑媛'。这名字是有点大同世界的味道，不存偏见，人人都有份权利，王琦瑶则是众望所归"。王安忆浓墨重彩描述了王琦瑶的格调，那是不同于上流社会的独特气质——相形之下，正宗的"沪上名媛"蒋丽莉就是个"陪附人"，王安忆对她的文艺腔的设定，是对"上海怀旧"套路的绝妙讽刺。

"王琦瑶得的是第三名，俗称三小姐。这也是专为王琦瑶起的称呼。她的艳和风情都是轻描淡写的，不足以称后，却是给自家人享用，正合了三小姐这称呼。这三小姐也是少不了的，她是专为对内，后方一般的。是辉煌的外表里面，绝对不逊色的内心。"正是这种特质吸引了李主任，并令钟爱上海格调的程先生终生痴恋。在《长恨歌》中，"王琦瑶"不是一个专名，而是一个共名，它指称所有的里弄女儿，也指称上海的市民社会。为此，王安忆不惜笔墨，专门用名为"王琦瑶"的整整第五节来描述王琦瑶如何体现了这种平均化的上海平民精神，或许这也是小说开篇用一节描写"弄堂"的曲折用意。"上海的弄堂里，每个门洞里，都有王琦瑶在读书，在绣花，在同小姊妹窃窃私语，在和父母怄气掉泪。上海的弄堂里总有着一股小女儿情态，这情态的名字就叫王琦瑶。"王安忆九十年代以后的小说主角，多是这类上海女孩子，其实，妹头等正是王琦瑶洗去四十年代铅华之后的当代传人。

王琦瑶代表了上海市民社会，代表了上海精神，虽然她一直在靠拢由上流世界所书写的时尚语法，近乎本能地熟谙在现代世界生存的必需的乖巧和势利，却也从未丧失自己的主见和下层本色，以及看透之后的真情，老练之中的单纯。她的出身一点都不高贵，天生带着一股家常气。这种淡定坚韧的上海格调，其实和革命年代并不构成本质性的冲突。相反，它恰恰在革命时代或社会主义激进年代得以完整地看护和持留。这当然不是说她没有受到社会暴力的冲击，但是，里弄出身的王琦瑶，懂得避其锋芒，仍能坚定地过她的小日子，并且过出"格调"，所谓"螺蛳壳里做道场"。正如王安忆描述苏青所说："苏青是有一颗上海心的，这颗心是很经得住沉浮，很应付得来世事。其实，再想一想，这城市第一批穿女式人民装的妇女，都是从旗袍装的历史走过来的，苏青是她们中间的一个。"程先生的命运和王琦瑶绝不相干，他俩根本不是一类人，所以也走不到一起去。

王琦瑶所代表的上海格调，虽受革命时代冲击仍能熠熠生辉，如她的容颜一样青春永驻。真正严峻的威胁反而是来自八九十年代。革命的禁忌和压力解除了，华贵的"上海格调"重又成为这个时代的主流风尚，但正是在这个复归的"自己的年代"，"上海精神"的代表王琦瑶却突然横遭不测，在她死去一刹那，停滞的时光突然加速，她像见光的木乃伊一样，迅速地风化。王琦瑶没有优雅地死去，更没有优雅地老去，如秋叶之静美——这是"上海怀旧"应有的套路，她以一种非常不堪的方式死于非命，死于一场争夺财物的意外刑事案件，死得毫无神圣感可言，甚至死得非常潦草，没有得王琦瑶死于一个真正粗俗的时代。《长恨歌》对八九十年代的"老克腊"的讽刺，或许隐含了对"上海怀旧"所赞美的上流格调的讽刺，它骨子里的势利和庸俗，它对金条的关切，代表了一个新的时代的品质，而它正是杀死王琦瑶的元凶。有意思的是，在关锦鹏的电影版《长恨歌》中，故意略去了王琦瑶之死，从而片面强化了"上海摩登"的一面。香港人是明白其间的利害的。

《繁花》也是暧昧的，尽管对革命年代表现出更多的否定和质疑，但在基本判断上，仍然和庸俗的"上海怀旧"拉开了绝对的距离。那个充满暴力和压抑的"文革"时期，仍能容得下钢琴、古诗、家庭舞会和美好的爱情，甚至在一种对抗性的关系中更强化了隐秘的快感和荣耀，从而使那个年代显现出可供缅怀的高贵。而九十年代的上海则使一切都丧失了重量，只剩下一个又一个无聊的饭局和神情暧昧而充满算计的调情。在《繁花》中，六七十年代以繁体字为题号，九十年代则以简体字为题号。这一繁一简，透露着"不响"的态度。最后，曲终人散之际，小毛死去，李李出家，汪小姐生下怪胎……繁花凋谢。金宇澄表达了一种和《长恨歌》同样的判断，对九十年代的市场时代的粗俗做出了断然的否定。相比于"文革"时代对"文化"的摧毁，九十年代似乎尤有过之。

四、闻道海上有仙山　山在虚无缥缈间

《长恨歌》与《繁花》讲述了"市民社会"的危机。

在《法哲学原理》中，黑格尔给出了完美的构想，由资产阶

---

① 张旭东：《上海的意象——城市偶像批判、非主流写作与现代神话的消解》，载《批评的踪迹》，生活·读书·新知三联书店，2003年8月，第344页。

级法权开出"世间的圣物"现代国家，从而彻底解决私有财产与公共性之间的矛盾。具有启蒙理性的个人和家庭，先上升到市民社会，最终由国家所统摄，绝对理性得以在社会领域实现。这种构想作为对资本主义固有矛盾的想象性解决方案，受到了马克思的激烈批判。马克思认为，黑格尔虽然正确地把握住了现代世界的最根本问题——现代国家与市民社会之间的分离和对立，却给出了虚假的出路，由此，黑格尔直接把现代国家的原则界定为具体自由，即特殊性与普遍性的统一。而事实上，国家与家庭和市民社会的分离和对立是不可能在现代资本主义世界的框架内得到克服的。分离的自由个人在现代市场体制中不可能实现真正的"自由人的联合"，现代国家和各种宗教形式一样，只是充当了虚假的中介，暂时而勉强地将分离的个人联系起来，终难逃脱被所谓市民社会所吞噬的命运（马克思《黑格尔法哲学批判》《论犹太人问题》）。这也正是托克维尔在美国所观察到的"民主"与作为国家宗教的基督教的现实状况。最终的解决，只能跳出现代资产阶级体制。

　　具体到中国当代，情况则要复杂得多。中国近代以来并没有形成普遍的成熟的市民社会，而五十年代建立的"反现代性的现代性国家"，却仍然必须建立在市民社会的基础之上。但是，激进的社会运动试图取消私领域以建立社会主义共同体，从而进一步损毁了原本薄弱的市民社会的基础。《繁花》中的"文革"暴力场景构成了阿宝们的创伤性记忆。结果是，革命新文化在市民领域的文化主导权不但未能建立，反而导致了七十年代以后资产阶级现代文化的报复性反弹。这一过程也的确显示了仍具强大合法性的现代文化的生命力，它在对抗已经变质的所谓激进革命时也表现出了强大的解放性能量。其实，从某种意义上说，二者之间并未形成势不两立的敌对局面，"革命"也在悄悄地从资产阶级文化偷取文化资源，并形成了新的摩登，同时造就新的文化等级和区隔。在此过程中，具有成熟"市民社会"经验的上海扮演了重要的历史角色（王安忆《启蒙时代》）。

　　在和"国家"的紧张对峙关系中，"市民社会"汲取了反抗性的激情，进一步彰显了自己的魅力，因而得以在七十年代延续并在八十年代再次壮大。这正是《长恨歌》和《繁花》讲述的内容。历史地看，恰恰是市民社会隐秘地承传了真正的追求自由与社会公共性的革命精神，充当了八十年代的文化火炬。当时的知识分子似乎从中再次看到了黑格尔在资产阶级上升期体验到的幻觉：从市民社会再次走向伦理国家，走向现代理性和普遍自由。于是，从马克思退回到康德，并隐秘地回到黑格尔，构成了八十年代的思想主调。

　　这未免太强人所难了。知识分子的幻想充其量只不过是一次西方理论的移情罢了。中国的现代市民社会还不太发达，即以它的最成熟形态上海而论，它之所以得以存在，恰恰是半殖民地"三不管"的结果，具有讽刺意味的是，如果不是日军侵华，上海的民族资本主义产业恐怕早就落入了南京官僚财阀的囊中。"三家两方"（华界、公共租界和法租界，中西两方）博弈的结果，谁都能管，谁都不能完全有效控制，造就了畸形的市民社会和公共空间，在这块本国土地上的外国人的地盘，既养成了现代社会的某种平等意识，也培育了一种认命而又不服输的城市性格，一种顽强的挣扎求生的本能，一种看人脸色察颜观风的势利心，一种守规矩但只管自己的狭隘眼界。上海的市民社会在娘胎里就带着软弱的基因。对此王安忆是有所批判的。对于"市民社会"的先天缺陷，王安忆借王琦瑶做出过暗示。乖觉的王琦瑶在决定答应李主任时，并没有太大的心理波动，她并不能改变自己的命运，更不可能改变权力的象征李主任。"王琦瑶的世界非常小，是个女人的世界，是衣料和脂粉堆砌的，有光荣也是衣锦脂粉的光荣，是大世界上空的浮云一般东西。……李主任却是大世界的人。那大世界是王琦瑶不可了解的，但她知道这小世界是由那大世界主宰的，那大世界是基础一样，是立足之本"。王安忆对苏青的评价可以再为此下一个注脚："苏青是不能靠'爱'来安慰，而是需要更实在的东西。因此，她也是不会如丁玲那样，跑到延安找希望，连延安的希望于她都是渺茫的，她就是实到这样的地步。只承认她生活的局部给予她的感受，稍远一些，不是伸手可及的，便不被纳入她的现实。"①

指望上海的市民社会上升到黑格尔式的伦理国家的高度，更是不现实的，在外人的土地上怎么能指望自己的伦理国家呢？说上海缺乏革命精神，当然是不错的。尽管它在多个历史关节点上扮演了革命策源地的角色，那些革命的发动力量却多有外来背景，难以获得本地的强烈响应。②但是，五十年代以后，上海市民社会被革命文化拽着上升，这深刻地改造了上海的城市性格，也给上海史打下了无法去除的烙印。在结合旧有市民文化资源，建立新型社会或社群方面（包括最激进的公社实验），五十年代以后的上海构成了另外一种经验和可能性，而它原本的目标正是要消除现代市民社会与共同体之间的根本分裂状态。这也成为这座城市的传统的内在一部分。《繁花》中的七十年代唤醒的其实是集体时代的历史记忆，不管阿宝和沪生们怀着怎样的怨恨被放逐到工厂车间，流落底层社会，但正是这样的人生转折让他们体会到了真实的人生，让他们成了自己生活的真正的主人。关于这一点，王安忆早在《流逝》中就已经敏锐地把握到了。当这些贵族少爷、少奶奶重新获得财富地位，回到他们原来的优越生活时，他们反倒怅然若失。不过，集体时代的生活是被主流的"上海怀旧"故意抹去的。随着九十年代以来的大规模的旧城改造，不但老市民的"石库门"被拆迁，居民被转移出商业中心区，而且集体时代的工人新村也已经全面破败（《繁花》中"大自鸣钟"拆迁，"两万户"的兴衰）。伴随着城区改造，市场社会在进行着人口规治和商业消费的重新布局。当然，仅存的石库门脱胎换骨，成为了全球化消费文化的地标"新天地"。它的旁边，中共一大旧址在静静地注视着历史变迁。

但现代世界的固有矛盾并没有解决。当启蒙的遗产逐渐扭曲，真正的革命精神也被淡忘之后，市民社会的上升之路再次被堵塞。九十年代，我们又全面退回到个人和家庭，退回到"市民社会"，

151

---

① 王安忆:《寻找苏青》，载《重建象牙塔》，上海远东出版社，1997 年 9 月，第 46 页。

② 杨东平:《城市季风：北京和上海的文化精神》，东方出版社，1994 年。

人与人之间的普遍联系只能通过市场来进行。正如马克思在《论犹太人问题》中分析的那样，自私自利的现代市民社会没有走向自由的共同体，而是紧紧抓住了虚假的普遍中介——货币，这世俗时代的神圣之物——以维系虚假的联系。国家被商品拜物教所替代，被市民社会所吞噬。于是，启蒙的辩证法或市民社会的辩证法，最终走向了它的伤感结局，"理性"走向了最后的崩溃。伦理国家没有实现，随着资本集中和国家干预，哈贝马斯所谓"国家社会化"或"社会国家化"的新体制趋于成形。①

"市民社会"终于吞噬了伦理共同体，最终也吞噬了自己。某种意义上，这个新到来的"市民社会"已经不再是原来的那个市民社会。那个有格调的、携带着旧上海公共空间"自由"和集体时代社群回忆的老的市民社会，被后起的、粗鄙的新的市民社会所取代。它倒是表现出了勃勃向上的资产阶级进取性格，目空一切，信心十足，富于行动性，没有什么道德负担。由它来杀死王琦瑶正是富于高度象征性的一笔。

《繁花》，和《长恨歌》一样，与其说它讲述了上海的"市民社会"，不如说讲述了"市民社会"的不可能性。一不小心，金宇澄把赞美诗唱成了挽歌。正如巴尔扎克眼看着心爱的阶级走向衰败无可奈何一样，金宇澄也像浮士德那样，面对上海"市民社会"这朵易逝的繁花，禁不住喊道：你真美呀，请停一停！

---

① 见哈贝马斯：《公共领域的结构转型》，曹卫东译，学林出版社，1999年，第179页。《小说评论》专栏《历史与形式》，2018年第5期。

另类的宗教写作：张承志宗教写作的意义

一、来自异端的批判

在《黑格尔法哲学批判导言》中，马克思说："宗教里的苦难既是现实的苦难的表现，又是对这种现实的苦难的抗议。宗教是被压迫生灵的叹息，是无情世界的感情，正像它是没有精神的制度的精神一样。宗教是人民的鸦片。"[1]由此，马克思经由对神学的批判进入了对法的批判和政治的批判。但是，马克思这一对十九世纪德国宗教的批判在中国作家张承志的宗教写作这里却是失效的，甚至是相反的：宗教的确是具有现实苦难起源并是对它的抗议，但却并非人民的鸦片，恰恰相反，它是对种种世俗形态的鸦片（阿Q精神和犬儒主义人生哲学）的反拨。

这么说并不是指张承志的宗教写作确立了现实世界之外的另一种精神维度，或者乌托邦，从而和不完美的现实形成批判性的张力。当然不是，他绝不能单纯地由所谓理想主义、人文精神等似是而非的描述获得恰切的解读。事实上，张承志也从来没有像一般的宗教写作那样沉浸在对另一个彼岸世界的书写中（如果说他宗教写作的前期，即写作《九座宫殿》《残月》《黄泥小屋》时期，这一气质还不甚清晰的话，后来的《西省暗杀考》《海骚》《心灵史》就表现得异常明确了），张承志呈现的总是现实世界与心灵世界之间的不妥协的紧张关系，是以宗教为表征的另一精神原则对现实的不断质疑与抗争。所以，在张承志的所谓宗教小说中，永远没有对现世的厌倦、淡漠，对生存苦难的超脱、冥想和超越性的沉思，他表达

153

---

[1] 《马克思恩格斯选集》（第一卷），人民出版社，1972年，第3页。

的重心也不在对彼岸世界的皈依、救赎等主题上，而是对现世的不断抗争、介入的热情。正如《西省暗杀考》《心灵史》等作品显示的那样：现实苦难绝不是升入天国的阶梯，而是异端存在的理由。由此，张承志的宗教写作洋溢着一种异端的气质和对体制的对抗色彩，所谓牺牲之美，所谓"舍西德"（复数形式为束海达依，即为伊斯兰圣教牺牲），圣战，完全不能在宗教的意义上来理解，因为它们所要捍卫的不是宗教的神圣原则，而是被压迫者的心灵自由和底层民众的生存权利，以及对维护再生产不公正、不义的体制权力的永远的异端姿态。所以，张承志才在《心灵史》中意味深长地说："异端即美——这是人的规律"。所以，就文学写作而言，宗教只是张承志的批判策略，使他获取了一个对时代和现实的批判性的"另类"的立足点。这么说并不是怀疑张承志宗教信仰的真诚性，相反，正是其真诚性才使这一批判具有了情感的深度与文学表达的力量。

因而，如果不是从作为教徒的张承志，而是作为作家的张承志而言，张承志的宗教写作指向的不是精神、神圣性或唯灵的热情，相反，它一刻也没有离开过世俗世界与时代命题，尽管它采取了宗教写作的形式。从本质上看，张承志宗教写作具有强烈的世俗性，充满了世俗关怀和具体而又宏大的政治诉求。

二、宗教写作脉络中的张承志

"异端"立场和现实批判性、抗争性使张承志的宗教写作显得极其另类。在二十世纪中国文学中，众多作家在文学中注入了宗教的意义表达，形成了一条清晰的创作脉络。众所周知，在现代文学中，许地山、丰子恺、俞平伯、废名、施蛰存等创作中都具有或浓或淡的佛教色彩，冰心、老舍、萧乾、林语堂等创作中亦含有不同程度的基督教气质，虽然这些作家的宗教写作和他们所身处其中的历史语境有时也有某种潜在的联系，但宗教对于这些作家的文学来说首先是生命个体对人生体验的表达，或者是对超越性的人生意趣的追求，在很大程度上，是走出儒家文化的一代知识分子确立人生意义的新的精神选择，或在价值纷乱、内外交困的时代开出的一剂医治个体心灵的处方。①故而，对于这些作家来说，宗教的意义主要还是文学性的或审美性的，宗教为他们的写作增添了一种深沉蕴藉的美学风格，一种理想性和浪漫主义情调。所以，除了许地山等极少数是真正的教徒并在某些创作中以信仰来阐释人生，众多作家其实并非以信仰来写作，最多只是融入了某种宗教的义理与情趣而已，典型的如周作人以俗人的眼光读佛经，即如真正做了居士的丰子恺又何尝不是如此？俞平伯《古槐梦遇》中所言"不可不有做和尚的念头，但不可以真去做和尚"可谓道破此中奥秘。同样，周作人在《圣书与中国文学》中极力夸赞《圣经》，并预言其将对中国文学产生深远影响，全部理由亦在于它是具有高度文学性的美文。

在当代文学中，情形有所不同，二十世纪五十年代以后八十年代以前，由于意识形态的原因，中国文学乃至文化事实上已经取消了宗教的合法性，宗教写作这条线索基本上已经消失。当然，在一定意义上，某些高度理想性的革命文学事实上已经具备了宗教性。②此后，在八十年代即改革开放的年代，"新启蒙主义"成为主导性的意识形态，以"人性"、人道主义对抗、反思"神圣性"的政治理想主义，张扬个体世俗欲望的合理性，成为主流倾向。虽然由于右派作家和知青作家的理想性品格，八十年代的文学仍然是一种理想性的文学，但右派作家和知青作家显然对他们在革命年代教育下形成的理想主义进行了转化，这种理想主义的形式填充进了新内容，政治内容被取消和改变了，而成为一种单纯的对于个体人生意

① 在本文中，我不把儒文化看作所谓儒教，即一种宗教文化。当然，佛与道事实上一直是传统士人补充性的精神资源，所以，也可以说，谈佛论道，是现代知识分子向"传统"中的边缘地带或"小传统"寻找精神资源，当然，佛与道在现代的意义已完全改变了。

② 黄子平曾指出：大量的革命历史小说暗中利用或借用了大量的宗教隐喻。参见黄子平《革命·历史·小说》（香港牛津大学出版社，1996年）或《"灰阑"中的叙述》（上海文艺出版社，2001年）。

义和生存价值的追寻。所以，此一时期的作家热衷于探讨人性，思索生命的深度与意义，于是，存在主义、精神分析等关注生存意义、心灵复杂性的现代主义观念成为影响文学思潮的主流哲学话语，就是顺理成章的。

但是，新启蒙主义所启蒙出来的世俗化社会或市场化时代却导致了欲望的泛滥和精神的低俗化（这一过程自八十年代后期已经开始，所谓新写实主义小说很大程度上是它的一个历史反映）。正是在这一背景下，宗教写作重又引人注目地出现了。在九十年代，曾热衷于形式探索的先锋作家北村皈依基督教，写出了具有强烈宗教信仰色彩的《施洗的河》等小说（近作《愤怒》同样如此），史铁生的《我与地坛》《务虚笔记》与《病隙杂笔》等，虽无明确的信仰背景，却也从其对于命运、苦难的思考中，认定了相对于"造物主"、神性、命运的人的无力与有限性，因而显示了明确的宗教气息。此一时期的宗教写作有一个突出的特征，信仰的意味大为凸显，世俗与信仰之间的争辩也空前激烈。尽管史铁生、北村这样的作家对人生苦难的体验都有极个人性的原因，但不可否认，世俗化的、"堕落的"社会、时代环境构成了他们潜在的对话对象和对抗目标。值得注意的是，九十年代以来，坚持信仰维度的作家、批评家以皈依基督教（或以之为精神资源）的居多，如北村、刘小枫（史铁生虽无基督教背景，也从中吸取了不少资源），鲜有人谈佛论道，原因正在于此——佛的出世，道的世俗性，用以增添点文人气是可以的，以之与世俗的商品、市场社会拉开洁身自好的距离，保持批判性的紧张，则不相宜；伊斯兰教，在一般的误解中，似乎是一种过于极端的宗教，无疑过于"激进主义"，这又是喜欢所谓"自由"的知识分子所惧怕的；另外，或许，从"启蒙主义"的立场上看，基督教才更具有普世性、精神超越性，更具有主流文明气质，因而也更合乎追求精神高贵和人文精神的知识分子的口味（西方知识背景的）。不难理解，基督教在九十年代以后，似乎具有了对抗世俗的精英主义的象征性。

在这种文化背景下，张承志对伊斯兰教的信仰及文学表达（而且是伊斯兰教中一支——中国化的神秘主义教派哲合忍耶），其意义就完全不同了。可是，由于《心灵史》亦出现于九十年代初，其宗教性、理想主义显然被广泛地误读了———张承志被看成了一个以宗教和理想主义对抗世俗、商品主义和普遍精神沦落的作家，并与其他宗教写作混同了起来。

三、哲合忍耶的意义

张承志对哲合忍耶的信仰及其文学表达，在二十世纪的宗教写作乃至中国文学中，是一个不折不扣的另类。他以哲合忍耶为中心的小说写作，不是为了给自己的文学增添某种美学的风格、色彩，相反，他以这种写作取消了文学（《心灵史》具有跨文体的含混性，当然，从某种意义上，我们仍然可以把它看作小说、文学），告别了文学写作（《心灵史》之后，他不再进行经典意义上的文学写作，只写作非虚构性的随笔、杂文）。另外，他高举信仰的旗帜，也并非单纯为了对抗市场社会精神的堕落———一些巧立名目者将他与张炜并列，称为"二张"，看作是抵抗投降（向市场、世俗投降？），人文精神的代表，显然是张冠李戴（张炜倒是名副其实），也是对其"清洁的精神"的误读。毋宁说，他以宗教写作挑战的对象之一正是精英主义的人文精神（《心灵史》等作品标志着他与所谓"知识分子"——他贬义地称之为"智识阶级"公开对立）。张承志所要张扬的是带有某种民粹主义色彩的"人道"——与八十年代以来流行的知识分子的"人道主义"相对立的一种关于"人"的观念。通过哲合忍耶，他找到了对抗体制（包括与体制合谋的整个知识分子阶层）的不妥协的异端位置。在中国社会历史的重大转折——改革开放以来的历史中，他找到了一个表述全球化背景和资本主义世界体系中的中国处境和这一处境中的"人民"的生存状况和命运的角度。由此，遭受压迫和剥夺的（经济的，政治的，表达权的）哲合忍耶，就成为这个资本主义世界秩序或不公正、不自由的世界秩序中人民的隐喻。而哲合忍耶的反抗与牺牲也就成为他所心仪和渴望的"反体系"革命性力量的象征形式。

张承志真正开始在小说中自觉、有意地彰显宗教性是从 1980 年后期开始，到九十年代初的《心灵史》达到顶点。并且他选择了颇具异端性的哲合忍耶——其实，正因为他找到了革命性的、反抗性的哲合忍耶，才决定以文学的形式表达宗教，而不是相反——因为其信仰伊斯兰教，他才选择了表达哲合忍耶。如果不是张承志走进大西北，遭遇哲合忍耶，由血缘带来的伊斯兰教信仰未必能对张承志理解世界和人生提供根本性的方式，也未必会对他的文学生涯造成根本性的影响，是哲合忍耶让张承志重新认识并真正找到了自己对伊斯兰教信仰的最终依据。也正是从这一意义上，张承志才把自己与哲合忍耶的相遇说成是某种"前定"，并称是哲合忍耶让他认祖归宗。但要指出的是，在张承志本人自述中充满命运的神秘色彩的与哲合忍耶的历史性相遇，事实上却有着坚实的世俗的或社会性的原因，它和中国社会的巨大变化和他的个人经历直接相关。

从八十年代后期开始，被知识分子（包括张承志）追求的现代性开始出现了危机，改革开放，融入资本主义世界秩序，追求现代性的发展道路已经显示其代价，或开始出现这种征兆。底层民众，广大承受发展代价的群体正在沦为弱势的和不能出声的社会集团，与之相对的，则是在新的社会秩序中权势阶层的对财富、社会机会和表达空间的垄断。至九十年代以后，这已经成为无法忽视的严峻现实，从而被具有批判性的知识分子所感知和觉察。这使张承志和中国当代主流知识分子（事实上已经沦为新体制的合谋者）拉开了思想的距离。随着与主流知识界渐行渐远，他终于退出作协，成了一个彻底的异类。一贯具有民粹主义倾向和底层情怀的张承志无法认可"现代化"社会秩序中民众的普遍命运。张承志的宗教写作和他初入文坛时"为人民"的写作具有深刻的内在联系。正因如此，张承志在《心灵史》的序言中说："对于我在 1978 年童言无忌地喊出的口号——那倍受人嘲笑的'为人民'三个字，我已经能够无愧地说：我全美了它。这是对你们的一个约束；如今我践约了，没有失信。"

另外，八十年代中期及以后张承志出访美国、加拿大、德国、蒙古等，尤其是旅居日本的经历，使他认清了所谓全球化时代中心与边缘的不平等的权力结构和文化秩序，从而清晰地获得了自身的文化身份认同，在张承志的视野中，民族问题和阶级问题获得了深刻的联系和对接。也正因如此，我们不能简单地将张承志的反美、反日立场等同于所谓民族主义立场[①]，在张承志的辞典里，美、日往往是后殖民主义时代的帝国主义的代称。张承志具有国际主义的视野，在他那里，族裔的差异只有和阶级（或权力中心与边缘）与政治不平等（或政治文化压迫）联系起来时才有意义。在小说《金牧场》中，张承志一方面批判了作为资本主义中心国家的日本，一方面又区分出了日本内部正直、富于抗争精神的平田英男和真弓，尤其是提到了对抗体制的左派学生运动"全共斗"，[②]所以，解读张承志的宗教写作，不能离开这一前提。在殖民主义和后殖民主义的世界秩序里，他以民族和身份为基点获得了一个批判性的边缘位置。他的第三世界立场是功能性的，不能做本质化的理解，所以，他在对抗以日、美为代表或象征的世界权力体制时，强调了自己的中华民族的身份，而在中华民族内部，他又借回族和哲合忍耶教派强调了少数民族的异端位置和中华内部的"第三世界"身份。在《心灵史》中，张承志说"我厌恶狭隘"，批判了狭隘的民族主义。其实，在任何体制内，只要这个体制带有压抑性，他就是那个"少

---

① 张承志的反美、反日，或更准确地说"反西方"立场，见其散文《撕了你的签证回家》《日本留言》《无援的思想》等。其实，这种反西方的立场也是对西方的现代性观念，尤其是仍持有这种观念的中国知识分子的批判。

② 《金牧场》在张承志的创作生涯中具有转折性的重要意义，这部小说留下了他本人的心灵挣扎与矛盾、困惑，他后来的一些思想在这部小说中已经开始成形，但还不是十分清晰，还有些混乱，过于感性和表象。事实上，这也可能是他采取了那种颇为现代主义的形式的某种不得已的原因。但这部小说中的思考在当时已经相当超前，当然，也正因这种超前所必然导致的粗糙，才使他对这部作品最为不满意，以至他后来重写《金牧场》，并改名为《金草地》。

数"。永远和弱势群体、受压迫和剥夺者站在一起。借助于哲合忍耶，张承志一方面批判了绞杀心灵自由、维护既得利益和压迫结构的不公正的权力体制，也批判了中华文化的中庸之道和犬儒主义人生哲学，因为正是这种民族性格纵容了不合理的体制。张承志所赞扬的血性、牺牲不仅仅是一种理想主义，还是一种革命精神，对现存的一切不合理的、反人道的社会秩序的反抗精神，由此，宗教与张承志一贯的左派精神在深层勾连了起来。可以看出，张承志的宗教写作与主流意识形态（知识分子和"国家"合谋的）之间是相当紧张乃至对抗的，这也可能是"知名作家"张承志的《心灵史》找不到杂志发表，只出了单行本或收入文集的原因。

在写完《心灵史》之后的写作阶段，张承志放弃了小说写作，也基本上放弃了宗教写作。但他并没有停止写作，他更具批判性地、更直接地面向历史与现实，写出了大量散文、随笔和杂文，他走向了他衷心热爱的鲁迅的道路。如果说他的宗教写作是披着神圣外衣批判时代与现实，那么，此时，他索性抛开了宗教的包裹直接介入了时代。从这里似乎也可以回溯性地看出宗教对他写作的意义。

"诺贝尔文学奖"背后的文化政治

一

莫言诺贝尔获奖现在已是一个公共话题，可以想见，对他的神话化和酷评还将持续下去。正因如此，我一度很犹豫，要不要把我真实的想法写出来——这种想法显然是不合时宜的，而且肯定很多聪明人早就想到了，但他们的聪明在于，他们选择不说。

大概很少人会否认，莫言能获奖，与中国在全球范围日益增长的巨大影响力有一定关系，当然，我们不能就此简单地理解为颁奖给中国作家只是出于"傍大款"的需要，抑或如某些人乐观地认为的，大国崛起必然伴随着世界对我们文化软实力的重视。莫言的获奖显然不能单纯地在现实政治和国际关系的层面上来认识，"异议分子"式的愤怒尽管可笑，"崛起派"的沾沾自喜也未免有些天真。文化与政治之间的关系远非那么简单，它们之间的联系更为内在、曲折、隐秘，也更为深刻——它有时体现为我们审美意识深处的争斗与撕扯。

至于"纯文学"派的鼓噪，则普遍缺乏对"诺奖"所代表的所谓普遍的文学标准的批判式反省和文化政治的还原。他们反对将莫言获奖与中国国际地位的改变相挂钩，认为莫言的获奖和国家地位、政治、经济等外在因素无关，只是文学本身的胜利，因为它达到了"诺奖"所标志的世界文学的最高标准。莫言的完美表现"征服了裁判，征服了观众"，想不给个"十分"都说不过去。

问题在于，"诺奖"所标志的世界文学的最高标准又是什么呢？它真代表了世界的普遍的文学标准吗？而为什么是莫言最符合这个标准呢？对于熟悉当下创作现状的人来说，恐怕没有几个敢说莫言独步文坛，一枝独秀，与别的作家拉开了明显距离。大家心知肚明，在世的中国作家里，和莫言处在一个水平级上的不在少数。为什么偏偏是莫言获奖呢？或许有人会说，那是因为莫言在国外获得的译介和宣传最多，影响最大。如此我们就更要接着追问一句，为什么外国人就那么喜欢译介莫言呢？

二

斯德哥尔摩之所以将诺贝尔文学奖授予莫言，一方面，莫言的确在西方尤其是"诺奖"所标榜的"普遍性的""世界性的"文学标准之内达到了极高的水平，放在所有的"诺奖"作家里也毫不逊色；另一方面，或许是更为重要的一方面，莫言又是文化政治上西方世界最容易接受或最乐于接受的那种东方作家。也就是说，他没有表现出文化价值上的令人难以下咽的异质性和冒犯性，却因鲜明的东方化风格和异域情调而具有了特殊的陌生化美感，并作为新的养料补充进了现代主义以来的审丑的文学经验系统。简而言之，莫言的作品对西方人来说是可以理解的，因为他虽然使用中文写作，遵循的却是"世界"通行的美学语法，转换起来自然顺利，一经翻译顿时流光溢彩。

这还不是最重要的。给一个像莫言这样的中国作家颁奖，是正在衰落中的欧洲文明（包括美国等）维持全球统治地位的战略需要。面对正在崛起的中国，这个有着几千年历史的大块头，近代以来没被整死和解体，后来经过红色风暴的洗礼，在颜色革命的浪潮里坚挺不倒，居然越活越生猛，的确让人心生不安甚至恐惧。不管它内部矛盾有多少，不管它存在多少发展中的危机，相对于渐渐老去、危机四伏的欧洲和风华不再、合法性魅力丧失殆尽，只能以拳头说话的美国来说，中国的确是一个正在上升的大国。而伴随着经济（尤其是标志大国基础能力的制造业）、政治能量的增强，中国似乎也正在恢复文化的信心和创造力，至少正在试图恢复这种能力，

"走出去"的渴望越来越强烈，并显示了一种保持、寻求独特社会道路和政治模式的意愿，以及建立竞争性甚至主导性的文化软实力的企图。尽管目前中国的发展模式仍深深镶嵌在全球资本主义体系中，但在中国的意识形态和思想文化内部一直存在着多种声音，由此对中国的全球化发展取向产生了极大的制约和校正，新的文化创造的契机在自我批判中也被逐渐催生出来，并不断转化为具体实践。应该说，在文化价值的创造上，中国正处在一个挣脱、纠缠、犹疑、试探的时期，来到了一个存在巨大潜在能量和多重可能性的历史阶段。这也是一个充满暧昧性的历史时刻。

这种暧昧性和可能性，给欧洲和北美带来了巨大的心理压力，似乎一个完全异己的、妄图取而代之的东方文化正潜伏在地平线之下；这种暧昧性和可能性，也给欧美带来了希望，似乎还有时间去阻止最坏的可能性发生，还有机会往尽可能好的方向引导，趁着全球文化的领导权和话语权还在自己手中。那么，聪明的选择是进行战略调整，更深地将中国文化纳入西方主导的"普遍"秩序中，给予有效的安顿、接纳、鼓励、整合和改造。其实，这一过程早就开始了，现在只不过进一步深化和更具弹性而已。

对西方世界来说，中国总是个不顺溜、难调理的家伙，就算表面上听话也总是有自己的主意，何况还有那么大的疆域和人口，又有古老的文明传统（儒家的异教徒），最要命的是还有革命的前科，至今保留着社会主义体制，怎么能让人放心？对此，以前的态度是讪着他，而现在，没办法对中国以及中国文化视而不见了，只好改办法：发奖状，明确地奖励他一贯地追随世界主流文明的良好态度和执着努力。这才是正路，这才是有出息的中国文化，具有世界性的中国文化！以后照着这条路跑下去就行了，不要再想三想四了。对于中国作家和中国文化人来说，莫言就是表率，进一步努力的方向。

三

有人可能说了，不就是文学，犯得着吗？还真不要瞧不起文学，尤其是长篇小说，一直是建立、筑固一国乃至全球政治、经济新秩序的重要力量。明白这一点，只要看一看英语文学随着大英帝国的坚船利炮走进世界的历史就够了，莎士比亚成为世界经典大师的过程，书写着构建帝国秩序的文化法则和权力控制与审美规训的内在关系。这也是一个驱逐《红楼梦》《春香传》《源氏物语》以及唐诗、宋词和俳句的过程，不是直到现在仍有持普遍美学标准的人认为中国古典小说低级吗？也正因看到了文学改造人心并进而改造世界的功能，梁启超才把小说抬到了文学的头把交椅。虽然现在小说的功能正在被新兴的主流媒体影视剧所取代，但作为一种经典的文化样式，小说在文化场域内仍享有较高的地位和影响力，尤其是对于精英群体而言；再说了，这也是一种意识形态生产和控制的体制惯性。

在这个意义上说，莫言是被绑架的中国文学的代表，把莫言世界化，也就是在象征的意义上把中国文学的整体形象世界化。一方面，莫言在风格和内容甚至意识形态上都大体符合西方政治正确的标准；另一方面，他表面的社会身份又是中国作协副主席。这就充分照顾了中国的面子，也向人释放了一个明确的信号，莫言充分具有中国社会体制内作家的代表性——这一点连异议分子都误以为真，上当了。

从一定程度上说，真正的获奖者不是莫言，而是莫言作为一个东方作家所体现出来的欧洲文学的现代主义传统，以及这种传统通过神秘的东方重新获得呈现的陌生化美感。同时，这一过程还沉淀着西方世界在审美经验中克服和消化中国这个巨大他者之后对自我的更深刻的肯定。在无意识的层面，它悄然上演着西方文化在审美经验内部的精神现象学。莫言只是代表了被重新阐释甚至创造出来的中国作家的集体形象，这当然是被削足适履地狭隘化理解的中国文学的形象。

如此说来，莫言获奖的确是个具有历史意义的大事，颇有点类似于文学界加入WTO，中国文学经验被接了轨。不管是外人的阅读预期，还是中国作家的自我意识，从此都有了一个中国文学的世界形象。这就使中国文学和一个世界性的文学体制有了更真切的关联，诺贝尔奖文学奖不就是世界上的茅盾文学奖吗？

莫言的获奖，另外一个受益者是目前正在遭遇危机的所谓"纯文学"界或中国主流文学界。其实，作为整体，大部分作家的作品已经完全主流意识形态化，除了编织新意识形态的社会幻象，或沉溺于消费主义的个人欲望，或进行抽象的人道主义批判，已基本丧失对现实和历史的叙述能力，这也是读者纷纷抛弃所谓纯文学的一个非常重要的原因——很多作家和评论家往往习惯于过分夸大网络化时代和影视文化的冲击。当然，对此危机，少数一部分作家已有所反省，正在寻求打破纯文学教条，与现实重新建立联系的方法，比如某些底层文学创作就是一个值得注意的尝试。而莫言的获奖似乎使没落的所谓纯文学找到了自身存在的理由，因为它的价值得到了"世界"的肯定，"诺奖"仿佛一支续命的强心剂，暂时掩盖了中国文学表面繁荣背后的深重危机，成了维护文学界自身集体利益的一个神话。

四

那么，莫言的小说呈现了怎样的关于中国的历史与现实的图景呢？

但凡读过莫言小说的人都会有一个基本的印象，而且读得越多这种印象越强烈：那是一个阴郁、悲凉、荒诞的世界，充满饥饿、暴力与非理性的欲望。不知道这是否就是莫言所理解的人性，抑或中国人的人性？在他的笔下，有血腥的杀戮、离奇的死亡、激情的野合与乱伦；有各种各样奇特的民俗（也有人称之为伪民俗），比如"红高粱"酒的特殊酿造工艺，比如以人体部位起名字的地区性喜好（《蛙》），不准人说话的集市（《丰乳肥臀》）；还有各种奇形怪状的人物形貌和体态，如大头儿蓝千岁（《生死疲劳》），一尺酒店的侏儒经理（《酒国》）；等等。

从清末"精美绝伦"的凌迟酷刑（《檀香刑》），到改革开放时代的"吃红烧婴儿"，中国历史的本质仍是专制与吃人，中国仍是一个千年未变的无时间的、静止的大陆，这是张艺谋式第五代的惯用套路。如同《檀香刑》中德国总督克罗德所说的："中国什么都落后，但是刑罚是最先进的，中国人在这方面有特别的天才。让人忍受了最大的痛苦才死去，这是中国的艺术，是中国政治的精髓……"而《檀香刑》的主角的名字都是"甲""丙""丁"，不难看出他们是中国芸芸众生的"代称"。不管在《檀香刑》《酒国》中莫言有怎样的社会历史批判性，在外国人眼中，这种暴虐与食人肯定被普遍化了。

莫言的有代表性的长篇小说集中书写的是一部中国的现代史，从民国经由社会主义革命一直延续到当下的历史，抗日战争、解放战争、土改、人民公社，直到改革开放，包括九十年代的市场化改革。我们知道，这是如此复杂的一段历史，它有暴力、血污、苦难，也有一个民族的新生与人间正道，有原罪也有遗泽。中国因此开创了一条独特的现代之路，对它任何单面化的解释都是一种轻慢和庸俗化。但莫言恰恰给予了非常简单化的理解。

在《生死疲劳》中，主人公"西门闹"是在土地改革时给枪毙的地主。为了反抗对自己的冤枉，他不断地在阴间喊冤。然后被阎王报复，开始了六道轮回，一辈子为驴，一辈子为牛，一辈子为猪，一辈子为狗，一辈子为猴。从各种动物的视角，他见证了奇特的中国当代史。如果我们仔细阅读，透过魔幻的障眼法，不难窥见莫言的历史态度：他其实没有掩饰对于社会主义革命的颇为简单化的否定，西门闹的冤屈和不屈服的抗争精神，以及"单干户"蓝脸以一己之力对抗集体化直到重新分田到户，被证明为历史的"正确"，颇具英雄气概。相比之下，洪泰岳，这个以往革命小说中的正面英雄则是个不折不扣的恶棍和丑角，而《蛙》中的姑姑，被戏称为"红色木头"，在狂热的信念支持下强硬地执行计划生育政策，成为残害生灵的驯服的革命工具，晚年陷入强烈的罪感与忏悔意识，尽管她的毫无来由的突兀转折并不符合人物性格逻辑，却符合莫言以人道主义批判社会主义历史的人性主题。

对革命史的这种批判无疑是必要的，但过于简单化、绝对化就是一种历史观的庸俗。同样，我们也要在莫言独特的历史观背景下，看待"种的退化"的主题，在《红高粱》中，从敢爱敢恨、敢精忠报国也敢杀人越货的祖、父辈，到"我"堕落为一个"可怜的、孱弱的、猜忌的、偏执的、被毒酒迷幻了灵魂的孩子"；在《丰乳肥臀》中，上官金童一直是个迷恋乳房，没有野性、没有生命力的"多余人"；《四十一炮》中，原来富有"吃肉"能力，后来却退化到不敢"吃肉"的罗小通和"性"能力衰退的"大和尚"。将支配历史的力量还原为无原则的尼采式的生命力，是为了更方便对历史进行非政治化的描述。但是有意思的是，民国时期的种到了五十年代以后以至八十年代全都退化了，这当中既有对初兴的现代化的批判，也隐喻了革命历史对生命力的压抑甚至阉割。

而历史真正的基础，母亲，是民间世界或民族的象征，也是各种政治力量轮番祸害的对象，在莫言认为的自己最重要的作品《丰乳肥臀》中，母亲经历战争、生殖、饥饿，经过解放战争、土改革命、三年困难时期、"文革"、改革开放，一直到九十年代，她的苦难一生显示的历史逻辑是，承受苦难的，终是底层百姓。最后，对荒诞的革命所导致的苦难的解救来自由马洛亚牧师和回回女人所生的儿子马牧师，他所代表的基督圣恩，让母亲和上官金童找到了精神的最终安慰。

这就是莫言向西方世界提供的中国图景。

《丰乳肥臀》《生死疲劳》，写来写去，莫言仍没有跳出八十年代启蒙主义的历史观和新历史主义小说的老套路，无非是把革命史翻过来写。莫言的创造性在于使用了魔幻现实主义，减弱了真实性，因而获得了艺术的豁免权。荒诞化叙述将现实抽象化，脱离了二十世纪的具体历史情境，又具有了写"人性"的普遍性和超越性。当然，借助魔幻现实主义的纯文学掩护和先锋形式的保护色，也避免了直接呈现某些历史观的敏感性。

五

余秋雨认为，莫言可能没想到自己会改变中国人对文学的态度，同时也对中国当代文学有了信心。他说："我要感谢莫言，尽管你未必是有意的，但对我们的历史作出了贡献。就像阿基米德所说的，'给我一个支点，我能撬起地球'。莫言先生不小心地进入到这个支点，让中国文学的形象发生了变化。"这正是我最担心的。在我看来，真正优秀和伟大的中国文学将坚决地走在与莫言小说相反的方向上，它不是面向所谓世界的文学的普遍性标准，和超越性的文学主题，更不是为了写所谓普遍的"人性"，而是勇敢地投身到中国正在进行的历史实践中去，并将在其中发现普遍性价值。虽然它不必拒绝来自西方的文学资源，但在本质上，它所从事的是价值创造的工作。对它来说，什么是文学，何谓"美"，不是既定的神圣圭臬，而是悬而未决、有待发现的新尺度；它不是在不自觉地、盲目地肯定着既有的审美价值，而是在不断地进行着新的审美决断。它无时无刻不置身在各种审美传统之中并感受到来自这种传统的压力，但它总是和传统保持着一种持续的张力，置身于与既定审美价值的生存搏斗之中，并把坚持这种搏斗看作自己的本质与使命。它将深深地与中国历史与现实纠缠在一起，决不会故作高深地装出一副"纯文学"的面目来。

坦率地说，我不太相信外国人有能力理解以及有兴趣理解真正伟大的中国当代文学，这样的时代还远未到来，那需要精神、文化、态度、意愿、语言、知识及能力上的艰苦准备。其实，中国文学早已产生了世界范围内一流的作家，比如张承志、韩少功、王安忆等，在他们身上，我们初步见证了真正对中国复杂现实的富于文学创造性的表达，站在中国文化立场上的对人心的体谅，以及宽厚的道义之美和清洁刚硬之美。

当然，莫言获奖，也不是一件坏事，至少它破除了中国作家对"诺奖"的迷信，对于一批优秀的中国作家来说，之前虽然说已不太把它当回事，但毕竟心里有点怵，这回算彻底过关了。但这离中国文学真正地崛起于世界尚很遥远，让真正优秀的中国文学被世界所知还有待时日。这也是一个必要的过程，包括由误解到理解。目前的中国文化，其中包括文学，还受制于主导性的西方现代文化，无论从能力还是心态上都远没有准备好。不过，莫言的获奖至少说明，中国作为一个政治共同体和文化共同体已无法被忽视。

领奖，但不必领情。路还远，没什么好骄傲的，何况这还是一枝带刺的玫瑰。

用先天带菌的语言讲述新话语
——以兰晓龙电视剧作为例

一

　　兰晓龙代表了当代军事题材电视剧编剧艺术的较高成就，以《士兵突击》《我的团长我的团》与《生死线》为代表，反映了近年来军旅题材（包括革命历史题材领域）编剧艺术在意识形态表述、叙事模式上的历史性转折，甚至可以说，他对近十几年来积累的军旅题材电视剧的艺术经验进行了某种集大成式的总结。[①]不过，更重要的还在于，他通过军旅题材的编剧写作，正在试图创造一种当代中国电视剧艺术的新话语，一种大众化的健壮的新的情感体验方式。正因如此，兰晓龙的意义就突破了军旅题材电视剧的范围，甚至突破了电视剧艺术的范围，他的作品预示着当代大众文化内部正在发生的某种革命性变化。或者，更准确地说，大众文化内部正在发生一种富于希望和活力的自我冲突——当然，兰晓龙不是孤立的个案，而只是这一文化转变的一个代表，但鉴于他的顽强的个人风格和广泛的社会影响力，他的作品却是最具征候性的。事实上，这也正是我对他极为关注的原因。

　　在某种意义上，兰晓龙的成功来源于他的艺术独创性。不过，当我们用独创性来称赞一位大众文化作家时，显然别有所指。大众文化的独创性受到了历史语境的更为强有力的制约。尤其是对于过多依靠资本与大众市场的电视剧来说，所谓艺术的独创性，往往只

---

①　考虑诸如写作水平、社会影响、个人风格成熟程度等因素，本文只涉及兰晓龙近期作品，早期的电视剧如《石磊大夫》《步兵团长》以及话剧《红星照耀中国》《爱尔纳·突击》等不包括在内。

是意味着它如何选择与社会主流意识形态之间有效连接的方式而已，指望电视剧有力地质疑甚至颠覆社会主导性的意识形态是不现实的。但是，这并不表明，电视剧为了商业成功只能沦落为社会主流意见的应声虫。因为，大众意识形态从来就不是铁板一块的，它的内部也充满着自相反对的力量，存在着革命性的、批判性的、解放性的空间，虽然它从来不表现为主要的方面，甚至只能是一种潜在的可能性。正是大众文化的这种结构，给予了大众艺术自由的空间，同时也造就这种自由的限度。

在我看来，那些成功的大众文化作品往往同时蕴含着这两种东西：保守的、陈腐的主流意识形态因素与革命性的批判性因素。前者意味着惰性的大众文化接受的惯例、模式与"审美习惯"——对于大众文化，无论从观念上还是形式上过于偏离它都是危险的；而后者则使一部大众文化作品具有了某些偏离常规的新鲜与独创性，也有了对生活的新想象与新希望——大众艺术同样可能具有超越现实的乌托邦精神，虽然在表面看起来不那么明显。大众艺术的这后一方面同样具有广泛的群众基础，它们折射着大众潜在的对现实秩序的不满与草根化的诉求。好的大众艺术潜藏着大众被压抑的渴望，那些被流行的意识形态剥夺的想象，和他们并不知道的自己的心声。

而这也是我判断大众文化作品的价值尺度。[①]在我看来，真正有价值的大众文化作品的意义就在于，敏锐地发现并赋予这种革命性力量以鲜明可感的艺术形式和人格化形象。通过这种方式，一位面向大众写作的作家充分显示了他的才华，当然，这既要靠个人的艺术训练与思想敏感，也要靠时代提供的机缘。

正是这个意义上，我总体肯定兰晓龙电视剧编剧作品的积极意义，同时对于他尚未找到社会主流观念体系或大众文化惯例与批判性思考之间合适的平衡点而略有失望。依照我所提出的大众艺术的

---

① 当然，何谓大众文化只是就一般情形而言，事实上，何谓大众文化，何谓精英的纯艺术，并无明确界线，这种区分很多时候也没有意义。

判断标准，如果给他的三部作品做一下排序的话，我认为《士兵突出》最为出色，它潜在的现实批判性与内在的乌托邦精神，对通行的大众文艺惯例不动声色的挑战与借用中表现出的艺术独创性，使它较为完美。同时，在不伤及公众接受的前提下，它做到了作者个人风格的突出呈现。或许是错误总结了这种成功经验的缘故，兰晓龙在《我的团长我的团》中试图把《士兵突击》的艺术独创性与个人性风格发扬光大，摆脱对大众艺术惯例的"不光彩"依赖，从而追求更为纯正的"艺术高度"，其批判性指向也从社会主流意识形态体系（市场时代的意识形态）调整为国家正统历史观（虽然并不强烈），从而表现出过时的八十年代末期的新历史主义写作的气味，这就使它在很大程度上丧失了时代的针对性和有效性。这导致了《我的团长我的团》在表述上的混乱与左右失据。[①]因而，如果作为一部大众艺术作品来判断，《我的团长我的团》是失败之作，虽然这一点并不妨碍它在某些方面或戏剧段落上异常精彩。至于《生死线》则是一部坚定地回归到大众化路线，在观念上与社会主流意识形态相妥协色彩最重，相对于《士兵突击》所显示的高度来说独创性淡弱的作品，它在旧有观念与叙事的惯例提供的框架内做到了编剧技术的完美，却也暗中延续并分享了前两部戏同样的现实意识与历史判断。需要说明的是，这种判断只是就兰晓龙本人的作品而言，如果拿兰晓龙的作品横向与其他作者的作品相比，他的每一部作品都是不同凡响的。

　　我倾向于认为，这三部戏折射着兰晓龙自身的内在分裂，或者说，在写作过程中，戏剧性地上演了两个兰晓龙对写作之笔的争夺。一个兰晓龙是剧作家，追求独创性的艺术表达，或试图传达对当代世界的个性化感受与批判性思考；另一个兰晓龙是大众文化的

---

①　当然，本文对电视剧作品的评价，仅限于文学叙事层面或编剧层面。至于导演及集体创作所导致的风格差异以及表现在电视剧成品上与原初剧作企图之间的距离，只能忽略，虽然它并非无关紧要——比如《我的团长我的团》在小说与电视剧之间差别就很大，这既和导演的个人处理方式有关，也和电视剧拍摄受到的外在限制有关。

生产者，其职业伦理要求着对投资方的责任，对大众文化趣味的精明揣度。①于是，在所谓的戏剧艺术性的纯正追求与市场成功之间，在批判性思考与社会主流意识形态之间，在艺术独创与大众文化惯例之间，兰晓龙摇摆不定——既包括从一部戏到另一部戏之间的风格摇摆，也包括在同一部戏内部的左支右绌的尴尬。这种内在冲突与犹疑、调整所形成的独特姿态，勾勒了兰晓龙编剧作品风格演进的线索，直接塑造了他变与不变的剧作风格，甚至造成了他的格外的成功。

二

解读军旅题材电视剧的关键，在于看它如何呈现革命历史或新中国革命军队的传统，以及如何看待这种传统与当下现实的关系。

兰晓龙对待革命传统的态度是暧昧的，即在形式上肯定着革命的神圣价值，却在暗中抽空它的实质内涵，质疑了它的合法性，这以《生死线》表现得最明显。在这一点上，兰晓龙的作品和当代流行的那些"主旋律"作品如《亮剑》《历史的天空》《狼毒花》等异曲同工，仍然延续了九十年代以来的"告别革命"的主流意识形态。某种意义上，这似乎已成为在当下讲述革命的可理解性的前提，在阅读上不冒犯观众的基本共识。②兰晓龙的作品也弥漫着一种"不谈主义"的气息，流露出对一切宏大社会理想的不屑。在他的剧作中，对这类政治理想的执着被视为一种病态，任何对更公正、更美好未来社会秩序的宏大追求都是理性的疯狂与僭越——兰晓龙赞美

---

① 虽然在理性上他未必明确地意识这一点，事实上他也在一再撇清自己与市场的关系，但投身影视剧行业这一事实就说明也限定了作者和市场的关系，何况兰晓龙本人还有着不短的在媒体与广告业从业的职业背景。

② 刘复生：《蜕变中的历史复现——从"革命历史小说"到"新革命历史小说"》，载《文学评论》2006 年 6 期。

的只是对具体的人生目标的追求所显现的人性光彩，这种人性光彩在许三多（《士兵突击》）、龙文章（《我的团长我的团》）、"四道风"（《生死线》）等主人公身上得到了突出呈现。作为一个反讽性的对位，那些宣扬宏大理想的人物则成为可笑的"半吊子"，一律是被喜剧化的滑稽角色：被孟烦了认为"色儿不正"的青年学生小蚂蚁被戏谑化地、夸张地处理成一个讨人嫌的家伙，极其幼稚，满口空谈，不切实际。他对苏联的向往，他的理想热情和报国之志都成为心智不成熟的表现，成为川军团的笑柄。这是一个令人怜悯的形象，他的牺牲完全无意义，不能带来任何的悲剧崇高感。他只不过是为空洞的理想甚至虚假的宣传枉送了青春生命。给人的感觉，他的悲惨结局只是咎由自取，只能怪他本人的人格的偏执与行为的怪诞。

兰晓龙质疑和解构的是有关社会历史的宏大理想的可能性，《生死线》前半段的龙文章由于空谈理想、喜欢讲大道理同样成为兰晓龙调侃的对象，虽然龙文章是国军中尉，但这并不影响它暗中指代革命理想，因为在九十年代以来的语境中，对理想主义的消解从来都具有明确而特定的意识形态内涵。

这其中自有对社会理想，或者更明确地说，革命理想的妖魔化。值得注意的是欧阳山川的形象，虽然这是一个在革命者的形象谱系中非常有意义的了不起的文学创造，但仍然是一个被抽离了共产主义信仰内容的信仰者形象，一个苦心经营，专注实践，不显露任何社会理想性色彩的形象，他的崇高受难只是一个民族英雄的受难，而不再是江姐、许云峰式的革命者的受难——《红岩》式的受难背后有社会理想与政治信念的支撑，而支撑欧阳山川的只能是民族气节和似乎是与生俱来的、威武不能屈的坚韧性。通过沽宁的局部胜利，电视剧暗示，共产党人最终能取得未来的全国的胜利，不是它的阶级性质或者社会理想等实质性的内容，而只是因为它独特的游击斗争方式，或者说，只是由于它依托草根，策略性地发动群众的政治动员方式比较有效而已。

我们一再发现，作为一个当下普遍的现象，当代的革命故事已不再能够讲述，甚至不再暗示有关革命起源、革命的阶级性质这些不合时宜的内容，而是刻意回避，或者说小心翼翼地抹去这些既冒犯"自由主义"的政治正确，又隐含着某种政治敏感性的话题。于是革命被非历史化，非政治化，它至多只能被抽象为一种没有内容的对理想本身的追求（这在任何时代似乎都是应该被肯定的、安全的、让人感动的），革命者也被消解了历史的实在性，化身为空洞的英雄符号，他们被剥离了社会性的、政治性的内容，只代表普遍的、优秀的、微观的人性品质，如英勇、顽强、坚忍、忠诚、重义、崇尚自由及爱憎分明等等。

于是，我们一再见到"四道风"一类的英雄，他和草莽英雄李云龙（《亮剑》）、姜大牙（《历史的天空》）、常发（《狼毒花》），以及生性顽劣的杨立青（《人间正道是沧桑》）同属一个谱系，不是说这些革命者形象不真实——历史上他们的确大有人在，而是说当这类英雄形象大面积流行的时候，表明了怎样的意识形态的转变。正如众多意识形态理论家所一再说明的那样，高明的意识形态从来不说谎，它只是有选择地讲述事实。在这个时代的观念氛围中，有人认为一个人真诚地、无世俗目的地投身于革命似乎颇为虚假。于是，为了"戏剧的"合理或生活逻辑的真实性，必须得把革命英雄非革命化，或者说人性化（欲望化）才是可被接受的，比如姜大牙因为喜欢八路军美女东方闻樱，李云龙因为喜欢打仗，所以他们参加革命才变得合理，即使余则成参加革命的最初动机不也是爱情吗？当然，在十七年时期的革命历史小说中，也不乏此类英雄，但不管是身怀家仇的朱老忠、杨子荣，还是草莽英雄铁道游击队队员，都有一个成长的内在历程，这其实才是革命叙事最富戏剧性，也最重要的内容——正如中国革命文学的经典母本苏联小说《钢铁是怎样炼成的》所表明的那样。但是，对于当下的革命叙事来说，这个成长历程恰恰是缺失的（《潜伏》可能算是一个小小的例外，有某种成长的线索）。《生死线》中的主人公"四道风"同样属于这类英雄，相比于李云龙和姜大牙，他没有多少新意。作为意识形态的需要，这类英雄人物的阶级出身都是含混的（这和十七年时期的革命英雄截然不同），姜大牙似乎是底层出身，但他又是地主的养子，"四道风"作为祥子一族，似乎是城市无产阶级，但他有一个黑社会老大的叔叔作靠山，也没受多少苦，反倒是能横行一方。革命的阶级起源模糊了。

《我的团长我的团》在题材的选择上也有特别的意识形态上的考虑。借由对国军抗战行动的书写，兰晓龙强调了抗战的民族主义性质，而方便地剥离了既往革命叙事的政治色彩。其实《生死线》也隐含了这样的表达，只是《我的团长我的团》更单纯些。

《士兵突击》也暗含着或者说无法回避当代军队的政治价值观问题，任何关于当代军旅生活的表现其实都无法不面对当代军队与革命军队传统的关系的命题。钢七连的光辉的革命历史传统，贯穿了自长征直至社会主义建设的历史。但显然，这份传统的当代的延续是暧昧的，它只意味着一种被抽空了历史内容的集体声誉，一种要做好军人的职业光荣，这种好不好只是指一种军人素质（包括技术素质，也包括勇敢、坚持、协作等精神素质，"不抛弃，不放弃"），而不涉及为什么而战等政治问题（这在《我的兄弟叫顺溜》那里体现得最鲜明）。于是，《士兵突击》被很多人解读成了一部励志剧，一部军旅版的《大长今》，不是没有缘由的。而许三多身上的"反智"色彩，只管奋斗、不做深度追问的性格也为悬置革命历史传统提供了便利。于是，对于许三多来说，追求本身就成了价值，至于为什么而追求则成为不可追问、不必追问的问题。就像许三多的那句话：好好活着就是做有意义的事，做有意义的事就是好好活着。这句同语反复的话表明当代军旅文学已经无法提出超越具体人生目标的价值问题，没有能力给有意义的军人生活赋予实质性的社会理想内涵。

从潜在意义上说，兰晓龙的故事都是丢失了魂魄的故事，不管是许三多、"四道风"还是川军团的成员们。于是，寻找魂魄就成了故事的持续叙事动力，但是，他们最终都没有找到真正的魂。某种程度上，这是当代军旅题材文学的普遍困境。但是，兰晓龙非凡的戏剧才华掩盖了这一叙事危机。兰晓龙巧妙地给革命叙事赋予了更具有"普遍性"的戏剧形式，这一点如单纯从编剧上说无疑是成功的，显示了高超的技术水平。比如，对于作为革命历史题材的《生死线》，兰晓龙称：该剧实际上是好莱坞片的翻版。第一部分是灾难片和心理恐怖剧；第二部分酷似《指环王》，剧中人永远在突围，从一个包围圈到另外一个包围圈；第三部分则有点像《肖申克的救赎》。

但这种巧妙的掩盖最终仍然会在叙事中留下巨大的裂缝，因为，支持剧中人物奋斗的那些具体而单纯的人生目标一旦达到，奋斗的意义作为一个巨大的疑问便浮现出来。支持许三多奋斗的是自卑导致的自尊，要对得起班长史今的朴素感情，以及做一个好兵，渴望人生有意义的朦胧愿望；支持川军团战士们的力量来自逃生与"回家"，并找回被打散的尊严与主体性；而"四道风"们战斗的动力则来自恢复家乡的生活秩序的朴素愿望与复仇的冲动……但是，这些具体的目标不可能是支持人物不断前进的持续信念。于是，在兰晓龙的剧作中，主人公们的人生危机纷纷出现了：许三多在击杀女毒贩后对自己的人生目标一下茫然起来，从而险些精神崩溃；川军团一旦逃离生死险境就变得无所适从；"四道风"与龙文章等在抗战结束时变得无所适从，他们的莫名其妙的草率死亡好像是对这种生命无意义的解脱。兰晓龙之所以让他们死掉，是因为他没有好办法解决这种矛盾。

而这种生存危机在旧有的革命历史作品或八十年代的军事题材作品中根本不可能出现，因为战斗、训练，成为好战士，都不可能是目标，而复仇、杀死敌人本身更没有合法性，除非它们获得来自社会政治信仰的有力支撑。正是有了这种对理想世界的眺望，既往的革命历史小说及军旅文学才具有强大的精神及道义力量与充沛的叙事动力，尽管由此也导致了另外的诸多美学问题，尤其是在它成为固定的叙事模式之后。

如何解决呢？革命文学与军旅文学试图用国家主义的表述来填补革命理想远景消失后的价值真空。

社会政治的意识形态界限泯灭后，军人被抽象化、普遍化为一般意义上的士兵甚至类意义上的"人"，军队只是价值中立的国家化的战斗力量。当代的军旅文学或者表现出对勇力超凡的超人式战斗机器的赞美，或者流露出对现代化的美式军队的潜在渴慕。《士兵突击》中的美式做派的老 A 就成为当代军人的样板。

三

不过，以上的评价对兰晓龙未必公平，应该看到，军旅题材文学把革命叙事转变为个人命运的故事，自身还是具有某些合理性，比如具有对原来的僵化的、模式化的革命叙事的反拨作用。同时，作为崭新的革命者形象，欧阳山川闪现着别样的光彩，许三多也呈现了当代军人丰富的精神世界。而且，在这些革命叙事中，革命作为一种缺席的在场，作为一种幽灵式的存在，一再提示着对革命历史的记忆，这种记忆以其无法消解的历史坚硬性顽强地在指涉着当下现实，散发着挥之不去的批判性能量。至少在主观上，对当下的社会主流意识形态，兰晓龙还是试图拉开距离，我倒更愿意理解为，为了"有效地"讲述他对历史和当代现实的理解，兰晓龙不得不对流行的时代语法做出某些妥协。但是，在流行的模式之内，他却别谱新声，进行了创造性的表达。这又使他极大地超越于流行的一般意识形态及其叙事模式之上。我认为，正是在这里，显示出兰晓龙的过人之处和出色才华。尽管兰晓龙本人在很大程度上还受制于既定的流行的意识形态，但他却敏感地捕捉住了飘浮在当下观念氛围中的新鲜因素，并力图使用当代的流行语言（文学模式与意识形态框架）将它表述出来。这就使他的叙述新旧杂陈，既不乏上文提到的种种意识形态的陈词滥调，也表现出对时代问题的敏感的美学洞察与有力呈现。

兰晓龙的剧作显现了在新的时代语境下中国大众艺术正在开始确立新的中国价值的努力。包括兰晓龙作品在内的一些优秀作品表明，当代中国的大众文化正在走出八十年代以来的"现代化"的思想笼罩，对走向现代的历史目的论已有所怀疑，那些被西方文化所标榜的普遍价值正在丧失其神圣性。从这种观念体系下解放出来的作家们，正在试图以新的眼光读解中国自己的历史与现实。虽然这种观念的解放还是有限度的。

《士兵突击》试图创造一种替代性的中国现代价值，一种不同于西方现代世界观的世界观，一种新的对人性的理解。这里面自然潜藏着对西方现代性的批判，更含有对西方世界观塑造下的文化价值与人生哲学的批评。其中也包括对所谓中国传统的再理解。这种再理解不同于启蒙主义视野下的文化批判，也不同于"寻根"式的从传统中发掘现代价值，而是把所谓传统看作再造崭新的中国价值的某种资源。而这也正是《士兵突击》能够呈现出来那种健康、温暖之美的最深刻根源。对于兰晓龙的这种表达，《士兵突击》的导演康洪雷有着准确的把握，在接受百度主播采访，被问及"你拍《士兵突击》有什么意图？"时，康洪雷回答说：许三多骨子里流露出的是中国优秀的农耕文明，许三多是一个最强大的人。他让我们反思我们的生活方式，回过头来寻找我们的传统。

在许三多身上，体现了一种不同于八十年代以来思想主流的、"中国式"的人生理解和情感态度，许三多所追求的已不是一般意义上的现代人的所谓个人价值实现，相反，所谓个人价值必须经由对集体、他人的伦理责任而得以实现，这是超越于现代"理性人"算计的中国式的人生原则。在这种非进取性的、非扩张性的内敛人格中潜藏着巨大的能量，那是别一种坚强与勇敢。"不抛弃，不放弃"正体现着这样的中国农民式的世界观。而精明的成才所体现的却正是八十年代以来的现代理性。许三多所来自的乡土中国不再是一个现代化视野中的落后、愚昧的象征，而是一个生成优秀的中国式现代人的不可选择的土壤。正因如此，我绝对无法认同当代人对许三多的"成功"哲学的曲解。

在这个意义上，我倾向于把《士兵突击》看作是一则"中国人"重新崛起的曲折的文化寓言。正如很多人指出的，许三多的故事有些"不真实"，故事与现实社会完全脱节，几乎全部封闭在军营中，

179

而且许三多在成长的重要环节上总是能幸运地遇到"贵人"相助。这使它看起来更像是一则神话。我认为这种说法中包含着某种洞见。其实，所谓外部世界或现实社会不正是现代竞争逻辑与个人成功哲学的另一种说法吗？而兰晓龙之所以把许三多的故事封闭在被纯净化的军营内部，只是因为许三多所体现的人格理想在当下还不具备普遍的现实性。所以，许三多的故事在本质上带有寓言性质和乌托邦色彩，尽管兰晓龙高超的戏剧性才华使它呈现出某种日常性的写实风格。这则神话表明，对所谓"中国人"的寻找，某种意义上只能离开现实的当下中国才能实现。它同样表明，现实中国的人生哲学所造成的社会焦虑与人生危机提示我们寻找一种另类的人生哲学，而许三多成长于其中的明显理想化了的军营提供了一个无菌的实验场。

《士兵突击》因而具有了潜在的拯救意义与治疗功能。而这才是这部戏大受欢迎的更为内在的原因。[①]正由于这个潜在意义，许三多返乡的段落才成为叙事完整性的内在要求，它绝不是游离的。它在提示着那个巨大的、不可回避的中国现实的身影。当父亲及家庭遇到危难时，许三多只能担当起解救父兄的责任。他也不得不走出军营，再度与那个阴郁的现实相遇。这里暗示了许三多所代表的人格理想对中国乡土世界或中国现实的拯救意义。在当下的语境中，它是耐人寻味的。

战争题材与军旅题材总是天然地预设着内与外、自我与他者的矛盾与对抗，这其中暗含对作为一个命运共同体的自我的界定（它通常表现为国族或政治集团）。正是在这里，我们可以发现当代中

[①] 大众主流意识形态的因素也不可忽视。看看网上关于许三多的成功哲学的讨论就可以明白，在很多人的心目中，许三多代表了一种更好的成功模式。在恶性的生存竞争导致了社会的或集体的效率的下降与道德风险后，许三多提供了另外一种成功哲学，它符合社会或老板们对好员工的期待，是好的劳动力样板。另一方面，出身底层，没有任何社会资源优势，甚至没有个人天赋优势的许三多，书写了一个平等的成功神话，也就是说，只要靠个人努力，不求回报的努力，一定会获得成功，获得社会的肯定。

国对自我的理解变化。兰晓龙的剧作折射着当代中国重新寻求自我确认的冲动，透露出为当代中国寻求价值观落座的愿望。由于题材的特殊性，军旅文学率先成为这种政治潜意识得以表达的出口，而兰晓龙无疑是其中最为出色的表达者。尽管他是无意间承担了这种使命。

仔细审视兰晓龙笔下的"他者"形象，我们不难发现，他摆脱了启蒙主义的现代化观念，不再执着于对中、西文化的某种本质化的想象。西方人不再是先进文化的人格代表，对这些人物，剧作有平和从容而更为历史化的认识。如《我的团长我的团》中的英国人和《生死线》中的美国人。另外，对日本人也没有泄愤式的丑化，也没有陷入纯文学的、启蒙主义人性论的俗滥表述——去发掘所谓战争中的人性，如拙劣的《屠城血证》《南京！南京！》所讲述的那样。《生死线》对二战中的日本人的批判，不再是道德批判与人性批判，也不全是对民族性格或劣根性的批判，而是隐含着对日本特殊的现代处境下的病态国民人格，或急切追求现代道路的悲剧性民族性格的批判性反思。剧中对明治后日本人这种狂妄民族性格进行了有力的反讽式揭露，如日本武士道精神的虚弱本质，日本等级制压抑下的民族性格变态，过强的自尊感背后的强烈的民族自卑感，等等。尽管是通过有限的细节，却有着极为生动的书写。日军的残暴自有其现代性观念的根源。这种历史观念对亚洲其他民族的态度以及对自我的想象，在某种程度上支撑了日军的非人道行为。剧中反派人物长谷川、伊达、宇多田等日本军官形象有着丰富的历史深度与性格深度，给人印象深刻。

即使那些对男性气质的强调与暴力书写，固然有消解革命价值观、迎合大众文化阅读快感的作用，同时，透过对强力的"民族性"的重新塑造，它也包含着一种积极的文化主体性的自我肯定的愿望。这使兰晓龙的尚武精神与暴力书写与《亮剑》式的书写在很多方面颇有差别。当然，兰晓龙清晰表达的对中国人尤其是男性缺乏尚武精神的批判，还带有一些八十年代的启蒙主义遗风。不过，这种对中国国民性的批判已经与八十年代的批判有所不同，它们基于不同的对世界关系的认知，包含着对当代由西方主导的现代秩序的本质的清醒认知。

兰晓龙明显地表现出对优雅与精致文化的轻视，在他看来，正是中国文化的先进与优雅，才造成了国民性的孱弱，到头来，精致的文明只不过如高会长家的古董成了胜利者日军的战利品，高雅的文化只不过表现为可歌可泣却于事无补的抗争气节，如老琴师的玉碎。中国之所以挨打，不是因为落后，恰恰是因为过于先进，过于有文化，只知讲道理，只知相信公理的天真。正因有这样的历史认识，所以在兰晓龙的笔下，文化人一律显得迂腐可笑，不管是何莫修博士，还是孟烦了的父亲孟老夫子、酸文假醋的阿忆。中国的悲惨命运就是这种先进与成熟的文化惹的祸，到头来，国破家亡，还不是得靠最没有文化的粗人"四道风"支撑起抗敌的希望？有文化的绅士高会长终于明白了这个道理，当他以无比的敬意描述自己当初从来看不起的小四当街格杀鬼子的壮举时，他彻底否定了自己优雅的文化趣味。而高会长的千金、现代的洋学生爱上粗鲁的"四道风"更是大众文化叙事常用的价值肯定的老招式。

《生死线》中的唐真是个耐人寻味的形象。唐真，从一个热爱文学、不乏小情调的文弱女学生，变成了男性化的"唐机枪"，这种戏剧性的转变某种意义上可解读为中国命运的隐喻。她柔弱的女性身份是个象征，屈辱的家破人亡的命运也可看作是中国近代史的隐喻，而唐真的名字更具象征色彩（唐，真）。是惨痛的家仇把一个弱女子改变为了强悍的战士，正如不讲理的野蛮的现代历史逻辑把优雅的中国转变成了一个粗鲁起来的现代民族国家。兰晓龙的这种叙述击碎了现代化的普世主义的迷梦，也是对当代中国因为富起来而沾沾自喜的非政治化庸众心态的尖锐批判。在任何的所谓普世主义的表述之下，我们都要警惕特殊的民族利益。按兰晓龙的说法，爱国就是不讲道理。

当然，这种表述里面也有某种让人不安的因素，事实上，这里面含有对暴力的现代性逻辑的最终认同。相对于旧有的革命历史作品，我们丧失了革命的国际主义视野和批判资本主义世界体系的道义感，也没有能力想象一种替代性的价值观。这是需要警惕的。

对"西方"的重新认识是以对自我的重新认识为逻辑前提的。在这个意义上，我更愿意把何莫修的身份与选择，看作是新的民族认同的象征。他放弃美国人的身份与安全舒适的生活，重新选择了中国人的身份与文化血缘，选择和战斗的中国人站在一起，选择和他们同享一种残酷的命运。惨烈的生活使他从悬浮的生命状态回归了中国大地，认清了自己的不可逃脱的作为中国人的命运。如果不惜过度诠释的话，我们甚至可以在何莫修身上看到八十年代以来面向西方的中国人的曲折回归的身影，看到从迷信西方普世现代文明到重新认同中国性的曲折心路。何莫修从懦弱到坚强的转变是最为动人的戏剧性转折。

结语

兰晓龙剧作意识形态的内在矛盾，某种意义上代表了当代优秀的、成功的影视剧作品的普遍处境与典型特色，如《潜伏》《蜗居》《人间正道是沧桑》《亮剑》等，也莫不如此。而对于接受当代主流意识形态渗透式影响已习焉不察的观众来说，审美意识中本就有着固有的矛盾：一方面我们已经对依托于主流意识形态观念和价值的故事模式有了顽固的依赖性，比如我们会先验地认定人性是自私的、"理性的"，革命是暴力的、专制的，人生来是不平等的，追求成功是人生的最大意义，普遍的人性温暖可以化解苦难，以及教条主义的自由与民主价值观，等等；另一方面，我们内心又潜藏着某种我们自己都不清楚的超越现实的渴望。那些主流意识形成的意见所不能有效回答的困惑也需要新鲜的艺术启示。我们需要艺术的鲜活触动，来恢复我们与现实的感受性连接。这种矛盾的需求所造就的审美意识决定了那些面向大众写作的作品的难度与限度，它对历史、现实的批判性思考必须转换成当代受众能听得懂的语言，而这

183

种语言又总是感染着主流意识形态的病毒。

这正是兰晓龙的困境，也是当代最有价值的那些大众文化作品的普遍困境。但是，正是这种困境给他们带来了在大众文化领域的成功，伴随着误读与曲解的成功。

穿越历史的"青春之歌"
——意识形态变迁及《青春之歌》的再叙述

　　《青春之歌》是中国当代文学史上的经典文本，它诞生于特定的历史语境，由于小说从一个小资产阶级青年女性的视角表达知识分子改造或成长的历程，使政治主题与性别叙述构成了互相借重又互相拆解的辩证关系；同时，由于小说的自叙传色彩，也使它与作者杨沫的个人生活史形成了有趣的互文。这就使《青春之歌》具有了复杂而多重的意义和丰富的阐释空间。因而，小说从出版之日起就争议不断。而随着历史的变迁，尤其是在后革命时代，主流意识形态和社会价值观发生激烈变化的背景中，《青春之歌》这一经典文本也一再被重新解读、重新改写或重写。多重文本的叠加，共同交织、映射出复杂的意识形态光谱。这些文本之间构成了一种互相对话、对诘甚至激烈争辩的关系。因而，通过分析这些文本之间相互替换、交叠的演化轨迹，我们可以隐约勾勒出一条当代观念史的变迁线索及其内在逻辑。

　　本文将主要依托如下几个重要文本进行分析：1958 年的小说《青春之歌》（人民文学出版社）及 1960 年的修改本（下文称小说版），1959 年的电影版（北京电影制版厂出品，编剧杨沫，导演陈怀皑、崔嵬。下文称电影版），1999 年的电视剧版（22 集，导演王进。下文称 1999 版），2006 年的电视剧版（25 集，海润影视制作公司等出品，导演张晓光。下文称 2006 版），以及 2009 年的歌剧版（北京大学歌剧研究院与中国歌剧舞剧院联合创作演出，主演：金曼、戴玉强。下文称歌剧版）。另外，有时还会涉及《青春之歌》的续集小说 1986 年的《芳菲之歌》（花城出版社）和 1990 年的《英华之歌》（花城出版社）。在这些文本中，卢嘉川、余永泽、江华等主要人物形象呈现出不同的肉身与精神形象，也被赋予了不同的价值内涵及道德色彩，另外，这些男性人物与林道静之间的情感关系及他们之间的结构性关系也各有不同。由于林道静与这几位男性的关联构成了核心性的人物关系构架，不同的改写策略极大地影响了整个文本的意义表达。通过对比梳理，我们不难发现，不同文本的改编，与其说是出于艺术性考量，不如说是出于意识形态的需要。这样的改写，包括文本肌理层面的小说叙述或镜头语言这些修辞与艺术技巧的层面，都深刻铭写着意识形态运作的痕迹。的确，创作者据以进行创作的或许是特定时代的美学标准，不过，需要注意的是，对于那些具有前文本的人物形象进行审美再创造，无法脱离与具体时代的核心议题或社会性关切的潜在关联，而这些改编文本能否获得所谓"艺术"上的成功，在很大程度上要看它们与特定的政治无意识能否契合以及是否与之保持了适度的张力。

杨沫创作小说时处境困顿，并不如意，作为一个非职业的体制外作家，其写作动机在很大程度上是自我疗治的心理需要，由于强烈的自叙传色彩，小说《青春之歌》具有浓重的白日梦性质。这部创作完成于五十年代前期的长篇小说在文本内部保留了多重的意义空间，具有复杂的文本构造和主题纠缠，包含了意义暧昧的性别意识。但这些内容在1959年的同名电影中被极大地删减，其中除了少量改写是出于技术性原因，比如电影篇幅限制和戏剧性要求，主要还是出于主题方面的考虑。在1957年"反右"运动之后，"知识分子改造"上升为至关重要的政治主题，加之向新中国成立十周年献礼的特殊创作要求，林道静的故事被高度政治化地解读，就不可避免。

于是，在电影版中，阶级判断明显强化，知识分子改造的政治性主题具有了统摄性的绝对优势，有力地压抑了爱情线索。而且，为了突出政治主题，必须对爱情内容做纯化处理。因为，共产党员或革命者的爱情在一定程度上有损于其理想性，同时也减弱了林道静投身革命和卢嘉川、江华启蒙林道静参加革命的纯洁动机，从而潜在地颠覆了知识分子改造的政治主题——事实上这也是小说出版后招致郭开等人激烈批评的原因。电影对情爱主题进行了压抑，剔除了革命者肉身化的叙述，以突出革命者之间的精神性关系；同时将"日常生活"内容从革命者身上剥离，具有"世俗欲望"成了余永泽、戴瑜等反面人物的缺乏精神性的特征，比如余永泽对鸡蛋煎饼为代表的家居生活的热情。小说里林道静与江华同居的情节自然不能再出现，林道静与卢嘉川之间朦胧但却清晰的爱情也被淡化处理，而江华在厨房里手脚麻利地做饭的情节也消失不见了。不过，鉴于《青春之歌》的政治主题内在地建立在爱情叙述之上，如果完全抽离了所谓爱情线索，小资产阶级知识分子改造的政治主题也将土崩瓦解，所以，电影还是对革命者的爱情关系做了隐约的暗示，适当保留了叙事上的一些裂隙和暧昧细节。比如，林道静看卢嘉川的眼神中包含着崇拜与爱慕，而将写给卢嘉川的情诗背诵给王小燕则泄露了她内心的情感秘密。再比如，林道静与江华泛舟湖上，当谈起叛徒戴瑜时，江华微笑着对林道静调侃道："你没有把咱们两个人的关系告诉他吧？"这间接表明了两人的超越正常同志的恋人关系。但总的来说，电影版中的爱情线索极大地被压缩，只是处在一个次要的位置，化为一条若隐若现的暗线，尽管它似有似无的存在对表层的政治主题起到了重要的支撑作用。

这种情形在"新时期"以后发生了逆转。二十世纪九十年代以来的改编本都极大地淡化了政治色彩，不再对人物进行强烈的阶级判断，尤其是对于那些处在灰色地带的中间人物不再赋予政治道路的象征性和典型性的阶级内涵——比如，在小说与电影中，余永泽象征具有封建性的小资产阶级右翼，自私狭隘，漠视甚至敌视革命；白莉萍象征了小资产阶级的摇摆性和投机性，在革命遇到挫折时迅速地依附于资产阶级；王小燕则代表了起初不理解革命，明哲保身的小资产阶级知识分子群体，经过现实教育，他们转化为同情革命的外围同盟军。在九十年代以后，这些人物形象被去除了过于夸张的象征阶级群体属性的性格描述、话语方式与行为模式，而更多地具有了"普通人"的、日常化的面目，他们的政治立场也显得更为中性化与模糊化。在告别革命的思想氛围中，他们所代表的疏离政治、亲近日常世俗生活，追求个人成功的价值立场和人生姿态反倒显示出了某种正当性。

应该承认，这些新的改写在一定程度上突破并克服了十七年时期革命叙述的某些重要缺陷，比如，注重日常生活的呈现，革命者的情感世界具有了更多维度，也不再进行过于严苛的阶级定性和道德化判断。但是，这些新叙述也在形成着新的叙述模式和滥套。

在电影版中，白莉萍矫揉造作、追慕虚荣、"灵魂腐朽"，混迹于反动的上流社会，并无意中出卖了林道静，是个面目可憎的反面人物。但是，在九十年代以来的诸版本中，她却不再是一个负面形象，虽对革命颇有微词，却独善其身，不失朴素的正义感，具有正常的爱国情感，对革命者朋友也重情重义，对恋人罗大方也情感忠贞（1999版），从一般的社会道德标准上评价无可指摘。

尤其值得注意的是余永泽形象的变化。相对于小说和电影版的丑化处理，在九十年代以来的诸改编文本中，他开始成为政治与道德上的中性化人物甚至正面人物，最多只是有一些性格瑕疵而已——比如有些迂腐、自私，嫉妒心强，胆小懦弱。但同时，他身上的诸多优点也被放大出来，比如追求学问、忠于爱情、热爱家庭生活等。总的说来，余永泽算是大节不亏，具有传统读书人的良知与德行。

在两个电视剧版中，尽管余永泽的形象在卢嘉川等人的映衬下略显灰色，但并不是负面形象，他的人生道路选择具有充分的合理性，至少是从事革命之外的一种合理补充，不再像小说和电影那样把做学问与革命对立起来。

对余永泽的改写，负载着更多的历史密码，寄寓着新时期以来主流思想界对所谓知识分子主体性的想象。

作为新启蒙主义的重要内容，启蒙主体的重建一直是个贯穿性的核心命题，从八十年代初的"主体性"哲学、美学思潮一直到九十年代的"人文精神"讨论，并在后来的"道德理想主义"论争中余响不绝，这一主题一直是支撑众多思想讨论的内在动力，并或隐或显地闪现在关于公共空间、市民社会和中产阶级的想象中。可以说，在七十年代末以来的思想氛围中，将中国的历史灾难、现代化的障碍归咎于知识分子独立精神的匮乏，将社会主义中国尤其是"文革"的灾难主要理解为对知识分子主体精神的戕害，已成为一个固定的思维模式和历史常识。正因这一诊断，在新时期以来的精神史中，延安整风以前的民国知识分子就成为当代启蒙知识分子想象自我、重塑自我意识的重要精神资源。在八十年代末期的历史事件之后，在一种溃败的失落情绪中，启蒙主义知识分子群体又进一步生发出被历史暴力压抑的受难感。在 1997 年，以"反右"四十周年为契机，这种集体情绪得到了集中表达，"右派"开始与疏离政治或反专制的自由主义知识分子建立联系，自由文人的精神谱系和历史脉络被建构起来。在此背景中，胡适由于在"五四"时期就与左翼知识分子分道扬镳，具有了重要的象征意义。作为新中国成立以后被猛烈批判的对象，成为自由主义知识分子的宗师。不要忘记，胡适恰恰是余永泽念兹在兹的人生导师和精神偶像。

几乎与此同时，在文化保守主义兴起、"国学复兴"的文化思潮中，陈寅恪、吴宓、钱钟书等人，作为"独立"于政治、反激进、坚守道统的文化英雄闪亮登场。有趣的是，正是在这一历史情境中，张中行，即余永泽的人物原型，以国学大师的新身份开始成为流行作家。这些显然构成了电视剧书写的历史潜文本和互文本内容。在 2006 版电视剧中，江华对林道静表示，完全理解余永泽的人生选择，并说自己也想钻故纸堆，只是现在条件不具备，等将来建成一个新世界，自己还想向余永泽请教学问呢。后来，林道静也安慰心灰意懒的余永泽：你的知识将来国家用得着。

电视剧极力为余永泽做道德开脱。如果说在小说和电影版中，余永泽直接导致了卢嘉川的被捕，尽管并无强烈的主观故意，但他显然应当预见到把卢嘉川从家里赶走可能出现的后果，这把余永泽推上了与敌人合谋的境地，而电视剧版都强调了余永泽的非故意及事后的追悔之意，并试图加以补救。他具有民族大义，当林道风请他为日本人做事时，他大义凛然地加以拒绝。在分手之后的林余关系上，小说将余永泽处理得很绝情，他甚至站在游行队伍之外对遭受反动军警殴打的林道静幸灾乐祸，极不道德。当然，在电影中余永泽彻底消失了。而在两种电视剧版中，余永泽旧情未忘，并在林道静遇到困难时施以援手。1999 版中余永泽收留了无处容身的林道静住在自己的寓所，最后的自杀也和他不肯与胡梦安合作出卖林道静间接相关；而在 2006 版中，余永泽的死则起因于保护林道静——他战胜怯懦，勇敢地站出来向共产党告发戴瑜，结果被国民党特务杀害。

在两个电视剧版本中，余永泽的死都是具有某种英雄性和崇高感的，在 1999 版中，他不肯与胡梦安同流合污，坚持良知与自己的做人原则，因被共产党人误会，最后留下遗书给罗大方，自杀明志。余永泽面带惨淡的微笑走向迎面驶来的火车。长时间的对切镜头强化了这种英雄性与悲壮感。而 2006 版中，余永泽被多名特务胁持，抛入未名湖溺毙。这种死法别具一种被政治暴力所迫害致死的惨烈感。

必须特别指出的是，在 2006 版中，余永泽还负载了一种特殊的象征意义：他代表了"小资"的新形象。小资产阶级在八十年代以前是个具有某种负面政治意义的称谓，而在 2000 年以后，它的简写形式"小资"则具有了新的语义，与其说它指称着一个新出现的社会阶层，还不如说它代表了一种讲究生活品质和精神品位的人生态度。在剧中，余永泽正是当代"小资"的回溯性构造和远程投射。新世纪的"小资"们不关心公共事务，沉浸在自己的内心世界，看重爱情的质量，注重文化修养，注重生活细节的品位。对照这些特征，我们不难发现，余永泽正体现了"小资"的人生态度，或者说，他其实正是根据当代"小资"对"五四"生活的理解量身定做的前辈形象。剧中的余永泽形象清新，服饰讲究，情感缠绵，不热心公共生活，尤其不能容忍粗粝甚至血腥的社会革命；而对林余二人家居生活的呈现也不乏温馨浪漫的情调。这些都代表了当代庞大的"小资"群体的审美要求，或许，他们正是这部电视剧所设定的目标受众吧。

在新时期以来的人道主义—人性论—人的主体性的话语系统里，呈现反面人物的内心世界的复杂面相是文学写作深刻的表征之一，正是在这种文学观念和艺术成规的影响下，电视剧版中的叛徒戴瑜，也没有如电影版做简单化或单面化处理，而是尽可能将其"人性化"。在电影版中，胡梦安一番威逼利诱的话语，外加女特务的几个媚眼，就使戴瑜轻易就范，充分暴露了其叛徒的"本性"和小资产阶级投机分子的软弱性。而在 1999 版中，戴瑜的投敌一开始就带有被诱骗的性质，他并不情愿也并不是死心塌地地与革命同志为敌，甚至还对林道静等进行过暗中保护，多次手下留情，只是到后来才越陷越深，难以自拔；在 2006 版中，戴瑜则是在威压与恐惧下就范的（在后革命时代，革命理想被解构的情况下，这似乎情有可原）。而且，他还是保留了真性情的一面，对王小燕也并非单纯利用，而是动了真情，这显示了其"人性化"的另一面。林道静的继母，在原作和电影版的阶级论的视野中，都是一个唯利是图、心肠歹毒的恶妇形象。而在 1999 版中，她成为一个较为中性化的人物，与林道静也颇有母女之情，以至只是到了抗婚出走之前，林道静才从他人处得知母亲原来是继母。

这种人性论的再叙述更鲜明地体现在对爱情关系的改写上。在新时期以来的文学观念中，尤其是在八十年代早期，爱情，具有人性解放的寓言色彩和象征意义。如果说，十七年及"文革"时期，禁欲主义的写作模式强调用精神性的共产主义信仰压抑肉体的、个体化的"私"的欲望领域，新时期的爱情话语则颠倒了这组灵 / 肉二元关系，用个体的"私"情感和爱欲挑战、冲破社会的辖域化。不可否认，这种爱情理解，的确具对政治、社会压抑的解放作用，但是，随着这一观念的庸俗化，也形成了一种刻板化的对人性的另一种狭隘化理解。于是，在新历史主义小说中，对革命与反革命的欲望化演绎风行一时，似乎只有将革命欲望化，当代读者才能理解它。

于是，我们看到，新时期以来的版本都将叙事的重心向爱情线索偏移，至少是将原来隐含的爱情线索做了放大化处理。这和电影的处理方式恰成鲜明的对照。在两个电视剧版中，党内同志都提醒卢嘉川不要陷入与林道静的爱情，以免影响工作。比如，在1999版中，刘大姐代表组织要求卢嘉川和林道静牺牲个人感情。对于卢嘉川的故意疏远，林道静问：是怕我爱上你？卢嘉川无法解释，只好情感复杂地说，"我们该分手了"，大有斩断情丝、献身革命的意味。后来两人先后被捕，胡梦安安排林道静参观卢嘉川遭受酷刑。眼见恋人受刑惨状，林道静伤心欲绝。林道静出狱后，收到罗大方等转来的卢嘉川的遗书，遗书清晰直白地表达了对林道静的爱情，表达缠绵，和小说中的遗书内容完全不同——原小说中的那封绝笔信表面上看起来还是鼓励革命同志继续奋斗、完成其遗愿的精神昂扬的书信。1999版的这种处理就把在原作及电影中隐含的林卢爱情表面化，并成为支撑叙述的重要动力。2006版虽没有明确林卢之间的爱情关系，却有意营造了二人之间的暧昧情感，这可以由全剧的叙述尤其是富于意味的镜头语言的运用感受得到。一个有意思的情节是，电视剧刻意相当完整地保留了罗大方与卢嘉川谈论林道静的场景，以呈现卢嘉川对林道静的萌动的爱情，以及碍于余永泽犹豫迟疑的情态。不过，总的来看，在人物感情关系方面，2006版还是大体忠实于原作。最后，当理想中的爱人卢嘉川牺牲后，江华取代了他成为现实的爱情对象。

两个电视剧版（还有后面谈到的歌剧版）都将林道静的爱情明晰地与革命线索并列，甚至使它成为唯一的主线（在歌剧中，革命只是一个背景）。于是，林道静的情感变化成为书写人物内心世界和性格发展的最为重要的内容。相比于"十七年"的版本，从小资产阶级知识分子升华到共产主义战士这条成长线索变得模糊不清甚至消失不见了。这当然不难理解，已经非政治化的当代读者不会喜欢这种政治主题；而且，当代主创人员已经习惯了这种成规，对于一部二十多集的电视剧来说，没有爱情线索的支撑该如何讲述呢？

有一个特别值得注意的现象，如果把主要革命者人物形象进行价值排序，"十七年"的版本中最重要的人物是江华，而九十年代以后，绝对的中心人物则是卢嘉川。在小说和电影中，尽管从审美接受和作者潜意识情感来看，似乎卢嘉川是男一号，但那只是审美效果而已。的确，卢嘉川作为精神偶像更具有超凡脱俗的魅力，更容易给人留下深刻难忘的印象，不过，从原作整体结构和叙述逻辑的角度看，无疑江华才居于核心位置。卢嘉川出现在全书的前半部，而且夹杂在众多的人物形象中，后半部的中心人物（不但在与林道静的关系上，而且在结构故事的意义上），则毫无疑问是江华。尽管卢嘉川对林道静完成了精神与爱情的新启蒙，但相对于真实酷烈的革命历练和脱胎换骨的成长，卢嘉川只是提供了初始的动力。从爱情上看，卢嘉川也只能是乌托邦化的可望而不可即的精神之恋的对象，最终，林道静只能在江华那里找到真正的情感依靠。从某种意义上说，卢嘉川只是一个过于完美因而不具有现实爱情可能性的精神偶像，注定要被同样具有革命性的内在实质却具有现实感和生活化的江华所取代。从小说的叙事逻辑上说，在一开始其实就预设了从卢嘉川到江华的爱情归宿。

或许，我们还可以从中发现某种重要的象征意义，通过这种叙述，小说隐约讲述了一个中国革命史的寓言。

众所周知，中国的共产主义革命经历了一个从欧化、苏化直至中国化并取得胜利的过程，在这一过程中，"五四"时期的马克思主义的乌托邦理论逐渐转化为中国化的革命实践——从占领城市到割据乡村，从发动工人阶级到依靠广大农民。在这一转变过程中，广大的革命的领导者群体也从知识分子、理论家转变为出身底层的实干家，富于思想和文化魅力的"五四"一代马克思主义者在完成了思想启蒙之后纷纷退出历史舞台。长征之后，尤其是四十年代，中共对苏俄影响的清除（批王明路线，"反对洋八股"等整风运动），不可否认有政治策略的考虑，但也同时是这一"中国化"过程的一个理论升华。它再次强调了只有中国式的马克思主义才是"五四"共产主义革命的真正合法继承者，也是真正实现了最初革命理想的历史主体。所以，从寓言的角度，卢嘉川只是早期马克思主义者的代表或"五四"时代乌托邦化的共产主义理想的人格化，而江华才是真正的中国革命的主体。相对于具有理论家气质，神采飞扬、魅力四射的卢嘉川，江华显得朴实、低调和稳健，更具有脚踏实地的人间烟火味，工作方式也更接地气。对比两人的外貌描写颇能看出这种差别："仿佛这青年身上带着一股魅力，他可以毫不费力地把人吸在他身边。爽朗的谈吐和潇洒不羁的风姿，那挺秀的中等身材，那聪明英俊的大眼睛，那浓密的黑发，和那和善的端正的面孔。"（卢嘉川）"高高的、身躯魁伟、面色黧黑的青年，像个朴素的大学生，也像个机关的小职员。"（江华）如此说来，卢嘉川的牺牲不可避免，只有这样，他才能作为一个完美的革命者形象化身为崇高的纯净的革命源头，而永远定格在林道静的记忆中。试想，如果他继续存在，一则妨害了真正的革命主体出场，二则他本人也将面临困境，不是成为瞿秋白就是成为陈独秀甚至王明、张国焘。当然，这是题外话。从这一意义上说，林道静的成长道路始于卢嘉川而终于江华，其实暗合着四十年代以来关于中国革命道路的主流的意识形态叙述口径，而林道静最后的爱情归宿，则遵循了大众文化的刻板逻辑——漂亮的女主角永远只能在最后嫁给最"政治正确"的男性。所以，在结构的意义上说，"十七年"时期，不管卢嘉川抢占了多大风头，注定了只能是革命史或爱情史的前史。

但是，在新时期以后的版本中，卢嘉川逐渐取代江华成为结构整个故事的核心人物，除了2006版，江华在人物形象的意义上已面目不清，无足轻重，要么是只具有叙事学意义上功能性的行动元，要么干脆被删除（至于2006版的特殊情形，下文还会说明）。何以会出现这种颠倒呢？

八十年代以后，江华所代表的中国革命已经被祛魅甚至被污名化了，在新启蒙主义的观念中，它被等同于蒙昧的前现代，成为中国走向现代，融入"世界"的历史障碍。在"救亡压倒启蒙"的历史视野中，走向民间、深入基层的江华所代表的延安道路正是融入了前现代的"救亡"道路，因而带有深重的历史原罪。而所谓林道静式的成长与改造道路，恰恰正是放弃现代的"五四"文化趋就工农兵文化的"反启蒙"之路。正是在这种观念背景下，写作于八十年代末，出版于 1990 年的长篇小说《英华之歌》就具有了特殊的征候性意义，在这部《青春之歌》的续集中，新的主流意识形态借助杨沫之手完成了戏剧性的改写：江华成为自私、狭隘、专制的负面人物，卢嘉川再度归来——不过是作为一个人道主义者。这个"五四"时代的理想主义者代表"启蒙"归来了。让在《青春之歌》中"牺牲"的卢嘉川"复活"未免有些滑稽（据杨沫创作的另一部续集小说《芳菲之歌》交代，在行刑前夕，卢嘉川被我党秘密营救出狱），但却自有某种意识形态逻辑作为支撑："五四"时代的马克思主义被成功隔离于后来的革命实践，仍保持着某种未受玷污的童贞，尚未注入实际性的社会性内容，因而先天地具有了某种对革命原罪的豁免权。而江华则成为革命原罪的人格化代表受到审判。小说《芳菲之歌》写到惨烈的党内清洗，已是中共高层领导的江华主持了根据地的清查"托派"运动，独断专行，制造了多起冤案（显然，这种运动与"文革"形成了某种对应与指涉）。林道静，作为江华的对立面（因保护"托派"被隔离审查），与卢嘉川一起，事实上充当了革命历史的反思者与批判者。也是在此基础上，他们旧情复燃，虽然发乎情止乎礼，但情感所向已是非常清楚。林道静已与江华同床异梦，离心离德，虽然杨沫为了照顾革命者的形象未让他们迈出实质性的一步，却让他们在精神上结合在了一起。为了进一步巩固她与卢嘉川的情感合法性，林道静甚至不惜修改自己的记忆与江华切割，林道静否认了《青春之歌》中答应与江华同居时的感情，对江华说："我可是早就想过了。你——本来就不应当属于我。1935 年冬那个大雪的夜晚，我铸成了大错——我拿你的友情当成了爱情……"

代表"启蒙"再度归来的卢嘉川，"压倒"了"救亡"与革命，传递了意识形态变化的明确信号。这构成了"青春之歌"书写史的一个意味深长的转折，自此以后，卢嘉川开始成了真正的主角，也成为结构叙述的历史主体。此后的版本大都延续了这样一种贬抑江华、拔高卢嘉川的方向。卢嘉川，要么是青春激情的化身，要么是理想爱情的象征，更多的是兼而有之。卢嘉川完全驱逐了江华在林道静爱情中的位置（事实上，江华在整个故事中都变得可有可无），显然，在爱情至上神话流行的时代，作者与观众似乎已不能容忍林道静背叛卢嘉川与江华结合，这将被视为对爱情童话的亵渎。于是，在1999版中，为了凸显林卢爱情，编剧去除了林道静与江华的爱情关系，江华仍是主要人物之一，不过与林道静的关系是单纯的同志关系，他已有家室，与林道静的狱友郑瑾是夫妻，感情深挚并育有一子。这个相较原作非常重大的改编正是为了突出林卢纯美的爱情，以符合新时期以来理想的爱情模式。

更为大胆的改编来自2009年的歌剧版本。部分原因是受艺术体裁的限制，歌剧把主要内容集中在爱情关系上，不过只保留了林道静与余永泽的爱情以及林道静与卢嘉川的爱情这两组情感线索，并在两者之间构成了对照，前者代表了世俗的爱情甚至婚姻，后者代表了单纯而理想的爱情，至于江华这一人物则完全被删除，以免形成对主题的干扰。全剧基本上抽空了革命与政治内容，去除了改造与成长的主题因素，以突显世俗价值与理想爱情之间的对立与冲突。为了加强戏剧性效果，歌剧安排卢嘉川临刑与林道静诀别，二人对唱，表达爱情，极尽伤感、缠绵。卢嘉川唱道："永别了，亲爱的静，长愿有情人终成眷属……我已深深地爱上了你，可我将永远地离开你，我亲爱的静。"唱词中大量引用林觉民《与妻书》的语句，以表达不能与林道静共享甜美爱情的遗憾。

歌剧版与2006版也被主创者称为青春版，它们的共同特点是，知识分子改造的主题隐去，成长小说的结构消失，青春激情与爱情凸显，一群不甘心平庸生活的青春偶像跃然于灰色的革命背景之前。在演员形象的选择上，2006版充分体现了偶像剧的特征，主要人物都是俊男美女，包括戴瑜、胡梦安形象也不差，偶像剧的逻辑甚至不再遵守原作和原有艺术成规，比如原作中余永泽的小眼睛就变成了大眼睛，极大颠覆了电影中于是之所塑造的形象。

这种青春偶像剧的处理，就将革命非历史化、非政治化了（相反，"十七年"的电影版则过分政治化了）。于是，青春隔离并消毒了革命，将之抽象化和浪漫化了，普遍性的青春激情取代了有着具体社会历史内容的革命，成为真正的主角。或许正是出于这个原因，尽管歌剧版主创人员都是中年人，却也打出了青春牌，以"青春呼唤你，呼唤我"为宣传主题句。和其他当下流行的革命偶像剧一样，革命，只不过是富于激情和理想化这种青春内在品质的一种副产品罢了。于是，革命中的青春成为安全的审美对象，既被欣赏，也被原谅，观众们和历史达到了和解，这或许就是青春偶像剧的某种潜在的逻辑。

但是，对革命的叙说也携带着复杂的情感、矛盾的心态和暧昧的政治潜意识，在告别革命的年代，人们内心里仍潜藏着对最初的纯正的革命理想的追怀，尽管对革命所建立起来的秩序疑虑重重。当人们与某些特定的历史时段拉开一段距离，而"告别革命"之后的现实秩序日益背离最初的期望之时，革命的幽灵再度归来。即使是对它的青春偶像式讲述和欲望化演绎，也不能完全滤掉它依稀的低语——它固执地重复着最初的承诺与债务。正是在这一意义上，2006版尝试着用后革命的模式化语言相当忠实地再讲述一个青春之歌，还是别具意味。在这些"青春之歌"里，既有官方主流意识形态对革命遗产的"权且利用"（making do）和征用，也传达了民间对公平、正义等革命价值的渴望，它们有时会展开对革命叙述的主导权的争夺，但更多地体现为协商、妥协并相安无事。主流意识形态就在这种危险的平衡中完成着再生产的过程。对现实秩序，革命叙述带有某种潜在的挑战性，但是又迅速被消化和收编。双方似乎已经习惯了这样的意义游戏，一般也不会犯规或越界，比如官方征用过猛，或者"民间"批判现实的指涉性过强。由此，官方以及精英群体利用这种动态的平衡结构赢得主流意识形态的延续性和形式上的稳定性，以及社会秩序的合法性和社会控制的可靠性，"民间"也完成了有限度的批判，有时以打一些无伤大雅的擦边球自娱自乐。这构成了当下讲述革命的大众艺术的基本面貌。近年来的《青春之歌》版本也大体上符合这种描述。

想象一个新世界

——韩少功的政治哲学

作为一个思想型作家，韩少功的创作一直具有强烈的社会关切。对公平、正义的社会理想的追求，构成了他写作的潜在的核心主题。其中也隐含着政治哲学的启示。当然，对于更具有所谓文学性的作品类型如小说而言，这一点呈现得往往比较隐晦、复杂与多意，而在其思想性随笔中，则表现得较为清晰，也极富于理性色彩。在他的创作中，随笔也占有很大的比重，而且，其比重还有逐渐增加的趋向，韩少功似乎也越来越偏爱这种直接介入当下现实的写作方式。他的散文随笔也愈发具有思想的厚度，显示出社会政治思想上的成熟与深刻。在他本人的整体创作脉络上，似乎出现了一次深刻的内在转型，作为这种转型的外在表征，他不再以小说为创作的主要文体，而是慢慢过渡到以事实上的杂文为主，即使他的所谓小说如《马桥辞典》《暗示》，更不要说《山南水北》，已明显显示出文体混杂的特征，事实上已偏离了经典的小说体式。很明显，韩少功对文学性的理解已发生了巨大改变，或者说，他已经不再在乎自己创作的是不是文学作品。我们可以发觉，他的创作追求或写作理想（包括如何看待文学与现实，文学表达与思想表达之间的关系），以及他对作家写作的历史责任的认识已发生了巨大调整。

这种写作责任的核心内容就是如何对当代世界做出更深刻的批判性理解，为想象进而建设一个更公正、美好的世界提供新鲜的思想启示，其中也包括做出广义的社会政治哲学方面的探究。在我看来，以韩少功为代表的作家（还包括张承志等人）进行的"越界"思考，是当代真正了不起的思想创造与文学创造。遗憾的是，对于他们提供的这份思想启示，以及其对于思想史的意义，至今仍未被有效触及。为此，我愿意冒险进入这个话题，对韩少功随笔中的政治哲学进行尝试性的解读。

需要说明的是，本文所要涉及的主要是韩少功的哲学层面的政治智慧，而不是具体的对政治体制和社会方案的思考，虽然它们也构成了韩少功随笔关注的重要内容，我所关心的主要是这些具体论述背后所显示的政治智慧，似乎无需再说明的是，这里的政治当然是指古典意义上的广义上的政治。

一

韩少功是所谓"右派"与知青两代人中极少数最优秀的作家之一，这种杰出并非由于不乏悲剧性的个人生命史经验和丰厚的历史经验（其他的一些作家也具备），而主要是因为对这份沉重的历史经验的有效而深刻的反省，这使他成为"右派"与知青两代人中少数能走出经验限制，把时代记忆转化为一种宝贵的思想财富而不是思想囚笼的作家，他已因此成为将历史经验转化为人生智慧而不是傲慢与偏见的思想者。

他对这两代人的社会理想主义进行了隐秘升华，而不是像某些人一样，从理想主义坠入价值上的虚无主义；同时，他又时刻警醒着理想主义的可能后果，留意以复杂而丰富的历史经验，以他对历史的在场式见证，暗中校正理想的目标与尺度。

另外，他还有意向将这种平和的理想主义注入实践性品格，让自己的社会理想接受思想与现实的双重滋养和双重检验。"我经历大学的动荡，文场的纠纷，商海的操练，在诸多人事之后终于有了中年的成熟。"（《完美的假定》）他有过参加八十年代末学潮的经历，进行过将社会主义与资本主义体制相嫁接的乌托邦实验，做过

199

作协机关的改革与管理制度的尝试。①某种意义上说，这些行为既是他理想外在化的必然结果，也是他磨炼、检验自己人生与社会理想的有意为之。它构成了韩少功政治智慧的另一个重要来源。

所以，韩少功是当代极富象征性的作家，某种意义上说，他在随笔中向读者传递的正是曲折、复杂的中国当代史的暧昧而深刻的启示。如果读者足够有心，并具备必要的心智的准备，从他的文字中，我们可以听见历史对当下的发问与隐含教诲，可以目睹历史遴选的一两代人中的独特代表与自我记忆的角斗，以及他对之进行反刍继而顽强地加以消化，从而生成政治智慧的惊心动魄的戏剧性过程（虽然这一切都慢慢消融进韩少功貌似平静的叙述中，但那不能简单地看作是与历史的和解，而是真正富于智慧的对历史的理解与认知）。

二

韩少功拒绝当代的主流意识形态对社会主义历史的妖魔化，他一再结合历史经验否定对"文革"的"全盘否定"。他提醒人们分辨这份沉重历史遗产的复杂性，留意其中的合理性因素，它的历史意义与潜在的当代价值，他也不失时机地反驳当代主流意识形态对这段历史的不实指责与刻意简化。韩少功试图在历史的前因后果中真实地理解这场复杂的现代运动，包括它所导致的巨大苦难，并试图去把握它的沉重的启示与教训。《"文革"为何结束》对于"文革"终结的原因，尤其是旧营垒的恢复过程，民众的反应，以及历史后果做出了描述与评价，让读者领会"文革"的政治性质、目标追求与多重历史效应。《革命追问》也客观描述了导致"文革"发生的历史动力和这场运动的复杂面相，他对红卫兵的政治诉求，对官

---

① 关于韩少功的此类经历，参见何言宏、杨霞：《坚持与抵抗：韩少功》，上海人民出版社，2005年11月。或孔见：《韩少功评传》，河南文艺出版社，2008年4月。

员、知识分子的处境的叙述，对"文革"中政治、经济、科技文化方面的成就的呈现也极大质疑了当代主流意识形态的简单化理解，在事实陈述的基础上，他有力地批驳了当代主流话语生产的真实逻辑。

也许，在所谓"右派"看来，这种言论是带有某种"新左派"气息的，因为他拒绝自由派人士的"政治正确"。但是，对韩少功做"新左派"的定性无法令人满意，因为从左派那边看来，恐怕韩少功的有些话同样刺耳，可能觉得他太右。这不奇怪，韩少功本就无意做个什么派，他自己也曾说最怕被人归入什么派："我的主张是不管左派右派，能抓住老鼠就是好派，能解释现实就是前进派。"（《韩少功、王尧对话录·革命追问》）

那种非左即右的思维正是他极力避免的，在他看来，告别了社会主义的教条，并不意味着我们要接受市场的教条。对社会主义理想追求和它的某些社会政治遗产的肯定，并不妨碍同时对它进行深刻全面的批判性反省，不过，这种严厉的批判也并不导向对其对立面的拥抱与逻辑上的肯定。在这一点上，他是谨慎的，明显区别于某些同代人对历史怀旧式的原谅（他们出于潜在地维护青春记忆合法性的目的，通过有选择地记忆历史而回护了那个时代），"并不是所有的人都经历了当年，都有铭心的记忆。时间流逝，常常使以前的日子变得熠熠闪光引人怀恋。某些左派寻求理想的梦幻的时候，可能会情不自禁地举起怀旧的射镜，投向当年一张张单纯的面孔"（《完美的假定》）。也区别于满怀激进的理想主义的年轻一代，由于他们缺乏对"文革"历史灾难的真切体认，为了批判当下的不合理秩序，不无偏激地向旧有的社会主义时代寻求批判性的资源与灵感。

韩少功认为，不管是怀旧式的有选择性地记忆，还是理想主义的偏颇，那些对过去时代的美化，虽然对抗着对过去时代的全盘否定式的妖魔化，却是犯了同样的毛病，坠入了同样的逻辑上的陷阱。其客观的结果，依旧是巩固了对历史的单面化认识，事实上反而可能加强了来自右的方向上的历史偏见。这恰恰是认识历史的最大的问题，也是我们一再陷入悲剧性历史循环的根本原因。

这种非此即彼的思想方式正是现代性思维的深刻体现，它使任何来势凶猛的批判从一开始就种下了危机的种子，重复了它的批判对象的内在逻辑，复制了其内在结构。韩少功的这种批判事实上也暗合了解构主义的思想精华，中国学界似乎对此并不陌生，但正如韩少功所指出的，中国式的后现代主义者或解构主义者们虽然言必称德里达、罗兰·巴特，事实上却从来没有深入到解构主义思想的核心地带（《夜行者梦语》）。当然，韩少功的智慧主要并不是来自解构主义的启发，他也从来不是一个在任何意义上依赖某种西方理论方法或观念的读书人。众所周知，韩少功是一个阅读视野开阔的人，他的思想滋养来源是多方面的，既有马克思、列宁式的历史与理性，也有尼采、萨特的存在与虚无，又受过庄禅智慧的熏陶，而且对当代思想的新进展也不陌生，古今中外的思想精华的综合影响极大地升华了他对人生、历史经验的反省与提升能力。如果说人生经验和学习得来的历史知识是矿藏，那么，思想能力则是开采、挖掘的能力。对于一个人形成历史智慧与政治智慧而言，二者都不可或缺。

不过，需要说明的是，尽管韩少功是一个理论、知识吞吐能力惊人的作家，也极具思想的才分，却不是一个所谓"严谨"的学者，他也决不以此为目标（在《强奸的学术》《岁末扔书》等文中，他一再表达了对当代学术的失望与批判。其中既有对画地为牢的现代学术体制的不满，也有对学术为稻粱谋的不真诚态度的鄙夷）。他以真正开放性的视野，为我所用地吸纳任何有益的思想养料，没有任何学科疆界、知识畛域的限制，他也从不强迫自己陷入任何一种理论体系中去，从而形成一种稳定的视角。事实上，他随时警惕着这种危险，在他那里，任何一种理论方法，不管自身多么完美和诱人，都只是思想的启示，暂时的工具，而不是值得充分信赖的思维依靠。"读书不是要读结论，重要是读智慧过程，读知行合一的经验。"（《穿行在海岛与山乡之间》）这是他非凡思想活力生成的一个重要原因。

不难发现，在韩少功的思想中，可能禅宗思想是其中重要的因素，它转化成了一种特有的政治智慧。有时它表现为对唯名论的批判，即对各种"主义"的警惕。他也爱用这种句式提问："民族，哪一种民族？"（《第二级历史，作为符号的全球和民族》）"大众，哪一种大众？"（《哪一种大众？》）所以，以一种主义批判另一种主义，以一种社会制度的理念批判另一种社会制度，用禅宗的语言说，都是用一根手指代替另一根手指，而迷失了手指指向的月亮。

事实上，超越这种非此即彼的现代性思想方式正是当代最需要的政治上的智慧。不过，对韩少功来说，它只是一个前提和准备，它并不是要让人走向政治上的相对主义，而是为了进行积极的建设性尝试，寻求在一个所谓后现代时代建立合理秩序的可能策略。他提出并瓦解了观念上的二元对立和独断论，破除了对某种理想化的固定秩序的落实冲动，并不否定建立一种新的公共性约定，这是一个所有确定的公共预设都面临诘难的时代必要的脚手架，一个工作性平台，一个策略性的进行社会建设的前提。

在差异和交锋中建立共约，在共约中又保持对差异的敏感和容忍，是人们走出思维困境时不可或缺的协力和互助。这种共约当然意味着所涉语义只是暂时的、局部的、有条件的，并不像传统独断论那样许诺终极和绝对。因此它支持对一切"预设"的反诘和查究，但明白在必要的时候必须约定某些"预设"而存之不问；它赞同对"本质"和"普遍"的扬弃，但明白需要经常约定一些临时的"本质"和"普遍"，以利局部的知识建制化从而使思维可以轻装上阵运行便捷；它当然也赞同对"客观真实"的怀疑，但并不愿意天真浪漫地时时取消这一即便是假定的认识彼岸——因为一旦如果没有这一彼岸，一旦没有这一极限的导引，认识就失去了最为重要的公共价值标尺，也不再会有任何意义。这一共约的态度是自疑的，却在自疑之中有前行的果决。这种共约的态度是果决的，但在果决之余

203

决不会有冒充终极和绝对的自以为是和牛皮哄哄。可以看
出，这里的共约不仅仅是一种语用的规则和策略，本身也
就差不多是一个哲学话题。它体现着知识者的这样一种态
度，既不把独断论的"有"也不把虚无论的"无"制作成
神话。与此相反，它愿意方便多门，博采众家，在各种符
号系统那里寻找超符号亦即超主义的真理体认，其实际操
作和具体形迹，是在随时可以投下怀疑和批判的射区里，
却勇于在一个个有限条件下及时确立知识的圣殿。套用一
句过去时代里的俗话来说，这叫作在战略上要敢于虚无，
在战术上要敢于独断。(《公因数、临时建筑以及兔子》)

这就是他所说的"完美的假定"。

三

　　类似于庄禅智慧的思想方法转化为一种韩少功式的辩证法，我
称之为情境式辩证法，这构成了韩少功的独特思维风格。他从不站
立在固定的地基之上进行批判与建设，但也从不离开地基进行批判
与建设。韩少功总是警醒于形形色色的主义与意识形态，对种种的
历史主义有一种天然的不信任态度，但这并不否定他对社会理想性
目标的抽象肯定。在特定的情境中，他相信可以尝试着找到一种较
为合理的，甚至最为合理的制度方案。当然，这一过程总是伴随着
多次的证伪与试错，甚至失误，但这不是我们容忍不义、不合理现
状的理由。

　　于是，韩少功要引入一个虚数，"完美的假定"：
　　"理想从来没有高纯度的范本。它只是一种完美的假定——有
点像数学中的虚数，比如根号 -1。这个数没有实际的外物可以对
应，而且完全违反常理，但它常常成为运算长链中不可或缺的重要
支撑和重要引导。它的出现，是心智对物界和实证的超越，是数学

之镜中一次美丽的日出。"(《完美的假定》)

在各种实质性的理想方案因其自身的历史危机而面临合法性质疑，同时遭受到所谓后现代主义和消费主义的消解的双面夹击下，如何进行一种新型的政治建设，就成为一个严峻的问题。韩少功试图寻找一种新的思路。它并不通向任何确定的政治制度与社会秩序（而历史上的众多乌托邦实验之所以最终走向自己的反面，演化为自身目标的反讽，正因为在固化为一种体制之后，丧失了自己最初的批判性视野，也丧失了自我批判、自我调整的能力）。

"完美的假定"作为"临时建筑"和虚拟方向，豁免于历史上的灾难，不会因其被实证性地落实而丧失合法性；相反，正因为它无法被最终落实，并拒绝这种落实，反倒使它保持了纯净性，成为一个悬挂在不合理的、有待变得更美好的现实之上的另类维度，一个批判性的督促力量，一个不断革命的动力。它是一盏闪烁在远方的标明方向的灯火。

"于是，他们的理想超越着具体的目的，而是一个过程；不再是名词，更像一个动词。"(《完美的假定》)

这就是韩少功所谓"过程价值论"(《世俗化及其他》)。

在很多人看来，除了资本主义的全球体系，当代世界秩序似乎已无另外的可能性。同样道理，这种"完美的假定"对很多人来说，可能已变得不可想象。但在韩少功看来，它正代表了一种对当代世界说"不"的执着勇气，它的虚拟性正是它的力量之所在，这个世界会因为有了这个假定而实质性地发生改变。

我以为，这是当代批判性思想的一个重要的理论创造，它既在理论上回应了虚无主义，包括各类后现代新历史主义，犬儒主义的解构主义和多元主义等的深刻挑战，又以新的策略建立了进行新的社会方案探索的理论基础。当然，不可避免地，它也打上了当代批判性力量一时找不到明确的方向的精神印迹。

这一"假定"自身具有巨大的包容性，在韩少功看来，不管是左的，右的，宗教的，世俗的，只要能够批判性地面对当下，试图追求一种更完美的社会秩序、更公正合理的社会理想，都应获得平等的尊重。"他们的立场可以是激进主义也可以是保守主义，可以是权威主义也可以是民主主义，可以是暴力主义也可以是和平主义，可以是悲观主义也可以是乐观主义，但这并不妨碍他们呈现出同一种血质，组成同一个族类，拥有一个姓名：理想者。"（《完美的假定》）

他对左的格瓦拉和右的吉拉斯同时加以肯定，正因为他们代表了这种完美的假定，是这种"假定"的优秀人格代表。在韩少功看来，他们实质性的趋同，足以超越左右的形式上的政治分野。表面化的立场和意识态的差异，因为在共同的目标之下，即建立一个公正的、合乎人性理想的社会，完全可以，而且应该统一起来，集结为对不合理的旧世界秩序的批判性力量和新世界的建设性力量。

这里，韩少功又提出了一个问题，一个更广大的"统战"问题。在当下，批判性力量，尤其是知识分子群体，面临着被各种主义和立场所分裂的危险。这其中，除了实质性的政治分野和终极目标的不同（比如是要建立一种公正的秩序，还是建立、维护一种不合理的权力结构），还有大量的同一理想目标之下的立场上的左右之争，具体方案上的方法之争，学术观点上的理论之争，甚至表述策略之争，意气之争，这让大家反而忽略了彼此其实可能分享着某些共同的前提和目标。这事实上破坏了批判性力量的统一战线，损耗了力量，客观上起到了加强当代权力结构的作用。

相反，立场上的表面相似，却可能掩盖了实质性的分别，更不用说不真诚的投机者和跟风者的加入。值得注意的是，随着所谓左翼思想的兴起和逐渐获得民间的合法性，一些人又开始加入左派的合唱，他们事实上损害了真正的当代批判性思想的纯洁性。不难发现，这是当下左右思想纷争的一种真实状况。对于当代中国的批判性思想来说，这也是一个值得警醒的现实。九十年代后期的思想论争，当然取得了巨大的思想成就。但在与权贵化的知识分子群体进行必要的决裂的同时，也造成了批判性思想内部一定程度上不应有的分裂。韩少功可能在无意之间给了我们有益的提醒。

当然，有了这个完美的假定是远远不够的，还要有足够的现实的智慧。在这方面，韩少功又显出极其务实的作风。如果只看到韩少功的理想主义，而看不到他的务实或现实主义，那还没有认识完整的韩少功。他所谈论的制度和体制总是某种具体的制度和体制，总是具体情境中的制度与体制，他从不在抽象的、单纯理论的层面上进行演绎。他在分析一种制度设计的时候，总是同时警醒着这种设计的可能的复杂后果，正面和负面的效应。他善于以他的丰富人生经验和广博见识，以及对人性复杂性的认知，发现一种看似合理的制度设计可能会因某种细小的因素发生变异，甚至越来越背离了它原初的目标，最终成为它的反讽。

在这一点上，或许可以看出鲁迅式的思维，对任何好世界的怀疑，只是韩少功不是那么绝望。或许在韩少功看来，可怕的不是制度设计的不合理，而是对某种制度设计的过分自负与信任（不管它多么完美）。但是，这不是让我们放弃社会理想追求的理由。韩少功和崇拜"自生自发秩序"的自由主义者有着本质上的深刻差别（韩少功与哈耶克式的对社会主义或全能主义的批判，也完全不在同一个方向上）。

韩少功提出了另一种政治智慧，它要求在进行制度建设时，根据具体情境，随时用另一只眼防范着可能的漏洞，不断调整、校对着制度设计的方向，留意着每一个细节，这是一种不断打补丁式的设计，他要求着制度构想者的审慎、耐心和谦逊。这就要求从事制度建设者有清醒的头脑，和对任何制度不完美性的清醒意识。我想，在韩少功看来，好的制度设计应是可以被不断补救的，从一开始它就应具有可进行修补的弹性空间和可能性。

因此，任何制度都容不得浪漫想象，无法被照搬。在《民主：抒情诗与路线图》中，他对那些把民主制度理想化的人进行了讽刺：

这些误解者最可能把民主当成一首抒情诗而不是一张施工图，缺乏施工者的务实态度、审慎研究、精确权衡，不断总结经验的能力，还有因地制宜除弊兴利的创造性思考。

好的民主制度无法搬来，它也很难说是一种"普遍"的制度，我们要知道它的某些好处，也要明白它的限度，懂得因地制宜加以改造。同时，引进某些民主制度的因素，更需要踏踏实实的施工，"瞻前顾后"的智慧，如此才能使民主制度起到保护实质民主权利的功能，而不是假民主之名，以形式上的民主维护着实质上的不公正。

显然，在韩少功看来，当代中国与当代世界之所以出现这么多问题，和制度拜物教及这种"浪漫抒情诗"作风大有关系。在这里，韩少功对当代的参与政治的人们（不管是施政者，还是公民）的政治能力和素质提出了一种要求。如果人们普遍缺乏这样的政治能力和素质，那么，再好的制度构想也难保背离初衷。

于是，"人"的问题再度进入了韩少功的视野。

四

韩少功和各种形式的制度主义者一个深刻的分别在于：他认为，对于一个公正合理的秩序来说，制度是必要的，但远不是充分必要的，它不能解决一切问题，甚至远远不能；相反，如果缺乏必要的"人"的支撑，即使理论上完美的制度也可能最后沦为实质不公正、不合理的护身符。任何一种变革与革命都难免沦为同样的权力体制的复制，因为人心中的微观权力结构仍在。制度的背后，是文化，或者说被不同的文化所塑造的人性。

这一问题在消费主义时代变得更为严峻，因为消费主义时代造就了一种不适合政治的"人性"。

消费主义毒化民心，涣散民气，使民众成为一盘散沙，追求正义的任何群体行为都不可能。这是极权者和腐败者最为安全和放心的局面。……在一社会道德机体正在逐步溃烂的时候，姓"社"还是姓"资"一类理论上的争论，其实已经不那么重要。土壤已经毒化，你种什么苗可能都不灵。(《韩少功、王尧对话录·个人解放》)

人性是个容易让人误解的概念，它易于让人产生人文主义的意识形态联想，或勾连起对中外古典政治德行的政治哲学记忆。但在韩少功这里，人性概念和启蒙主义、人文主义关于人性的观念的联系较为复杂，如果说前期还带有启蒙主义的某些痕迹，那么二十世纪九十年代中期以后逐渐有了清晰的新意义。在很多地方，韩少功笔下的人性是在对启蒙主义的人性观的反省的视野里提出来的。对他来说，人性作为一个中性的概念，它自身不是价值尺度。

韩少功当然也不是试图用道德来解释历史，相反，他从来不把道德、人性作为解释历史的重要工具，比如他明确拒绝用道德与人性来解释"文革"。(《韩少功、王尧对话录·革命追问》)。

事实上，韩少功给人性注入了新的意义和理论内涵，虽然，在某种意义上，它的确还带有启蒙主义观念甚至意识形态的残留。通过人性，韩少功开始了新的思考，带出了新的视野。这是一个带有文学家风格的理论视野。人性，意味着超越现代性的对新的人性或"新人"的重新想象。它可能和历史上的社会主义文化实践对新人的构想有某种若隐若现的潜在联系，这一点可能是韩少功本人未曾意识到的。

这个新人性的建立，或许是韩少功心目中的新政治文明和经济文明的重要内在部分，他用新的人性这个目标挑战了现代性的那些目标诸如发展、富裕、自由等，事实上，对这些目标的追逐其实是遗忘了更为根本的东西。正是由于这个原因，韩少功表现出被人误解为反现代的言行（如隐居乡下，如写作《山南水北》)，但其实韩少功反的不是现代，他反的是现代的人性理解或对人性的假设，和建立在其上的现代生活方式（诸多现代危机都能从这种关于人的假设中找到根源）。在众多随笔中，韩少功对现代消费主义文化，以及它所催生出来的虚假需求，和所谓"自然的"人性欲望进行了批判。

对人性的强调就是在这样的思想脉络里获得意义的。

如果不是在个别的、片段的表述里，而是在韩少功的整体思想脉络里来看，他对"新的人性"的重建的呼唤，挑战的正是现代性的人的基本预设，其中有他对现代人生活方式和人生哲学的反省（这一点《山南水北》表达得很清楚）。在他看来，没有新的人性的重建，也难以出现一种真正合理的制度。

"制度易改而人性难移。正是受制于人性这一弱点，社会改造才总是特别困难：因为这样做的时候，改造者需要面对既得利益者（赢家）的反对，还经常面对潜在的受害者（输家）的心理抵抗。""人民是真正的英雄吗？是的，但这里是指觉悟了的人民。"（《自我机会高估》）

但是，从另一个角度讲，所谓好的制度试图保障的不也正是一种良好的、健康的人性吗？可以想象，在韩少功的理解里，所谓好的制度，可能只是在特定的情境下，最适宜看护、培育良好人性的人类群体的组织方式。

或许，我们还可以这样推论：在韩少功看来，好的制度制定者、实施者，以及他们设计的制度，应具有一种对于所谓人性的通透的理解，也即对于普通的人性有一种仁厚的宽容之心，能够容忍它的某些缺陷，至少一开始没有对于普通人性过高的期望（那些试图落实的乌托邦方案往往有一种对人性的高要求，并把它作为前提和预设）；但是，好的制度却必须有一种天然的善的本质，除了符合公平正义的原则之外，它本身还必须成为一种培育良好人性的土壤。也就是说，所谓美好人性不应是制度设计的起点，而应是其终点，或贯穿性的本质与目标。

尤其重要的是，美好人性理应成为对制度设计者，或有力量影响制度制定与实施的强势社会集团的道德考验。一个社会，如没有这样一部分富于牺牲精神或理想情怀的精英群体，任何的"好制度"都可能难以启动。

这样的思路带有某种古典政治哲学的色彩。我不敢保证这样的理解符合韩少功的本意，的确，我也找不到韩少功就这一问题的非常具体的文字表述，但在他的一系列文章所组成的整体思想脉络里，我以自己的方式读出了这种线索。我以为，韩少功所赞赏的这种政治德行与他一直心仪的崇高人格和道德境界是紧密相联的，那是一种众生未度我不成佛的大慈悲，他不要求别人成为圣人，但要求自己成为圣人。在他笔下，格瓦拉、吉拉斯，以及背叛自己的阶级响应革命却被当作革命对象枪决的"他"，加藤的祖父母等，这些人身上都闪烁着这种道德光辉。每读到这类人物，我都能通过明显变得激越的叙述语言感受到韩少功写作时的不平静的内心潜流。他在向这些人物致敬的同时，也在批判着、抗议着当代文化对于"人"的亵渎式理解，他分明在指给当代世界看：这样的人是存在的，这也是人性，最高的人性！

　　如果联系到韩少功对于这种人的精神性的一以贯之的强调，则可以大胆推测：或许，在韩少功看来，一个社会，如果没有这样一种人的持续存在——虽然可能注定是少数，如果没有他们身体力行，甚至仅仅只是作为一种象征性的感召存在，则难以给制度注入实质性的正义内容。于是，也就无法最终保证任何制度的变质，不能保证完美的理论沦落为意识形态的无耻说辞，不能保证制度沦落为"合理合法"的不义的帮凶。或许，这是韩少功在见识了过多的此类灰暗的现实之后的不无悲观的看法，或许这是他不便明言也不愿明言的隐晦的告白。或许，这是他一时找不到现实的革命性力量或制度可能性的历史条件下的无奈的最后依靠。

　　可以看出，这其中也包含着他对那些依靠某种社会群体的政治理论的不信任。在他看来，将希望寄托于某个阶级或社会团体，并指望其作为革命性力量是不可靠的。如果人性的基础不具备，任何革命的结果都值得怀疑。

211

　　　九十年代的实用风尚几乎捣毁了一切人生教条，人
　们真是大力轻松和自由，包括灵魂在物质生存的底片上自

由地曝光，人性在一个无神无圣的时代加速器里自由地裂变。于是刚在广场上头扎白布带含泪歌颂"民主"的青年，转眼就敲开了高官的后门，用谄笑和红包来换得一纸红头文件，以便自己制作的"党员教育"专题录像带可以发行到基层支部从而赚来大钱。他知道口号和利润应该分别安放在什么地方。

　　一位作家说过，他更愿意关注人的性情，在他看来，一个刚愎自用的共产主义者，最容易成为一个刚愎自用的反共产主义者。这种政见易改而本性难移的感想，也许就是很多人文观察者不愿意轻易许诺和轻易欢呼的原因。当然，必定是出于这同一个原因，一切急功近利的社会变革者，便更愿意用"阶级""民族"等群类概念来描述人，更愿意谈一谈好制度和好主义的问题，而不愿意谈好人的问题，力图把人的"性情"一类东西当作无谓小节给随意打发掉。(《熟悉的陌生人》)

这在他对闹学潮的学生们的记叙中同样表达得非常清楚。

对于政治德行或人性因素的强调，使韩少功区别于任何制度学派的思路。不难发现，在他的富于理性的文字中仍闪烁着一个人文学者或文学家的情怀。当然，对于这种思路，也是可以争辩的。

五

在肯定人的精神性的时候，韩少功指出，真正的美好的人性代表了真正的自由，在《熟悉的陌生人》中，韩少功记述了这样一个事例："他是一个有钱人，因为新派儿子的影响，因为尖锐社会危机的触动，他决意向自己所属的阶级挑战。他把自己的好马、烟土、田地以及所有的家产拿出来分配给穷人，捐赠给革命的军队，成了自己熟悉的陌生人。……但他临死的遗言中还嘱咐儿子继续站在穷人一边，……他是一个果断消灭自己既得利益的富翁，是一个决然背弃了另一些自我的自我，完全违反着某些社会常理和常规。就像老人能够理解年青人目无祖制的激进，国学家能够欣赏西学家鸣鼓而攻的智慧，一个行业的人能够同情另一个行业的艰辛，一个民族的人能够欢呼另一个民族的幸福，他完全摆脱了人在利益格局中的惯性和定势，成了一个带血的异数。他的生和死，证明了个人的自由选择权利。……自由是对制约的超越，特别是对利益制约的超越，是生物进化过程中高级群类的神圣标志。"

　　这种自由，令当今形形色色的自由主义者相形失色。它也无声地批评了当世"自由主义"理解的人性的狭隘性，以及这种狭隘的人性更加狭隘的排斥性。韩少功在肯定八十年代启蒙主义时代的"自由"所具有的解放意义的同时，也尖锐地指出，这种自由已经耗尽了它的革命性潜能，走入了死胡同（《韩少功、王尧对话录·个人解放》）。他对当代"自由主义"重要表现之一的个人主义做了富于文学性的讽刺：个狗主义。（《个狗主义》）可以说，作为意识形态的当代"自由主义"的实质内含，恰恰违背了真正的自由精神，包括古典自由主义的本义和原初理想。

　　真正的自由同时意味着对他人的宽容，对多元性和差异性的尊重。按这个逻辑延伸，韩少功对民族主义进行了反省。近年来，他非常关注民族问题。其实，他对民族主义的批判是他对自由主义（个人主义）、当代人性观等现代观念的批判的自然延伸，是把人的问题推广到世界秩序层面上的理论结果。不难发现，在韩少功看来，民族主义，尽管在全球化时代有某种对抗资本主义不合理世界秩序的积极意义，但作为一种现代建制，它在某种意义上只是现代"个人"的一种国族层次上的放大。"我曾经去过东南亚、南亚等一些周边较穷的国家。有意思的是，我的某些同行者无论是如何崇拜自由和民主，如何热爱西方体制并且愿意拥抱全世界，但只要到了国境的那一边，只要目睹邻国的贫穷与混乱，他们就不无民族主义乃至种族主义的傲慢和幸灾乐祸——非我族类的一切都让他们看不上眼。……我相信，他们一直声言要拥抱的全世界不过是曼哈顿，

213

一定不包括眼前这些'劣等''愚顽'的民族；如果现在给他们一支军队，他们完全有可能有殖民者的八面威风。……因为它揭破发展中国家很多人的真实心态，揭破了民族主义与自由主义的暗中转换——它们看似两个面孔而实则一个主义，常常在很多人那里兼备于一身。"(《国境的这边和那边》)

于是，在对中国、亚洲的民族主义和亚洲想象做评述时，韩少功反向追问："我的问题是，中国人有了'亚洲'又怎么样？中国人会有一种什么样的亚洲意识？换一句话说：包括中国人在内的亚洲人怎样才能培育一种健康的亚洲意识，亦即敬己敬人、乐己乐人、利己利人的亚洲意识？""正是考虑到这一点，我才不得不回顾'个人利益最大化'这一自由主义的核心观念。如果这一现代性经典信条已不可动摇，那么接下来，'本国利益优先'或'本洲利益优先'的配套逻辑只能顺理成章。在这种情况下，我们凭什么来防止各种政治构架（无论是国家的、地区的还是全球的）不再成为利己伤人之器？……因此，重构亚洲与其说是一个地缘政治和地缘文化的问题，毋宁说首先是一个价值检讨的问题，甚至是清理个人生活态度的问题。"(《国境的这边和那边》)

这种追问显示出韩少功作为批判型知识分子的全球视野，融合了他作为文学家对人类命运的关切。

韩少功对现代世界体系的批判，对全球化背景下现代的经济、政治、文化状况的批判性考察，有他鲜明的个人风格。他很少诉诸理论加材料式的僵硬，而总是结合他旅行各国的亲身经历加以生发，以大量的经验性事实，加以提升和抽象，因而增加了别样的批判力量。对不同类型的国家，如欧美国家的问题，像法国、美国、第三世界国家，像印度、东南亚诸国，既结合各国不同的文化、地缘背景进行具体分析，又把它们放置在全球性联系的格局中，在当代世界体系的中心与边缘关系中，加以认识和判断。他关注的重心是当代世界体系本身的问题。当然，作为其核心的还是对中国问题和中国道路的思考与探求。

在韩少功的文字中，在那些记述异域生活的篇章里，我们不难看到他对本民族文化的热爱，其中更多强调的是民族文化具有怎样的生存论上的绝对意义。这其中自然也带有对消灭多样性的全球化意识形态的批判。

但韩少功绝不是一个只关心民族命运的现代民族主义者，相反，他时刻保持着对民族主义狭隘性的警觉。他关心中华民族的命运，同样也关心超越民族的人类普遍生存，他弃绝任何狭隘性，不管它是以什么形式来表现，即使是中华民族的民族主义。

于是，他对民族主义的狭隘性做了批判，并试图设想一种去除民族主义狭隘性的更合理的世界秩序和组织规则。所以，他对正在渴望崛起、渴望成为强者的中国提出了警告和期望："频遭外敌侵凌的时候，中国人无可选择，需要民族主义的精神盾牌，以推进救国和强国的事业。那么，当中国逐步走向世界大国舞台的时候，即便还无法进入民族消亡的融融乐园，但理性地看待民族差异，理性地化解民族矛盾，至少是不可回避的文明责任。敬人者实为敬己，助人者实为助己，超越狭隘民族情绪和培养国际责任意识，实为当今日益重要的课题。

"在这种情况下，作为一种文化和制度的资源，中国前人那种淡化民族和融合民族的历史实践，也许应该重新进入当代知识视野。中国前人那种世界主义和天下主义的'大同'理想，也许有朝一日将重新复活，成为更多黑色头发之下的亲切面容，为这个民族主义喧嚣了数百年的世界，提供一种重新辨认和情意对接的目光。

"我们需要争取这样一种可能。"（《超越民族主义》）

同样，在批判现代民主制度的"内部性"的时候，他还希望能够建设一种超民族国家的世界共同体："一个民族国家光有内部民主也是有隐患的。考虑到经贸、技术、信息、生态安全等方面的全球化现实，更充分的民主一定要照顾到'他者'，要包括睦邻和利他的制度设计——就像欧盟的试验一样，把涉外的一部分外交、国防、金融、财政权力从民族国家剥离，交给一个超国家的民主机构，以兼顾和协调各方利益，消除民族主义的利益盲区，减少国与国之间冲突的可能性。至于欧盟与'X盟'之间更高层级的民主共营构架，虽然面临着宗教、文化、经济等令人头痛的鸿沟，但只要当事各方有足够的诚愿和理性，也不是不可以进入想象。"（《超越民族主义》）

当然，这种世界大同的梦想，中外历史上都曾有过不少，但在当下语境中，我们是不是也应该向前人汲取些灵感，试着提供一些另类方案，寻求解决当前世界纷争和人类灾难的另外的途径呢？

结语

韩少功的随笔提供了丰富的政治启示，包含着值得人们好好对待的政治智慧。他的这些富于理性气息的启示仍保留着人生经验的原始的复杂生动的状态，成为对僵化的现代体制的一服解毒剂，为进行新的制度创新提供了思想启迪。当代中国以及当代世界的复杂问题，需要这种智慧来应对。

最后，我想说，韩少功的政治智慧可能和他的巨大抱负有关，或许，正因为这种高远抱负，他才有意地去磨炼、发展自己的这种政治智慧。

这是什么抱负？

韩少功的最大关切，还是中国如何在出现历史契机的时刻，解放思想，开放心胸，去除各种现代迷信，以真正的自信，大胆而又审慎地吸取中外古今的一切文化资源，认真领会正反的历史启示，大胆想象，小心从事，踏实施工，不断尝试，进行伟大的制度创造与文化创新，担负起自己世界史的责任，开创出一种真正具有普遍性的文化，从而造福这个世界。那不单单是为了中华民族的利益和荣耀，也和文化民族主义的诉求与梦想无关。它渴望通过一代代人的努力，再造一个天下——不只是中国人的天下秩序，而是全球人的天下，那既是一种新的更和合的世界秩序，也意味着一种更单纯、健康的人性状态，一种充分利用现代技术但不囿于技术，鼓励多样化的交换而不被单一的消费交换所异化的生活方式。那是现代之后的现代世界，而不是以现代之名，回归到新的野蛮的现代世界。

> 利益正在使人与人之间相互盲视，正在使阶层与阶层、民族与民族之间相互盲视。因此，我们需要GDP，更需要社会公正，需要理解的智慧和仁慈的胸怀，来促成旨在缓解现代性危机的思想创新和制度创新。（《进步的回退》）。

这是一个完美的假定。这恐怕是韩少功这一代人，也是中国最优秀的一群人的最深沉动人的梦想。

第四辑：心迹与剖白

做一个真正的批评家
——关于文学批评的访谈

周新民（湖北大学教授，以下简称周）：你硕士研究生毕业后到山东电影电视剧制作中心工作，而没有像其他大多数同年人一样，继续读博士。工作几年后，你再考入北京大学师从洪子诚先生攻读文学博士学位。于今回想起，你觉得这几年的工作，对你今后的文学批评有何影响？

刘复生（以下简称刘）：我的硕士专业是中国现当代文学，当代文学方向，自己既是个文艺青年，又想走学术道路。硕士研究生阶段，我本来是打算继续读博士然后从事学术工作的，但是由于某种个人原因，没办法再继续考，所以就到了山东电影电视剧制作中心（即现在大名鼎鼎的山影集团），从事电视剧的策划和文学编辑工作。当时对这份工作的确还是有兴趣，主要是觉得好奇和好玩，想了解影视剧的创作秘密与生产规律。因为潜意识里早就认准了自己早晚都是要回来从事学术研究的，并没打算以此为业，所以只当是人生中的一个悠长假期了，心态也比较放松。如果认真地想走影视这条路，明智的选择当然是往编剧方向发展，这是再明显不过的事，这几乎是惯例了。当时也有一些好心的前辈和朋友提醒我，我也三心二意地试了一下，只是玩票而已，并不认真。不过，随着工作的深入，我逐渐收起了对电视剧的轻慢之心，认真研究起来，这一研究，收获不少。

首先，对原来从事研究的体制化的"纯文学"脱离社会、假模假式的本质有了切身体会。对于"纯文学"，原来一直身在其中，虽然有时也觉得难以下咽，但不敢怀疑，而且习惯成自然，也能勉强自娱自乐，受虐受出快感来了，有时甚至还能从脱离群众中升腾

221

出一种虚假的智性优越感。但参与电视剧创作，这种幻觉就保持不住了。电视剧真的给我上了生动一课，它绝对不敢轻视受众，这个行当在叙事上讲规矩，重法度，甚至拘束到教条主义，讲科学，讲生活逻辑，甚至讲模式，技术性强。它天生接地气，甚至有点小心翼翼地看观众脸色，不太能乱来，不容易滥竽充数。电视剧就像十九世纪欧洲的现实主义小说，比较严谨，注重和社会生活的联结，虽然有点刻板，但要做到高境界，绝对需要才华和厚实的生活积累。叙事上技术性要求和限制很多，但艺术就是限制，以及对限制的超越，或者说在限制中获得的自由，这是一切艺术的本质，没有限制就没有艺术，这种张力，或者说沿着法则切线逃逸的弧度，决定了艺术的水准。入了电视剧这一行，对此有了切身的体会，那几年我比较系统地研习了编剧法，研究性地看了很多经典的编剧理论著作、剧作和影视剧，对叙事艺术有了更深的理解。我一下班就关在屋里研究，进益很快。记得那时我住在山东电影洗印厂的单身宿舍里，很长一段时间，影视中心只有我一个人住在那里，晚上下楼放放风，偌大一个厂子，四下静悄悄，只有梧桐森森，气氛都有点恐怖。不过后来新进的几个大学生就住进来了，包括李晓东、张永新、张开宙，他们现在有的都已经是著名导演了。

和电视剧艺术相比，文学界就太容易装，尤其现在，似乎也没个标准。其实从八十年代末以后，小说与诗歌写作就逐渐丧失了规矩和判断尺度，再加上文学创作与批评的利益集团化，完全可以指鹿为马，可以胡作非为。只要以艺术的名义，那些江郎才尽的知名作家，可以随便胡来；以艺术的名义，批评家们也可以完全不讲原则。可能只有装作高深莫测，只有装神弄鬼，玩花活，蒙和骗，才能维持这场文学名利场的神话与游戏吧。试想，如果像电视剧那样好好叙述与描写，写人物，拼生活积累，拼观察思考能力，拼扎实的艺术功底，文学作品的高下深浅是一目了然的，还怎么骗呢？所以必须玩花样，欺骗老百姓，这和卖假药与电信诈骗有什么区别？！比方说美术吧，别说那么热闹，连素描都画不好，玩什么行为艺术？现在的文学界，说得难听一点，就是一个行为艺术大

party！这样的大势一旦形成，老实人就不好混了，懂行的批评家要么同流合污，要么就被边缘化了。

其次，对大众文化的运作体制，以及社会主流意识形态的生产和再生产机制有了深入的理解，也有了批判性的反省。深入其中，才使上学时读的那些文化研究的著作鲜活起来。领导和同行们追求"艺术"，更时刻紧绷市场弦和政治弦，融资，资本盘活，成本，利润，写人性，"主旋律"，上"一黄"，大会小会谈的就是这些内容，它们也贯穿在了前期策划和剧本创作阶段。一对照，当代文学生产其实也一样，并不那么纯粹，在新的主流意识形态的政治正确和文学市场体制中，不说那些明显的商业性的畅销书，就是有的知名"纯文学"作家，暗地里念的也是生意经，只不过更隐蔽罢了。二者的逻辑甚至内容都有相似性。

后来我对"纯文学"体制与观念的批判也与此潜在相关。这段从业经历也形成了我的一种文艺态度，即对种种非历史化的、拒绝和现实对话的创作不感冒，对端着架子，故作高雅、假惺惺的贵族做派很反感。与此同时，我对被主流的"纯文学"体制所刻意压抑和污名化的大众文艺样式，包括文学内部的第三世界，比如"主旋律"小说、"官场小说"和某些网络文学，有了某种本能的同情和好感。这种不平等的文学的等级制是很蛮横的，它有时甚至把"底层文学""历史小说"都打到另类去。似乎只要和社会历史联系过紧，尤其是对革命史不反着写，不那么会虚构和玩花样，尤其是坚持老实的现实主义讲故事，甚至好读，都成了罪过。我就曾亲耳听到一位极其著名的作家在评奖时批评某部小说，小说好是好，就是故事性太强，太好看，文学性可疑，不通过。这是什么逻辑？当然，我们也不必矫枉过正，大众文艺尤其网络文学的确有它的毛病，但它们很多说人话，让人看得下去，这得肯定。

223

这一段的工作训练，让我对包括文学在内的当代文艺重新去认识，后来我用"历史能动性"的说法来概括好的文艺和社会历史的关系。这段职业经历也洗净了我大学期间现代主义的教养所形成的那点文艺腔，引导我重新充满敬意地认真去阅读十八世纪以来的中外现实主义文学传统。当然，我也不断提醒自己，要保持理论的反省：我们也算是文化企业吧，别因为自己从事了大众文化生产的工作，就丧失了批判性，至少别变得太世俗吧。当然，山影也还不单纯是一个企业，作为政府的意识形态生产机构，尤其是山东广电厅的下属机关，它还形成了一种正统的气质，至少当时是这样。这种特性，好处是具有传统的社会使命感，坏处是有时表现出某种保守和僵化的色彩，可能这只是当时年轻的我的主观感受，大概全国的同类机构都是如此吧。或许面向市场和获奖的电视剧生产必然是保守的，循规蹈矩，模式化最安全，这就难以给新思想、新视野和新鲜的艺术表达留下太多空间。时间一长就让我没有了激情。另外，由于岗位的性质，我也不能像其他年轻人一样四处跑，一般是待在办公室里，就觉得山影的气氛还是有点压抑。所以几年之后，自认为如果不从事创作的话，也没有太多可学的了，再待下去只能简单重复劳动，意思不大了。于是就考博士走了。

事后回顾这段五六年的工作经历，我特别感谢命运，让我增长了见识和阅历，经受了社会的历练，不再是一个不谙世事的书呆子了。更重要的是，对我此前大学里学的东西有了一种系统的批判和整理，这对后来的学术研究，包括文学研究与批评都有重要影响。

周：你于新世纪走进北京大学，这个时期整个学术环境和学术范式已经发生了变化。当你再次接触学术后，你最大的感受是什么？你觉得新世纪北京大学的文学研究和八十至九十年代相比较而言发生的最大变化是什么？这种学术范式的转换给你的文学批评带来了什么样的影响？

刘：我在 2001 年考入北大中文系中国现当代文学专业，师从洪子诚先生读博士，再次回到校园，感觉无比幸福，对学习机会也特别珍惜。有些事说出来你可能都不信，几年下来，我连近在身边的颐和园与圆明园都没去过，这两个地方还是毕业后出差又抽空去的，当然，这也可能只是证明了我是个多么没情趣的人。其实即使在山影期间也没有中断学术研究，那时也已经可以感觉到中国学术思想的变化，对九十年代末轰轰烈烈开展的左右思想论争也一直很关注，这样的思想文化背景深刻地影响了中国现当代文学研究的格局，因为对近代以来的文学史和作家作品的评价与判断不可能离开对这一段历史的认知判断，也不可能离开对正在展开的现实实践的理解。另外，九十年代初泥沙俱下的后现代主义思潮最初的混乱理解过后，大浪淘沙，沉淀下来一些非常积极的思想资源，那些批判现代性的"后现代精神"（估且这么说吧）体现出价值。文化研究的兴起，也为当代文学研究和批评更新了思想视野和理论方法，一批前沿性的成果正在涌现，对八十年代以来形成的"新启蒙主义"文学观、新批评式的"纯文学"观念、"现代性"的文学价值观都有了反省和批判思考的可能性。当然，这一切之所以会发生，最深刻的根源还是社会历史的变化，当八十年代的解放性能量逐渐耗尽，知识分子们以"现代"或"西方"象征式命名的理想彼岸慢慢物化为灰暗的现实世界，改革开放以来的社会发展道路导致的现实问题也越来越明显，越来越尖锐。而随着中国深刻卷入全球化，信息时代的到来，越来越多的中国人开始了解外部世界的真实情况，一系列的历史事件也清晰地显现了建立在不平等和殖民主义之上的世界政治格局，引导我们去重新理解被我们赋予那么多浪漫美好想象的现代性逻辑，对现代文化的普遍性和真理性的信仰开始破碎，在一些思想较为敏锐的知识分子中间率先开始了对八十年代以来深信不疑的思想框架进行质疑，"新时期"以来形成的"启蒙主义"知识共同体解体了。这也引导我们去重新评价近现代以来的历史，尤其是四九年以来的历史，也放弃八十年代式的进步主义观念和中西比较视野去重新看待几千年的中华文明。这种思想文化的变化从九十年代末开始浮出地表，终于在新世纪第一个十年的末期获得巨大的社会文化影响力。

北京作为中国学术的中心，当然是新思想的策源地，北大无疑又居于中心位置，只要用心，就会不断受到富于活力的思想的激荡。课堂上所学其实有限，主要还是通过各种方式接触自己感兴趣的学者，然后根据他们提供的线索建立自己的阅读谱系。北大当然并不代表某种实质性的思想或立场，它只是一个多元思想并存甚至交锋的场域。走什么样的路，选择什么样的方向，能有什么样的修为，还是要看个人。但在这样的环境里，选择的自由空间会比较大，换一个比较沉闷的环境可能就没那么容易摆脱旧有观念的束缚。当然，我也非常感谢洪子诚老师，他在我的立场和发展方向上很宽容，并没有提具体要求，但却一直盯着我们（我和张雅秋是他的关门弟子），他不管过程，只看你是不是好好读书思考，看你进步没有，过段时间聊一聊就看得出来。记得我刚入学时把我的硕士论文改了一篇文章发邮件给他看，他很不客气地说，没什么新意，太陈旧了，还得努力（大意）。后来再给他一篇文章，他看过说，可以。再后来说，不错。我一想到导师对我的"全景敞视"，就格外努力。

我一开始也是广泛学习和比较，慢慢地就形成了自己的阅读系统。这么成体系地阅读和思考，让我对自己之前接受的那些通行的知识与观念有了认真的清整与反省，也打开了新的视野。对社会历史著作的兴趣也浓了起来，除了做论文期间，其实大部分时间都在读文学以外的书，汝果欲学诗，工夫在诗外，回过头来看文学，忽然就想通了很多问题。

周：你为何选择"主旋律文学"作为研究和评论的重要对象？你觉得中国"主旋律文学"的意义和价值在哪里？"主旋律文学"的问题何在？如何取得突破？

刘：首先当然是想借由文学研究与批评展开对现实意识形态叙述的批判，我的一个基本判断是，针对改革开放以来的社会发展道路产生的越来越尖锐的社会矛盾，官方生产出一套新型的意识形态进行解释和抚慰，"主旋律"文学就是这套新型意识形态战略的一个体现，也是卓有成效的载体。它和旧有的那一套主流意识形态既有联系，又有重要的区别和发展，融进了很多市场时代的新内容，其中既有对旧有意识形态资源进行"权且利用"式的继承和改写，又和全球意识形态背景具有深刻的关联。值得好好地分析。

其次，"主旋律"文学往往具有多重因素。在山影期间，由于工作的关系，研究了很多电视剧作品，我发现，在大众文化中，比如某些电视剧中，其实包含着一些革命性因素，或者说新的文化生长点。电视剧这样的大众文艺样式，天然地就和社会历史保持着紧密的联系，哪怕是那些进行意识形态化叙述的作品，固然试图对现实矛盾进行想象性化解，也要首先对现实进行正视和有效回应，对社会潜意识具有敏感领会和把握，它们只不过是在结论部分和解释层面进行了意识形态化的处理而已。而且，这些大众文艺内部并非铁板一块，而是可能具有多重的意义空间，各种意义有时在不断地进行争夺与博弈，有些是无意识的，有些则是有意识的。比如有些具有批判性的作者在表面遵从主流意识形态成规的前提下也在巧妙地利用它传达自相矛盾的内容，或对其意识形态前提进行自反式的反讽，这样的复杂结构是我特别感兴趣的。这是我后来进行"主旋律"文学研究的一个重要诱因。"山影"的一个重要创作传统就是这种类型，这也被认为是山东电视剧注重现实，具有社会责任感的重要标志。我也参与了一些"主旋律"剧目的创作。众所周知，"主旋律"小说作品和影视剧关系密切，它们体现了共同的意识形态叙述逻辑，所处的艺术场域及其生产法则也相通。像周梅森、陆天明、柳建伟等既是小说家也是编剧，这种文体之间的转换也构成了"主旋律"文化生产场的一个重要特征，"主旋律"小说被改编成影视剧的概率很高，有些此类小说就是根据剧本改编成的所谓"同期书"。这些我都不陌生，研究起来驾轻就熟。由于当代文学研究与批评界受制于八十年代以来的"纯文学"观念，对这一重要的创作领域不屑于涉足，没有系统的研究，单篇文章像样的都没有，基本算是空白吧，所以我就选择了这个题目，算是做了点开创性的工作吧。

其实我集中研究"主旋律"文学也就一两年，后来它只是我众多关注点之一。2000年以来，我已经不再看好主流的文学创作，它已经僵化为一种日益狭隘的文学体制，故步自封，自诩"纯文学"，把不符合这个标准的文学一律贬为非文学或不文学的行列中去。这种文学的等级制很多时候是非常专横，没有什么道理的，其目的在于维护这一文学体制背后的新型主流意识形态，以及"新时期"以来形成的利益分配格局，也包括文学界自身的利益格局。所以，指望主流文学本身发生革命性的变革近乎是不太可能的，即使有也很小，很慢，于是我就希望边缘闹革命，从农村包围城市，也就是从那些被"纯文学"贬抑的区域寻找新的可能性。但是，必须看到，这些领域也是泥沙俱下，问题不少，比如现在的网络文学等。既要批判，又要看到其中蕴含的潜能。对待"主旋律"文学也是如此，它其实也分享了"纯文学"的缺点，而且为新的主流意识形态辩护的色彩也很浓。但是，千万不要简单化，不要想当然地认为"主旋律"就是为政府说话的。

要说"主旋律"文学突破的方向，我觉得不是文学本身的问题。国家只有认真反思并调整社会发展方向，然后提出一种崭新的中华民族的生活愿景和生活哲学，并以新的国际主义视野重新思考如何为建立一个更美好的世界秩序贡献力量，在此基础上构建一种作为文明国家的文化战略，"主旋律"文学才能获得更远大的发展空间。"主旋律"文学不能仅仅是一种为具体的社会政治目标服务、为某种现实秩序站台的意识形态载体，而应该承担起文明责任，也应该具有批判性的锋芒。当然，我已经离现有的"主旋律"文学的概念太远了。估妄言之吧。

周：作为一名批评家，我觉得你最大的特点是格外关注社会现实。我还注意到，你关于中国的底层文学也有自己的观点。你为何关注"底层文学"？

刘：从九十年代末至新世纪初的学习思考，让我的思想发生了一个重要的转向。从那时起，即使仍然做文学研究，我也不再是以文学为中心和本位来考虑问题了，文学问题只是镶嵌在思想文化或社会历史中的一个部分和环节而已。作为一种审美意识形态，一方面，文学表达要受到社会历史的根本性的制约，后者是前者的绝对的地平线；另一方面，文学还扮演着积极的能动角色，承担着塑造现实，打开新的历史实践的急先锋任务——从好的方面和坏的方面来说都是如此。如果一切人文学科的最根本意义在于理解现实并改变现实的话，文学研究的价值也在于批判地把握文学对现实的意识形态限制，寻找那些对现实的革命性的想象和乌托邦维度，重新构想另类的现实和未来世界。正因如此，我对政治哲学和古典美学理论也产生了浓厚的兴趣。当然，不能因此而忽略文学本身的特殊性，不能化约掉那种美学的激动人心的力量。文学自有艺术传统赋予的相对独立的一面，只是我们不能对它进行神秘化、非历史化、非政治化的狭隘理解。应该指出，这是中国老马克思主义文艺批评的缺陷与误区，同样需要我们警惕。如何在历史与形式之间打通，也是一个需要我们认真思考的理论问题和批评实践问题，对此一些西方马克思主义的理论家也给了我重要的启示，如伊格尔顿、杰姆逊、卢卡契等。我之所以对主流文学感到失望，可能也是思想重心转移的结果吧。是不是随着年纪变大，社会阅历多了之后，很多人都会蜕去"文青"的色彩，而对社会历史更感兴趣？反正我是开始更为关心这个更重要的问题：这个世界能不能变得更好一些，至少不要变得那么坏，或坏得慢一点？这话说得似乎有点大，但却是真实想法，有点不自量力呵。世界变得好与坏，文学的作用，或者说广义的文学艺术作用很大——当然我不是从非常保守的伦理意义上来说的。广义的文学，包括影视剧，各类通俗文学样式，大众文化样式，只要是以讲故事的形式进行叙述，都属于文学，这也是我从来没有把自己的研究局限于一般意义上的文学的原因。其实如果我们把视线拉长，几千年来的文学从来都是镶嵌在社会历史与诸种文化之中，独立的文学观念是非常晚近的事情，即使中国现当代时期，人们对文学的朴素认知仍然延续了古典的文学概念。只是到了八十年代中后期以来，作家们和批评家们才弄假成真，主流文学才变得越来越封闭，只能在非历史化的内心世界和形式层面打转转。可以说，文学从来没有像今天这样狭隘过，轻浮过。

　　"底层文学"的确是新世纪以来非常重要的一个文学现象，它代表了"纯文学"或主流文学创作内部分裂出自己的反对力量，它在恢复文学与社会历史有效联结的前提下进行美学表达，意义当然是重大的。对于底层文学的认真系统的研究与批评主要是李云雷这

做一个真正的批评家

些批评家进行的，我只是从旁提了个醒：当心"纯文学"体制及其文学惯例对"底层文学"的反噬与再收编，更要防范在其成为文学创作热点以后被跟风的投机写作者引向不良的方向。现在看，这种担忧并非多余，后来不是有些著名的"纯文学"作家如贾平凹和方方也写起了所谓的"底层小说"吗？

周：你曾对文学批评的功能、价值和意义有思考，你也对青年一代批评家提出了"新文化"的构想。在你看来，文学批评最重要的价值和功能是什么？

刘：我前面总是在批评"纯文学"体制，呼唤革命性的新因素，根本的目的还是希望社会历史朝好的方向转化。这个时代的变化其实大家也都能感受到了，好的一面和不好的一面都是真实存在的，思想文化共同体的任务应该是扶正祛邪，把初萌头角的革命性因素激发出来，把潜藏的积极的可能性召唤出来，甚至创造出来，让历史朝好的方向转化。这个时代机遇既为新文化提供了初步的条件，也热切地渴望和呼唤着新文化来打开历史实践的空间，二者互相倚重。现在，思想文化的突破已经呈现散点群发的态势，可能大的变局和根本性的突破会到来，中国摆脱殖民思维，深刻地清理这份意义复杂暧昧的思想资源，包括各种传统资源，并对历史现实与未来重新理解，有可能创造出一种新的世界性的中华文明。文学艺术既是这种文化创造的一部分，也是其前沿阵地，这也是我所说的"伟大的中国文学"的意思。

在这个前提之下，文学才能获得新的"人道"情怀，它——对个体经验和内心生活的书写才真正能获得历史的深度和美学的深度，正如十八世纪以来那些伟大的中外文学经典所昭示的一样。它们也才能有资格为大历史留下一份鲜活的，或悲或喜的人性记录，并以其理想性启示获得感人至深的情感力量。

催生这样的文学的批评才是我认为的真正的批评，相对于这个文化目标，文艺批评只是一个小抓手而已，一个工作的界面和开口罢了。但是，要履行这样的批评职责，无疑需要艰苦的知识、思想与技术上的准备，我理想中的批评家，必须首先是一个出色的人文学者，一个百科全书式的学者，而且必须关注社会现实，对思想文化走向保持敏感，不局限于专业主义的狭隘思维，不迂腐，思想视野与判断力还必须远高于知识界或学术界的一般水平。这个要求是不是太高了？要求是不低，难也肯定是难，但如果没有一批这样的批评家涌现出来，也不太可能通过文艺批评根本改观文艺创作的风气与状况，并经由文艺真正推动"新文化"的建设。虽然学术与思想界仍然会有创造性或突破性的成果不断出现，但它和社会往往隔得太远，渗透太慢，力道有限，无法打通最后一公里，这需要文艺做中介。当然了，文艺也要有新气象，除了思想内容，还包括文风，这都要文艺批评去改变，现在的文艺批评自己的文风就有问题，包括我本人，文章都很难看，惭愧呀。思想作风就更不必说了，基本上是拉帮结派，吹吹捧捧，给假冒伪劣产品做虚假宣传，最低要求说，也没有体现出某些人所说的批评的职业精神的专业态度啊。

　　基于以上的认识，我曾呼吁年轻的批评家担负起这种使命来，要有抱负干点大事，不要受"纯文学"体制的利益诱惑。在我看来，这点小利益和残汤剩水也会让我们枉抛心力，辜负一生志业，当所谓"纯文学"的炮灰和陪葬有点太不值了，也没什么意思，整天看那些无聊的东西，还要违心说好话，才是真的苦。

　　做个真正的批评家不容易，我只能尽量努力，能做到什么程度，只能看天命了。

　　谢谢您的访谈。

2017 年 1 月

批评家的任务
——访谈刘复生教授

李音（以下简称李）：刘老师好！很荣幸受越来越引人瞩目的《文艺论坛》杂志的委托，向您请教一些问题。好几年前，徐志伟教授和您有过一次访谈。在那个访谈里，您详细忠实地回答了他提出的七个问题——围绕着对八十年代的知识生产方式和文学观念的反思、对新世纪的"主旋律文学"的阐释等研究，非常硬核地呈现了您的学术历程、研究领域和思想立场。虽然这几年您的研究和思考有新的拓展，但作为批评家、人文学者的身份和思想的自觉性却是早已完成了的，因此我强烈推荐大家去看这个访谈文章，这也增加了我此次访谈的设计难度。不过，在我看来，徐志伟和您的那个访谈，太"男性气质"了，问者直奔主题简洁明了，答者正襟危坐严丝合缝，用现在学生们的话来说，非常"钢铁直男"，这也是戴锦华老师对您的"定性"吧？开个玩笑。我的意思是，那个访谈信息完整，思想坦诚，但太透明了，缺少了光影斑驳，缺少了一些幽暗和犹疑，缺口和逸出。似乎按海德格尔的想法，真理和秘密恰恰是隐匿在这些地方。志伟兄称您为"70后"批评家的老大哥，可是您知道，在我们现代文学中，"大哥"们从《狂人日记》起就面临着被本质化的危险……

刘复生（以下简称刘）：哈哈。"钢铁直男"是个让我尴尬的段子。那是在北大开文化研究的会，戴老师主持，说我是钢铁直男，我连忙郑重其事地纠正，说自己不是，把大家笑成一团。是我把"钢铁直男"和"直男癌"弄混了。戴老师对我的"定性"没错。这事儿也让我反省，不学习新知识，一不小心就成了思想上的老同志。大家自以为是"狂人"，或许不知不觉间已经变成了"大哥"。

不管承认不承认，我们"70后"批评家大都活成了中产阶级，年轻时的初心还有吗？

一、批评与文化战略

李：访谈还没开始就自我检讨啊，这是访谈，不是审讯，哈哈。先来一个热身问题，最近您新写的文章《〈我和我的祖国〉为什么让王菲来唱》，在"文艺批评"微信公众号上推出以后，阅读量极可观，风头赶上毛尖老师。这种面向公众的文章写法和文风除了受毛尖老师影响外，是否还有齐泽克的启发？

刘：做文学批评和文化研究这么多年，有时候不免有一种挫败感和虚无之感，不禁要自问，写了那么多文章，到底有几个人关心？对社会又有什么影响？如果仅仅是本专业学术圈内的读者互相瞄几眼，又有什么意义呢？何况现在专业圈又分裂得厉害，立场、门派和偏好各异，大家基本上都是和舒服的人待在一起，分化为大大小小的朋友圈和学术群，结果是，观点一致或相近的朋友们互相唱和，观念自我强化，观点不一致的人又早就被屏蔽了。于是，大家的文章就算白写了，影响不了谁，和你立场观点相近的人不需要你去影响，而不相近的人你又影响不了。圈外的广大的公众又不看。那你写文章干什么呢？虽然发表在所谓专业内重要期刊上，在体制内评价体系中得分不少，实际上却和没写也差不多。我已近知天命之年，不必像你们还有考核和晋升的压力，我现在就要认真考虑为什么写作的问题了。这个问题，搞哲学、历史的学者可以不问，做中国现当代文学研究和文艺批评的人却无论如何绕不过去。一个做先秦史或现象学研究的学者不必照顾普通读者的反应，但文艺批评家却不能只写给所谓专业读者。有些现当代文学界的朋友一直努力追求学术业绩，不停地发文章，出专著，拿大项目，获奖，戴各种帽子，每年在高端期刊上累积数目字，却从来不关心自己写的东西到底有几个人看，我就不明白了，哪来的那么大劲头？

当然，我并不是说，只顾努力出成果的资本主义精神都是只为稻粱谋。我毫不怀疑，有相当一部分朋友是怀着一种学术事业心，以一种投身神圣志业的激情在工作，这其中或许还掺杂着一种科学主义的求真态度，或通过审美获得解放的现代性热情。但是，在我看来，这可能是幻觉，是现代体制这个巨大的 Matrix 的意识形态狡计或巧妙程序设计。不知不觉间，我们这些学术劳工成了当代社会机器中的兢兢业业的螺丝钉。我们不但沉浸在幻觉中，还负责生产幻觉。我以为，文化研究和当代文艺批评的最重要的意义就是保持对现代"中立客观"和科学化、产业化的人文社会学研究的反省及批判性，不断彰显介入当下的政治性，把其他学科的研究成果中富于革命性的潜能和意义激发出来，或通过创造性的阐释传达出来，把社会学的想象力，政治的、解放的可能性呈现出来，也包括把解放的难度和历史的复杂性及这一追求过程中"人"的深度揭示出来。所以，文学研究和文艺批评对学术业绩和学科化的一般追求是我不能接受的。

也是因为这个原因，我对当下很多师友倡导的"当代文学研究的历史化"是有些不同看法的。他们所说的历史化更近于经典化，代表了一种追求历史客观性的规范化意识，具体表现为对史料的重视，通过规范化的推导程序求证真相。对于注重史料、小心求证的严谨作风我当然是赞成的，尤其是在当下的网络时代，信息混杂，有些学者未经甄别使用虚假材料的现象屡见不鲜，的确是个很大的问题。当然，乾嘉学风兴起，不必细说，也有特殊的历史语境。不过，它更是九十年代以来某种学术思维的延续和深化。当代文学研究领域内的这种转向是危险的。文学研究尤其是当代文学研究，更不要说文艺批评，如果陷入一般意义上的学科规范的泥淖，就算窒息了自己的生命。文学研究和文艺批评绝不应只关乎审美修养、学术生产，相反，它是当代知识生产的解毒剂，是对时代主流审美趣味和标准的体制性秘密的揭露和批判，当然也包括对威廉斯所说的"正在崛起的文化"的呼唤与创造。它永远具有我所说的"历史的能动性"。对于文学史家和批评家而言，解释文学和理解自己的生命的历史性是紧紧扣合在一起的。这也是它迷人的地方。

解释世界不可避免地也含着改变世界的潜在企图，只不过这种潜在的政治性不是直接的，甚至也不应该是直接的和粗糙的。在这一点上，我对十七年文学作为文学在总体上持否定性的评价。美学绝不仅是改造世界的工具，它的强有力的政治性恰恰表现为对现实政治的疏离与紧张，它还是呈现总体复杂性的力量，因而是改造政治的力量。我一直强调的文学的政治性绝不表现为对现实政治的依从——哪怕是正确的政治实践进程，而是表现为对未来可能性的创造性构想上。

我曾多次讲过，在现代学术体制内，出现了一个有趣的现象：当代文学批评追求成为当代文学研究，当代文学研究追求成为现代文学研究，现代文学研究追求成为古代文学研究，古代文学研究追求成为古典文献学。如今，当代文学已经充分学科化了、"历史化"了，在很多当代文学研究者看来，它终于摆脱了学科歧视链末端的尴尬地位，真该庆幸一番了。这真是让人悲哀呀。关于这个问题，尼采早在一百多年前就进行了振聋发聩的批评，《历史的用途与滥用》说得多好呀。关于当代文学和文艺批评的本质、功能和意义问题，我从新世纪之初就非常关心，因为它关系到我作为一个批评家安身立命的根本。我有一个毛病，想不明白的事不愿干，如果不能确信一件事的价值，我是不会干的，哪怕它有很多现实好处。人生有限，努力干点有意义的事吧。那几年我连续写了几篇反思当代文学研究的意义的文章，包括《当代文学研究的历史危机与时代意义》《什么是当代文学批评？》《我到底想做一个什么样的批评家？》，这也是要对自己有个交代。现在看，这种危机还在深化之中。

现当代文学研究者和文艺批评家必须关心读者，这是它的性质决定的。不要指望自己的文章传之千古，能藏之名山，流芳百世，它永远面向当下的时代读者发声，载体不重要，有利于更广的传播更重要。文艺批评要评论有价值的对象，你针对某个著名作家的一部完全不接地气的没人关心的小说洋洋洒洒写上两万字，发表在高大上的权威期刊上，基本上是浪费时间，一看题目就不会让人产生兴趣。而与此同时，那么多重要的现象级的万众阅读的文艺作品却缺乏有力的阐释，它的意义流通和增殖完全交给了大众文化场域，其中的消极意识形态因素被强化和放大，而革命性因素却被刻意泯灭。这难道不是批评家的失职？

近年来，我越来越意识到，批评家要改变自己的文风。的确，深刻和通俗有时是很难兼容的，但文学评论写成貌似高深的学院派，却实实在在地拒绝了广大读者，从而导致了当代文艺批评的公共性无法实现。在这个意义上，你所说的齐泽克和毛尖都是正面的例子，他们的文章我也很喜欢，当然，齐泽克的文风和毛尖比差远了，哈哈。我准备以后用两种笔墨写文章，一种是讨论大问题的理论文章，实在没办法写得太清通，只能尽量写得亲切些；另一种就是平易活泼的，争取把批判性思考表达得富于可读性，尤其是针对即时的文艺现象发言，要快出手，有利于传播。如果顺利的话，手头的紧要事情告一段落后，明年就可以给你主编的"文艺批评"公号多写一些文章了。

李： "为什么写作"是批评家或人文学者的一个根本性问题，文风的选择其实与此问题密切相关。对热点文化问题进行嬉笑怒骂式评论的文章会比学院派论文受众面广、传播力度大。但这样的文章一方面依赖作者的文笔才思，一方面又深深植根于在某一学术领域的专业训练。比如毛老师那些插科打诨的影评文章，一般人是写不来的。从王菲的歌唱谈起，深入到新中国成立七十年之际主旋律影片意识形态及其表达的变化，这种洞察基于您对新世纪"主旋律"文学的持久深入研究。就您的"主旋律"文学研究，我其实关注得比较晚，但我现在觉得这个领域越来越重要。近年来国产电视剧颇受知识界关注，相关评论文章也都比较受欢迎，您在做博士论文开始研究"主旋律"的时候，预料到今天这种情况吗？那个时候学界对"主旋律"的关注情况如何？最初触发您研究这个领域的缘由和灵感是什么？

刘： 现在回想起来，2001年左右自己开始"主旋律"文学的研究，尽管有一些工作经历的背景，主要还是基于一种朴素的理解——要研究活文学。虽然对所谓"纯文学"还没有很成系统地反思批判，但觉得把大量的时间投入到完全没有人看，甚至也不值得看的"纯文学"文本上，太不值得。那个时候我已经对装腔作势的主流"纯文学"非常反感了。这样说或许并不公平，因为韩少功、王安忆、张承志等伟大的当代作家依然在对时代进行着深刻的书写。但这依然无法挽救"纯文学"总体信誉的破产，它们的头脑仍然停留在古老的年代，缺乏对现实和未来的洞察和美学把握，反倒是那些流行的大众文艺表现出了难得的敏锐，尽管可能在形式上非常粗糙。

当然，我当时也没打算去研究一般意义上的通俗文学，太缺乏开创性，而且的确也有点看不上，它毕竟自成系统，故事性和娱乐性过强，社会历史性和文化政治内容不够直接和浓郁。我感兴趣的是那种充满现实感，和历史实践紧张对话的创作类型。另外，研究通俗文学，我也怕洪子诚老师不同意——他肯定不同意。于是，我发现了"主旋律"文学，因为在"山影"工作的原因，我曾经专门关注过这一创作领域。和当时一般人的理解不同，我深知，"主旋律"文学其实非常受欢迎，在文学和影视剧的市场占有率上成绩不俗，它是活文学。而且，它又不同于完全大众化的所谓通俗文学（武侠、言情、侦探、玄幻等），在写作体式和风格上其实和一般的经典文学的现实主义没有什么区别，创作主体也有很多曾经的"纯文学"作家如陆天明、周梅森、张宏森，以及张平、柳建伟、徐贵祥等，在作协文联系统和文艺界也有很高的地位，有些"主旋律"作品还获得过茅盾文学奖。那么，它们是由于什么原因被归于有点污名化和歧视性的"主旋律"文学的呢？主要是因为题材表现领域和某种文学惯例，比如写"腐败"可以，但是省地一把手不能腐败，而且最后腐败分子要被上级查办落马，等等。某种意义上，这就是一种题材决定论。但奇怪的是，一旦归于"主旋律"，作品就被"纯文学"界所排斥。这就显出"纯文学"作为一种文学体制的专断性，它不言自明地树立了一种何谓文学的界定和排他性的理解。这个前提本身就需要好好研究。

这个想法和洪老师进行沟通，他非常支持，赞同我作为博士论文的选题。也有些朋友不理解，认为我是自甘堕落，哈哈。毕竟，当时还没有人关注过这一领域。后来专著出版，算是有一定的开拓性吧。当时是"主旋律"文艺的转型期，后来越来越火，关注的人也越来越多，已经没有办法再忽略了。

李：博士论文出版，就是《历史的浮桥》那本书。这本书对"主旋律"有十分精准透彻的定义，中国"主旋律"文学是一种比较特殊的文化工业，是改革开放以后中国社会变革与政治经济调整的历史产物，"在日渐多元的文化格局中，国家整合多种政治、经济等体制资源，试图重新在文化、思想领域内建立'文化主导权'。作为宏大的国家意识形态战略工程，它旨在恢复旧有的文化'一体化'，它的使命是在新的历史语境下重申执政党的合法性。同时，利用富于技巧性的意识形态叙事，对新时代所产生的新的利益分配格局种种内在的社会矛盾加以弥合，以消除政治的不确定因素，并造就适应新的国家政治、经济需要的具有'现代'特质的历史主体"。"主旋律"在新的市场社会中，将完成一次高难度的对接，创造出一种表意机制，使社会主义经典命题和精神遗产与新时代的要求自由转换、互相支撑而不是互相解构。因此，"主旋律"就成了架设于旧有的意识形态与新意识形态之间的桥梁，不露痕迹地跨越了历史的裂谷。"它可能更像是一座起伏不定的浮桥"。这两段表述之透彻使我豁然开朗，可以说仅仅读完《历史的浮桥》的绪论，我的观念就完全被改变了。

如您所说，"主旋律"文学在惯常的文学理解格局中，代表着双重堕落，商业的、庸俗的与官方的，尽管有巨大的发行量和阅读群，甚至都难以跻身 popular culture，只配定性为 mass culture。在这种情况下，只有批判和摆脱了二十世纪八十年代形成的"超越性"的"纯文学"观念，才有可能发现"主旋律"文学的意义和研究价值。因此我们看到您之前的研究基本上是分两块：一是对"纯文学"观念和知识生产进行反思，一是对"主旋律"文学进行阐释。这在思想和批评策略上是互为支撑的。但现在随着"纯文学"的迷思在学界越来越淡去，数字时代的文学阅读也在发生巨大的变化，"主旋律"文学与"纯文学"作为策略性对峙、反差的意义不太紧迫了。说难听点就是，没有多少人在读"纯文学"了，"纯文学"批评更没人看。您打过一个比方，原有的文学的"装置"，类似于一架望远镜，透过它，是不可能看见"主旋律"文学这类事物的。我同意但不太满足这种表述，我觉得您没有把自己研究的意义更有力地表达出来。不管我们怎样说文学只是一种装置，现状是谁也没有取代谁，反而都互不干扰地被安置归类在不同的类型中，如今是类型文学的天下。我觉得"主旋律"不仅是历史的浮桥，在某种程度上也是文学的浮桥。"主旋律"这个提法最早是出现在更具大众文化特征的电影界。从印刷文明走向电子媒介时代，其实是现代文学命运走向的非常重要的历史背景。印刷文学曾经是为民族国家教育公民提供理想、意识形态、行为方式等，培育现代"自我"的主要途径。现在影视、互联网越来越多地扮演这一角色，替代其功能。印刷文学还在维持其文化力量，但它的顶峰时代、作为文化核心的时代已经过去，新媒体正在日益取代它。"主旋律"影视其实延续和借用了现代文学在鼎盛时代的部分特征和功能。这也是为什么它和社会问题、普通观众有比较强的对话能力。如果充分重视到"主旋律"背后传媒"技术"这一维度，可以说在某种程度上它也是一种文学的浮桥。您也说过，"主旋律"和"纯文学"是互为表里。所以在分析阐释"主旋律"作品的时候，文学分析和文化工业及其他批判理论是并行使用的。那么，在您的阐释里，我觉得有必要特意提出的，是您的一种视角或方法，大约比较接近于齐泽克所说的"斜目而视"。这是对于处理"主旋律"是别具方法意义的。在另一部著作——论文集《文学的历史能动性》中，您在文章分类和目录处理上特别有意思，几篇涉及"主旋律"研究的文章被您全部列入"第四辑：斜看"。我的判断对吗？这种方法是自觉的还是潜意识的？

我说的太多了，但我的确想要扭转一种普遍性印象，对主旋律的研究不是简单地翻烙饼式的摆脱传统"纯文学"的迷思，它需要独特的研究视角，也有特殊的意义。如果说"主旋律"以一种更为集中、更为戏剧化的方式包含了时代的文学秘密，是一个意义博弈和生产空间，有如此多的受众，那么这对知识分子来说，与其说是不可忽视的文学，不如说是不应该漠视的时代"政治"，这关乎文化工业时代的意识形态生产，关乎社会议事和民主问题。因此，与其说您对主旋律文学及影视作品感兴趣，要阐释其特别的价值，不如说这是您通达美学的历史性与当下性的方式，去除纯文学、书斋学的洁癖，使文学批评介入公众文化领域的一种选择。这种行为目前在多大程度上实现了您的批评抱负？

刘：借你的访谈我要再次郑重申明一下，我决不一般地反对"纯文学"，我只反对作为一个文学体制的号称"纯文学"的主流文学类型。我们都是中外文学传统和审美趣味喂养起来的，不可能不尊重屈原、"李杜"、曹雪芹、莎士比亚、福楼拜和马尔克斯。可是，当下的所谓纯文学恰恰不属于这个伟大的传统，它已经成为一种新的宰制性、垄断性的机制，它只意味着一种空洞的表意惯例或文学八股套路，意味着一个封闭的名利场——应该承认，它在形式上类似于传统所谓严肃文学。这有点像中国古代的科举考试的时文，表面上看讲的都是孔孟，其实早就和原始的孔孟思想没有什么关系，甚至成了单纯的敲门砖，普通读者看不看有什么关系呢？考官看就行。同样，当下"纯文学"的考官也不是普通读者。

你刚才不是提到现在是类型文学的天下吗？其实在我看来，当下的所谓"纯文学"也只不过是一种类型文学罢了。正是为了掩盖这一真相，"纯文学"才会动用庞大的体制性资源，把其他的文学命名为类型文学。类型文学是现代文学制度的创制，它从来都是一个筐，没个固定的标准，历史上从来没有类型文学的概念，你说我们的四大名著算什么？西游是玄幻，水浒是武侠，红楼是言情，三国是讲史——讲史在当下也被看作亚文学了，身份介于"纯文学"与通俗文学之间，类似于通房大丫头，比如二月河和唐浩明，成就那么高，在"纯文学"界也是异类。西方也一样，莎士比亚、雨果和狄更斯不说了，大仲马的作品是多么典型的"类型文学"呀，后来不是也扶了正，现在是作为世界文学名著和托尔斯泰、司汤达一个系列出版和上市？当然，古代也有潜在的所谓纯文学的排斥机制，诗词辞赋叫"纯文学"，小说戏曲不算，再早一点，词都不太能算，是艳科，是诗余。但最后谁胜了？有人读的胜了，李杜诗篇万口传，凡有井水处即有人歌柳词，更不要说不登大雅之堂的小说戏曲。不能搞题材决定论，一写武侠和历史就是类型？因为周梅森、陆天明、王跃文写了官场，就被文学界一个大帽子扣过去，"官场文学"，完了，写得再好也是二流；刘慈欣被定型为科幻作家，基本上和主流文学界阴阳两隔，成为文学界的暗物质，甚至只能以量子态存在。或许有人会替"纯文学"体制洗地，说我们不搞题材决定论，写得好就算"纯文学"。金庸写得不好吗？语言、戏剧性、故事、人物、结构，哪样不好？这时候"纯文学"又不说技巧了，说人家三观有问题，王朔说金庸一上来就开打，他是多年媳妇熬成婆，忘了当年"纯文学"怎么说他了。你怎么看不见"纯文学"一见面就上床？"纯文学"一见面就开打的也多了去了。不能搞双重标准。所以，"纯文学"说写得好也是个坑。有时候根本不是看文本，而是纯粹看人下菜碟，你说贾平凹的《山本》是技巧好还是三观正呀？没地儿说理去。

所以，我也不是故意跟"纯文学"过不去，我只研究活文学，王安忆、韩少功、张承志我研究，周梅森、二月河、唐浩明也研究，《亮剑》《狼图腾》《三体》还研究。我没有门户之见。总之，没人看的我不研究，诚然，读者多未必是好的，但完全没人理会的几乎肯定不好。我不相信读者素质急剧下降的说法，事实是，民众的受教育程度普遍提高了，文学阅读是刚需，是天性需要，关键是，你要生产出值得读的东西！读者当然不能盲目信赖，但长时段看，社会阅读还是基本靠谱的，《红楼梦》不会被埋没。当然，知识分子的引领和塑造作用也很重要，可是你不能滥用你的文化权力，有些批评家在透支他们的信用，也在透支历史积淀的信用。

我说了，文学阅读是刚需，历史上从来如此，但是，不一定是阅读某种形态或文本载体的文学。关于这个问题，很多人都说过，我在《当代文学批评是什么？》里也谈过。从长时段看，主流文本形态的兴替改变是种历史的常态，而文本载体的推移更迭，主要的动力就是技术发展，尤其是大众传播技术的进展。早期的口传文学只能依靠生理手段，到了近代随着印刷术的推广应用，才使成本低廉的书籍成为可能，长篇小说成文学的主流。载体或文本形式的改变也伴随着美学惯例和艺术标准的变化，如古诗在音韵上特别讲究，因为必须押韵才能便于记诵和流传，篇幅不能太长，所以抒情性的诗歌就占优势，在文学场域中就拥有主导权。到了印刷时代，长篇叙事类文学地位就上升了，当然这也和印刷现代性、民族主义的崛起有关系，其实这是互为表里的，因果都很难说得清。同样，在电子媒介时代，文学的文本形态和典范的转移也是必然的，对此不必大惊小怪，不能抱残守缺，更不必抱定要为旧有的文化形式殉情的坚贞对抗正在兴起的文学形态。其实这也可以理解，毕竟很多人是上一个时代过来的，适应不了也正常，每一代都看不惯下一代，最后不是也认了？到头来发现世界还是下一代的，也没有糟到哪里去。当然不是说新的就好，它问题很多，毕竟是新生事物，而旧有的典范具有历史积累。未来需要在批判中塑造，但是，我们要有清醒的历史意识，态度要尽量客观理性一些，自己不适应的东西未必就是坏的，我们也需要改变。

从这个角度看，我研究"主旋律"文学，的确也是看到了它是一种过渡形态的新兴文学样式，虽然当初并不是太自觉。你说的我很同意，"主旋律"文学也是一座文学的浮桥。那么，为什么它承担了这样的文化使命呢。道理很简单，它是边缘的文学类型，又有国家体制的资源支持，在文学的边缘闹革命，却借助了国家的力量。我有一个观察，"主旋律"文学在八十年代末的兴起，是国家文化战略的重要调整：国家要抛弃"纯文学"了。新时期以来，国家和启蒙主义文学是互相借重的，文学的政治功能特别强，"伤痕""反思""改革"，一系列的文学思潮一直在为改革开放鼓锣开道，可以说是那个时代的不折不扣的"主旋律"文学，包括最后一波"先锋派"也是在为去政治化的新的时代主体制造意识形态。但到此，文学的能量也耗尽了，"文学失去轰动效应"，而这个时候文学也自以为翅膀硬了，可以追求自己的主体性，单飞了，于是"纯"

文学，也就从政治中彻底解放。其实它没搞明白，如果不是因为政治，当初怎么会有那么多人读文学呢？怎么可能会产生一个八十年代的文学的黄金时代呢？当然，这里的政治不必很狭隘地理解，它既包括对"文革"的控诉和对市场的呼唤，也包括对现代性自由主体的想象和欲望的肯定。不过，国家主流意识形态依然需要文学执行国家职能，那怎么办？于是支持了"主旋律"文学。九十年代初之后更是强化了这个政治要求。不过，一个事实需要特别注意，当时是把"主旋律"作为一个系统的意识形态战略和文化工程提出来并进行设计的，文学只是其中的一部分，更重要的还是影视剧等大众传播形式，因为国家要追求效率和效果，那时文学已经开始没落了。这就不奇怪，"主旋律"最早提出来针对的是电影行业，而文学也有点附属于影视的意思，比如重要的文学"主旋律"作品都会被改编成影视剧，后来有些作家就照着影视剧标准去写小说，或者是先写电视剧本再改小说，其中有的作家本身就是影视剧制作机构的编剧如陆天明，有的则干脆从小说家转行做了职业编剧和制片人，如柳建伟和周梅森。

所以，这就好理解了，"主旋律"文学没有那么多文学上的清规戒律。在"主旋律"文化的大系统内，它必然和新兴的技术和传播手段联系紧密一些。在叙事上也在探索更为大众化、更能适应读图时代的形式。当然，由于承担着国家意识形态的任务，还是要正襟危坐，这种探索还是有限度的。但是毕竟开始自觉进行了。由于国家支持，资源投入大，在象征资本方面也给予了倾斜，比如茅盾文学奖有几年就特别看重"主旋律"文学，这就吸引了很多主流重要作家投入这一创作领域。不过，后来"纯文学"也在进行对冲和博弈，它也掌握着众多的体制性资源，这是国家不能完全有效控制的，包括对于国家体制内的机构和资源，如文学团体、刊物、研究机构，最后基本打成平手，"主旋律"文学得到了读者和国家支持，但却在"纯文学"场域中失了分。

至于我为什么在《文学的历史能动性》中把对"主旋律"文学的研究归于"斜看"板块，更多是由于我对它带有诸多的不满意。

你可能看得出来，我对"主旋律"文学的研究更多的还是意识形态的批判，虽然肯定了它和现实对话的能力，但对它在现实表述的内容上却有很多批评，虽然也肯定了它的表意的复杂性。"斜看"嘛，难免有些白眼。它虽然和现实历史建立了紧密的对话关系，却不是我心仪的通达现实和历史的有效途径，因为它本身就是一种高度受限的形式。所以，后来我的关注领域就转移开去了，我要去寻找另外的文学的可能性。现在我倾向于认为，目前的时代条件下，这种可能性只能是随机的，偶发的。革命性的因素被打散而潜伏在含混的文本中，尤其是那些被广泛阅读和接受的文本，它们的流行必有缘故。我相信，很多时候，一个文本之所以流行，是因为这样的革命性的信息被朦胧地识别出来了。这需要我们深入阐释。

李：齐泽克说："如果我们直视一个事物，即依照事实，对它进行切合实际的观看，进行毫无利害关系的观看，进行客观的观看，我们只能看到形体模糊的斑点；只有'从某个角度'观看，即进行'有利害关系'的观看，进行被欲望支撑、渗透和'扭曲'的观看，事物才会呈现清晰可辨的形态。"我觉得这种方法和意识就充满了文学游击战的气质，比如您刚刚说的——在高度受限的文学形式中通达现实和历史，以及偶发的、随机的寻找文学另外的可能性。另外，您刚提到一个说法"活文学"，我觉得很好。现在也没必要再提什么"纯文学"批判，反而辩解起来麻烦，容易误会。不如直接说"活文学"/"死文学"。

刘：这个我同意，哈哈。不过太刺激人了。借齐泽克的一句机智的评语送给"纯文学"吧，"他已经死了，可他还不知道"，必须要有一个重要的事件让它意识到自己已死的事实。不过也有另外一种可能性，它知道自己死了，可不舍得放弃世间的利益，于是成了活蹦乱跳的死魂灵。现在还在上演丧尸剧。"纯文学"不退场，不会有真正的纯文学，如果我们非要用这个概念指好文学的话。

李：顺带谈一个问题："主旋律"影视如今越来越像类型文艺了，也有点好莱坞化。随着其创造力的提升和表意形式的丰富化，以及中国在世界格局中位置的变化，它的形象、功能、影响力正在发生比较大的变化。您认为它有能力承担中国形象的表述者吗？有可能讲述一些全世界"普适性"的故事吗？美国大片是最强大的"主旋律"。

刘：真正的中国崛起，离不开文化的崛起，这还不是指一般意义上的所谓文化软实力，软实力还是狭隘的现代国际政治的谈法。新的文化是新的文明、新的生活理想和政治构想，它是对现代以来的全球政治安排和日常政治的改变，而不是穿新鞋走老路，换汤不换药，甚至皇帝轮流坐，风水再转向东方。中国传统里面的确有一些富于启示性的文化资源，但保守主义的办法并不见得靠得住，还要往前看。应该说历史机运是有了，但如果我们中国人还只是想着称雄世界，主导世界大势只是为了占据有利的分红位置，GDP 不断翻番，那出息还是不大。中华文明五千年，曾经有过那么优秀的世界大同的理想和推己及人的仁学观念，近代以来又受过那么沉重的殖民主义的苦难，挣扎辗转，经历了革命的浴血重生，好日子过了，现代世界的苦也受了，传统被创造性地改造了，但文化基因仍在，的确是重新创造新世界和新的人类生活的种子选手。这要看我们有无心力，有无雄图远志，有没有丢掉共产主义的初心。当然，离这一步还远着呢，先集中力量办好自己的事，应付好残酷的民族国家间的生存竞争，是必需的，可是如果不能给世界一个新的远景和理想，该如何赢得未来和世界呢？

中国梦当然不是美国梦的中国版。这梦想正是未来"主旋律"文学的内容。这需要中国思想界的创造，文化战略的总体设计，以及文学家的想象力。好莱坞是美国的主旋律，是美国的，也曾是世界的，我们的"主旋律"也应该是世界的。前提是，它必须也是世界的梦想。中国家庭伦理剧走红非洲，就是新型"主旋律"走向世界的开始呀，如果能在利用现代物质成果的同时，促成一种仁爱的人间秩序，当然是伟大的政治文化实践。电影《流浪地球》在海外也获得了好评和不俗的票房，也是因为它提供了中国人独有的价值观和世界观，一种不同于好莱坞的解决人类未来危机的方案，我们不妨把太阳熄灭过度阐释为千年来人类理想灯火的熄灭吧。我们现在的"主旋律"仅仅局限在国内，有时还是围绕具体的政治议题进行叙事，还是太狭隘了。

二、文学的政治批评

李：我们继续讨论您的批评和思想。刚才提到的《文学的历史能动性》（2013 年出版）这本著作我非常看重，里面的一些篇章被学界师友特别推崇。这本书分为四辑："鸟瞰""俯观""平视""斜看"。分别是对"当代文学批评"之批判、当代文学史具体问题研究、重要的作家和学人评论、"主旋律"文艺批评。这些不同主题的文章——尽管只要是批评家、学者大都做过，但被您以这样的方式归类组合在一起，呈现出一种批评的总体景观，使人想起本雅明对批评家的任务描述——应包括对先进的大人物的批判，对宗派的批判，是形相批评、策略批评。因此，虽然这本书收集的文章是有限的，但却具有一种象征或抽象意义，似乎是可以无限添加篇章的批评之书。从根本上来说，这源于您对批评，或者准确地说，对当代批评要做什么、当代批评家应该是什么样的，有高度的自觉和深刻反思。我认为，这本书最有冲击力和锋芒的压轴篇章是"鸟瞰"辑，里面的文章是《当代文学研究的历史危机与时代意义》《伟大的"中国文学"是否可能》《思想贫血之后的艺术干枯——当代小说写作现状的一种描述》《当代文学何为？——中国当代文学六十年的回顾》《什么是当代文学批评？——一个理论论纲》《作为文化战略的"主旋律"》。您前面自己也提到这几篇文章，认为写完对自己有个交代，可以想象您写完浩气长舒的状态啊。这些文章旨在破除"纯文学"（所谓的啊）的迷思、对理论的敌视偏见和僵化封闭的学科规训，对自由人文主义审美意识形态的批判不遗余力，呼吁具有政治视野和思想力的文学及批评，毫不掩饰追求政治批评，发挥批评的社会功能——"当代文学批评，不管它承认不承认，自觉不自觉，都在通过文本阐释世界，并且在改造世界，其实，阐释本身已经是改造世界的一种方式"；"当代文学研究的隐秘的抱负永远是它指向现实和未来的能力，它的行动性"。

有人说过您像伊格尔顿吗？我指的不仅仅是相同的思想立场——毋庸置疑伊格尔顿对不少当代批评家有深刻的影响，我指的是那种直截了当的展示观点、决不迟疑的越界、删繁就简的理论判断力，充满活力的、好战的辩论的文风，带有不拘小节的特点，具有冒犯性。这和您的导师洪子诚老师是完全迥异的风格。您似乎不在乎隐晦曲折的学术表达的保护功能，这种文风是有意识地自我训练的结果吗？您写文章是一气呵成吗？

刘：伊格尔顿的确是我最喜爱的批评家之一，尤其是在方法论上，他的众多著作给了我重要的启示。他批判性地发扬光大了英国的文化唯物主义批评传统，把文化看作社会关系和生活方式的整体。最为我欣赏的是，他把文化理解为社会生产的一部分——这个观点是从他老师威廉斯那里来的，但要彻底得多，具有更多的能动性和政治实践性。文化研究，包括文艺批评，置身于充满政治冲突的文化前沿，既要解释文化，又要通过文化解释世界，更重要的是改造世界，为创造一个更美好的未来生活提供想象力，甚至是物质性的能量。他对于实践性和行动性的强调，和六十年代所谓的后现代政治是不一样的，他明确反对嬉皮士式的感性革命的文化路线，我觉得他对延续至今的六十年代左派政治遗产的这种批判是非常重要的。在伊格尔顿那里，文艺批评本身也是创作，甚至是更为自觉的创作，它不必掩饰鲜明的倾向性，它必须有明确的政治判断。我就喜欢伊格尔顿这种进行意识形态批判的干脆风格和论辩色彩。我觉得，一个批评家最重要的品质就是发现问题的敏锐和进行判断的果决与准确，这种判断力是双重的，既包括政治上的裁度，也包括美学上的感受力直觉。

这就涉及我喜欢伊格尔顿的另一个重要理由，对美学形式的重视。当然，他和自由人文主义的谈法是不一样的，《文学阅读指南》《如何读诗》对于如何谈形式和美学修辞提供了某种示范。社会历史批评，注重意识形态批判，不管是文化研究还是文学评论，往往会犯思想内容与艺术形式二元论的毛病，十七年及"文革"时期的僵化的、简单粗暴的所谓马克思主义批评，是相当糟糕的批评，它在哲学上不恰当，在品质上也相当庸俗甚至粗鄙。好的马克思主义批评是开阔、敏锐、深切、正直、有力而且优美的，而且，永远不可能对爱与死亡这样的主题漠不关心。八十年代以来，马克思主义批评成了被诅咒的堕落天使，怪谁呢？我们就没怎么见到过像样的马克思主义批评。

总之，伊格尔顿反对马克思主义美学的黑格尔主义路线，又对新感性革命的文化反抗所暗含的后现代犬儒性格看不上，同时对文化研究的某种庸俗倾向还保持了疏离。但是，他一直把文艺看作社会总体象征行为的集中表征，甚至连文学的自律性本身也不过是社会生产和再生产的内在构成环节，从而彻底地贯彻了马克思主义的一元论和解释世界改造世界的实践性。在我看来，这构成了伊格尔顿理论批评的独树一帜的个人标记，也是魅力所在，或许也是他不招人待见的原因吧。

当然，我喜欢的国外批评家还有很多，伊格尔顿只是其中一位。其他的诸如杰姆逊、卢卡契、小森阳一、凯尔纳等，也包括齐泽克（仅限于批评方面，他很机智）等，也都带给我很多启发。不过，既然你问到了伊格尔顿，我就多说了几句。或许文风上受到了伊格尔顿的更多的影响？这个我是不自觉的。我也真没有刻意地去追求某种风格，自然而然就写成了这个样子，风格没办法设计和人为地塑造。我也不敢说自己已经有了某种个人风格，在我看来，这是一种过高的评价和荣誉。只能说是有点个人特点吧，比如说表达太冲，容易得罪人，其实这是我一直想革除的缺点，哈哈，每次开笔前都自我告诫要温柔敦厚一点，但一写开就抛到九霄云外去了。

虽然是洪老师的亲学生，在学术"风格"上，我的确是不像他。洪老师的文章太老辣，他借史料的掩护进行着判断，或者用一种看似模棱两可的语气表达态度，这固然和他经历过不正常的严苛的时代和个人经历有关，主要还是一种哲学观念所致，当然，你也可以说这种哲学观念还是时代经验的馈赠。他反对独断论，总是看到事物的更复杂的面相以及它们的纠缠状态，这使他总是对自己的结论非常警惕，于是表现出踟蹰和犹疑。对于一个判断，他总要加上各种限定和补充。有时候读他的文章我也在反思，我们写文章是不是太勇敢了？对于左派右派峻急的声音，洪老师总是不动声色，都不明确反对，却都有暗暗的臧否，有同情也有不以为然，但都是一事一议，具体情况具体分析。近一两年来，随着时代的变化，我越来越觉得洪老师的姿态的可贵，说不定，洪老师的欲言又止的犹豫不决的结论，甚至这种表达方式，都会被我们更深地理解了吧。洪老师今年八十大寿，我写了篇文章致敬几位同年出生的前辈先生，如钱理群、李陀、吴福辉先生。分析过程不说了，我的结论是，洪老师他们是革命的离家出走的弃儿，在他们那里，启蒙主义、自由主义和社会主义初心并没有矛盾。我们其实并没有真正理解他们。

说句拍导师马屁的话，洪老师才是真正的高洁之士，有强烈的羞耻之心，不齿于和时代的主流规则和潜规则同流合污，哪怕所有人都习以为常。但他也从来不故作姿态地抗争和标榜，摆出一副唯我独清的反体制样子来。不追求利禄这个很多人能做到，但没有心理不平衡，没有羡慕忌妒恨，这就不容易做到了。这样的导师的存在，本身就是示范，在他的目光无所不在的注视下，我是决不敢乱来，如果我为了自己评选拿项目四处找人说情，我如何还有脸见他？

洪老师的文章充满春秋笔法和隐晦表达，这是内功到达化境的表现。他练的是六脉神剑和乾坤大挪移，我学不来，只好在外家招式上着力。我写文章是前慢后快，如果是万字以上的长文，一般是先做必要的功课，这个时间长短不好说，然后静静地思考一天，通常晚上再到操场上疾走和跑步。之后这才正式开笔，第一天也就写个千字左右，次日也没有什么大进展，还可能推翻重来，一般第四天开始就快了，一天四五千字没问题，个人最快的纪录应该是一天八千字。连续两到四天就写完了，最后修改校对。

李：哈哈，洪老师他们因为复杂而面貌暧昧，我们可能因为是简单导致清晰。历史造就学人不同的代际风格和气质。不过，时代也发生了很大变化。什么都多元化的后现代情境下，也许我们比以前更需要一种理论的廓清力和立场判断。伊格尔顿吸引人不就是这样吗？

他大刀阔斧四面出击行动迅速，被认为是处在文学斗争中的军事家。您的文章（在操场上疾走和跑步奔腾出来的文章，哈哈），比如《什么是当代文学批评？——一个理论论纲》，像这样的题目命名具有战略气质。您自己也引用和赞同詹姆逊的观点，"阐释并不是一种孤立的行为，而是发生在荷马的战场上，那里无数阐释选择或公开或隐蔽地相互冲突。置身于文化领域内的微妙而激烈的冲突，文学研究也是象征性实践的一部分，虽然不是所有的内容"。不仅如此，您像伊格尔顿一样重视媒体、报刊文章，有紧迫地争夺舆论阵地的意识。您在回答我第一个问题的时候，已经表明了这种态度。但您还有一段话更加令人印象深刻，大约在中国当代批评界只有你如此不避讳地宣称：

当我们指责公众和大众媒体趣味低下时，我们也要问是什么力量造成和大面积地助长、强化了这种低下，这种低下是公众的本性，还是被无选择的食谱哺育和喂养的结果？整个文学批评界是否可以有这样的战略意识：像茅盾当年去改造《小说月报》那样去抢夺阵地，包括进行有意识的人员上的渗透，利用媒体的逻辑去改造他们的逻辑，尽管是有限度的。文学批评界现在还是普遍地轻视这一块阵地，也很少想办法去改变所谓低劣的媒体批评一统天下的状况。这是自我边缘化。而"五四"以来革命性的文化的历史经验则是，任何具有公众亲和力的载体与媒介，不管是报纸、杂志、电影、戏剧……只要好用都要争取并加以改造。即使在这个消费主义的时代，文化环境与社会心态已有巨大的变化，我也不认为这种历史经验已完全过时。

这种旗帜鲜明的姿态，积极的行动主义，您不怕被学界贴上某种党派标签吗？大家可以接受各种文学思潮活动，但文学及批评的组织和运动化，是一个需要谨慎的话题。您觉得在自媒体时代，学界生态有什么变化？在信息过剩而不是匮乏的情形下，这种愿景是难度增大了还是具有另外的机遇？

刘：应该看到，媒体批评，包括新媒体时评，之所以有读者，自有其道理，它们接地气，反应灵敏，语言活泼，很多都形制短小，的确具有更强的传播优势。众所周知，在八十年代的批评家队伍中，有相当一部分是来自各种媒体（包括出版社），他们所秉持的往往是生动活泼的文风。这也是当时的文艺批评产生良好的公共效应的重要原因。而现在，文学批评家主要来自大学和科研机构，他们往往又有体制内的科研考核压力，还要遵循学术体制的一套规则要求，于是文学批评越来越理论化，越来越远离公共的理解力，有时候这是必要的，但更多的恐怕只是为了显得专业，甚至为了掩饰自己内在的空洞苍白与无意义。大众媒体已基本上被文学批评界放弃了，这是近代以来没有的现象。

批评界只争夺体制内的学术媒体。有些事大家做得，我说不得。其实不少学界大佬，各种社会力量有组织地掌控各类学术资源、平台，一直在进行，大家心知肚明。这个我就不多说了。现在有更紧迫的任务，必须为公共讨论和批判性思考守住一定的空间，同时，尽可能让这种声音传播得更深入人心，更为广泛和持续。钱理群老师有一句名言：好人要团结起来做好事，因为坏人已经联合起来了。当前的好多立场之争已经严重撕裂了社会共识，有些完全是无谓的争执，导致了互相的敌视和不信任。其实，不管哪种立场，正直善良的人都是主流，大家对于有些历史认识不同，对现实问题根源的看法有差别，解决方案也不一样，这些原本都是可以讨论的，也可以暂且策略性地搁置。毕竟，大家对现实问题的观察交叠共识还是很多，甚至基本面一致，为什么就不能求同存异呢？干吗动不动就说对方弱智？大家智商其实都差不多，不要自以为聪明。

学术资源和大众传媒要恢复它的公共本性，而不是沦为某些学阀和社会力量谋求私利和传播意识形态的广告工具。抢夺阵地，对于很多正直的学者来说，我的这个说法太刺耳，尤其是对大众媒体，他们发自内心地看不上。这相当危险。

　　另外，这是一个正在走向新野蛮的时代，人类社会可能会遭遇另一个千年之变。关起门来皓首穷经或雕红剪翠未免太过奢侈，而大雪封门夜读书，二三知己发点慷慨议论也于事无补。不要先认定深刻的思想在这个乱纷纷的商业化时代注定无人倾听，如果表达得好，表达得有策略，慢慢地还是会有回响。试想，如果当年温铁军他们不是利用各种机会呼吁"三农"问题，能有那么大的社会共识和国家政策的调整吗？不错，大众传媒要认流量，无利不起早。对此也要两面看，谁说切中时代要害的文章没有流量？这样的东西太少了，才给娱乐八卦留下了那么多的空间。费斯克说得好，要学会和大众文化打游击，要懂得"权且利用"（making do），懂得如何利用它的规则开辟新的空间。为什么我们就不能改造鸳鸯蝴蝶派阵地，哪怕是有限度的？另外，我们也要收起对自媒体的轻慢之心，有些作者是真的有才华，有思想并善于修辞。我们没资格瞧不起人家。不客气点说，很多批评家都快不会说人话了。

　　当然，我发表这篇文章的历史语境已经有所改变，十年后，这种趋势已经有很大变化，尤其是随着自媒体的兴起，产生了新的手段和机会。我们为什么要办"文艺批评"公众号？不过，下一步我们还要改变我们的文风，希望更多的"好人"把声音传播出去，文章写得有想法，有策略，好看又有效。文章合为时而作，如果没有平台，读者根本没机会见到，而如果写得难看，没人愿意看，同样谈不上什么实践性。学界不能关起门来自己玩。

　　李：文学能使我们变成更好的人，会深化、丰富和扩展我们的生活。伊格尔顿同意自由人文主义批评家对文学的看法和追求。但他一直批判这里面的"血统和教养"的因素。他说，社会主义与女性主义的批评家在这点上跟他们几乎完全一致，"问题仅仅在于，社会主义与女性主义的批评家希望强调指出，这种深化和丰富必然要求对一个分裂为阶级以及存在性别差异的社会进行改造。自由人文主义者支持以文化抵制文明的溃败。而社会主义和女性主义则认为，任何一份记载文化的文献也同时是一份关于野蛮的记录（本雅明的话），在存在剥削的环境下改造文学，有可能是文学的生产和消费承担起废止资本主义的责任"。这些内容您一定也非常熟悉和赞同。伊格尔顿在与马修·博蒙特的对谈中提到自己最初在剑桥读书的一个细节："当我的导师（西奥多·雷德帕斯）告知我父亲离世的消息时，我感到极度恐惧，不知道是不是因为导师本身就让学生感到害怕的缘故。我的导师显然不习惯处理这类事情，他的无可挑剔的英国上流社会的举止让我的父母看上去像是情感无节制的人。我没有表现出任何激烈的情绪，那个时候我需要竭力克服，可是后来在剑桥读书的日子里，这种悲痛一直挥之不去。"我想问的是，在英国这样的阶级社会及剑桥这种具体的文化政治氛围中，伊格尔顿所有的批判对象和敌手都非常"实在"，并且具有自己切身的阶级经验性。您在不少文章中都谈到过，中国八九十年代历史转折，以及九十年代中期以后新自由主义席卷一切的社会变化对六七十年代出生的知识分子构成了非常重要的时代经验，这是您学术立场重要的思想背景，这些我都理解。但中国的历史和革命遗产更为复杂一点，因此我想知道一些更为"感性"和具体的经验，对个体造成情感冲击或者智识危机的一些事件。其实，我们这一代学人是越来越多遭遇类似的创伤或压抑的。我认为，对这些经验，甚至是比较私密性经验的回顾和表达对思想是非常重要的，使人文学术更有生命，更"人性"。

刘：可能要让你失望了，促使我在九十年代中期思想转折的戏剧性契机并不存在。创伤性的个体经验或情感冲击还真的没有。相反，我觉得我们七十年代初出生的一代大学生，也包括六十年代末出生的那一批，其实是历史的幸运儿，尤其是从小县城或乡村靠个人奋斗在大城市立足的，是社会变革的既得利益者。作为我个人，更是如此。我家境尚可，父亲曾是鲁西南家乡县城的一个七品小官，在物质生活的意义上，没受过什么苦，生活压力不大，大学到研究生一路读下来，还算顺利。那时候硕士研究生还比较金贵，没有那么大的竞争压力，阶层固化还没那么厉害，凭个人能力上升的社会空间还很大，如果追求一般意义上的成功，生活还是充满希望。工作几年之后又去读博士，完全是个人志愿，不是生活所迫。

八十年代到九十年代中期，我一直是个彻底的自由主义者，读的书以纯文学和美学为主，除了经典的康德、黑格尔，就是存在主义、精神分析、结构主义和各种后现代理论等，社会政治著作不过是海耶克、波普尔之类，满脑子启蒙主义现代化的观念，是个自我标榜的反体制文艺青年。

思想的转变是渐进式的，主要原因还是现实的观察和对社会问题的思考。现在想来，1998 年可能是个较为关键的年份。当时我还在山东电影电视剧制作中心（即后来的"山影"集团）工作，正值隆重的时尚界盛会 CHIC 在京举办，山影第六制片社承担了专题片的制作，我跟随摄制组担任采访和撰稿。后来又参与了"主旋律"电视剧《纺织女工》的编辑工作，该剧讲述了纺织厂"砸锭"的故事，因为要"淘汰落后产能"，工厂要废掉原来的生产线。这对工人意味着什么不言而喻，所以这个故事的戏剧冲突点就是工人们转换观念，分享艰难。电视剧就放在山东的纺织中心淄博拍摄。为了更好地工作，我对相关的社会政治经济背景做了点研究，这场1998 年从上海开始的"砸锭"席卷全国，造成了劳动密集型产业纺织业的一大波下岗潮，尤其是女工。在山东电影制片厂的宿舍里，静夜阅读相关资料，仿佛看到一张张面孔，一个个家庭。再与 CHIC 的上流世界的霓裳羽衣和歌舞升平对比一下，真是五味杂陈。片子剪出来，和领导们一起审片，当看到最后，在悲壮的配乐中，高速镜头展示的"砸锭"场景出现时，我心情极其复杂。几乎与全国渐次铺开的"砸锭"前后脚，我哥哥所在的国企成武县棉麻公司倒闭，这显然是棉纺行业上下游的连锁反应的一部分。好在嫂子在医疗单位工作，我哥哥本人又有技术，对生活冲击不大。这些现实促使我思考，而要对这些问题能有真正的理解，必须在长时段的历史和全球关系中把握，原来的知识和理论明显不够用了。

1998 年以后，风云变幻的国际局势也把现代启蒙主义的梦惊醒了。大家知道，九十年代中期以后，发生了一系列的重要事件，南联盟使馆事件、南海撞机事件，以及国际上的科索沃危机和"9·11"事件。对"西方"的理想化迷信破碎了。

在这种刺激下，我开始深入地研读当代全球范围内重要的批判性思想的著作，新视野建立后又重新阅读中外近现代史，观念就不一样了。当时印象较深的著作是世界体系和年鉴学派及加州学派的著作，另外还有萨义德、阿瑞吉和莫里斯·迈斯纳等人的作品，国内的则主要是汪晖等人。

李：进入九十年代后，原来的知识和理论对理解现实不够用了，这大概是现当代文学专业出身的学者此后纷纷学术越界的原因吧。我想这也是为什么您强调，文学批评不再简单地是文学作品的传译员、高级鉴赏者，文学批评家更重要的是作为人文学者。这是您对当代文学批评最重要的理解和定性，"当代文学研究在当代知识生产体制中的独特战略位置，它的目标和重心已经逾越了传统文学研究的疆界，当代文学与其说是它的对象，还不如说是它发言的一个场域更为准确些"。这是您的原话。您倡导批评家打破知识的体制化区隔，获取一种"总体性"视野，即詹姆逊所说的"认知图绘"：建立主体在全球经济、政治、文化格局中的定位意识，用一种总体化的眼光看待世界。目前为止，在您绘制自己的认知地图时，除了刚刚您提到的思想家及其理论，还有哪些理论构成和更新了您的视域，具有像詹姆逊那样激动的感受："这种新语言的句法规则使新思想成为可能，并可以使人感知到新局面的景观，旧世界的迷雾仿佛逐渐散去"？

刘：这段话的作者其实不是我，其中包含了伊格尔顿、尼采、杰姆逊和卢卡契的思想，文学不是一个学科，任何企图人为地把它限定在美学上的努力都是要流氓，这和对文学进行政治垄断没什么区别。当然，也可以说，我们对美学不要理解得那么狭隘，所谓美或艺术性，说到底，只不过是在肯定文学对现实或人类社会实践的有创意的表达，它的策略和技巧，它对历史的把握的角度和形式感。不妨化用一下实践派的美学观点，文学作品打动我们的源泉，恰恰是正在展开的历史实践的感性显现，即那种从社会总体到艺术形式的跨越性的直观。优秀的文学家的才华在于对真正核心的历史问题的直观与洞察，以及赋予美学形式的能力，而批评家的才华则在于把美学背后的历史揭示出来，包括清晰阐释从历史到形式的转化的秘密，从而揪出政治这只"看不见的手"。所以，我一直说，批评家在思想能力上必须高于作家，否则你如何能看穿作家的把戏和历史的狡计？我为什么反感当代主流评论，完全是一副仰视著名作家的帮闲嘴脸，几乎把自己摆在了追星族的位置上。难怪作家们普遍轻视评论家，讥笑他们是一帮太监——他们既缺乏主体性又缺乏能力，没能力搞创作只好写评论。作家们用得着评论家的时候就笼络着，转过身就嘲笑他们，从内心里瞧不起。不怪作家，是主流评论界太不自重了！评论界沦落风尘太久了，挣快钱太容易了，从良也难。注意，当我说主流评论时，我一直在用"评论"和"评论家"，他们当不起"批评"这个字眼，"批评"这个词被近代哲学赋予了人类理性的光辉，更被现代文学批评家们所奠定的伟大传统所照亮，不是随便可以用的。说评论家是搞不了创作才写评论，这个说法的前提就是创作高于批评，真不知这种优越感哪里来的？我认为正相反，批评高于创作，优秀的批评家之所以不搞创作，是因为批评家的职业荣誉感，习惯了高山之巅不愿意再下到洞穴。故意气作家一下。现在也有一些批评家写小说了，像李云雷、房伟、项静等，如果是玩玩是没问题的，但如果是受了作家们的这种莫名其妙的说法的压力，为了证明"我们也能写"，大可不必。伊格尔顿也搞创作，吴亮、李陀、李洁非都是两只手能写，散文写得好的批评家更是不计其数，会搞创作固然好，不会也没关系，批评本身就应该是创作。

有些理论对于更新我的视域有重要影响，除了前面提到的几位批评家和理论家，还有福柯、拉康、阿尔都塞等人，当然，最重要的还是马克思，从九十年代后期，我开始较为系统地阅读马恩全集。真正的马克思的思想和表达真美呀，相见恨晚。

批评家应该是百科全书派，必须有总体性的眼光，这当然很难。永远在路上。我决不敢说我已找到了杰姆逊式的"新语言"，我只能说自以为找到了门径或方向，走到了正确的路上。

李：果然，无论是写还是谈，您做不到持续温柔敦厚……连带谈一下您最新的一组非常有"总体性"文章吧，2019年在《小说评论》上开设专栏"历史与形式"，共有六篇文章（《1960年代是如何走向1980年代的？——由王安忆〈启蒙时代〉谈起》《一个国家的诞生——〈大秦帝国〉到底要讲什么？》《必须保卫社会——华北小农的命运与乡村共同体的重建》《此情可待成追忆——〈创业史〉与自由人的联合体》《一曲长恨，繁花落尽——"上海故事"的前世今生》《从"新权威主义"到"文明的冲突"——当代历史小说的帝王形象谱系》），反响比较热烈。能解释一下这个专栏的命名吗？这些文章的选题有没有思考上的关联性？

刘：前年李国平主编约我写专栏，我也想逼自己一下，把自己这几年积攒的一些想法整理一下，就答应了。题目事先大体拟了，是有统一设计的，包括先后次序，都是有考虑的。开篇借《启蒙时代》谈从"文革"到八十年代的转折，确立一个讨论当代史的框架；接着由《大秦帝国》回顾历史上的儒法之争，从秦汉贯穿到当下；中间两篇拿《红旗谱》《白毛女》《创业史》谈革命中国与乡村世界的变迁；然后以《长恨歌》《繁花》等上海书写讨论现代性与城市演变；最后再回到八十年代到当下历史，呼应第一篇和第二篇，批判性地面对当下关键问题。这种设计是有一些隐微的表达的，不用我细说了吧。

当然，我不只是借文学说历史，也同时借历史说文学。试图贯彻历史与形式的一元论，所以专栏叫"历史与形式"，不过，给人的感觉可能美学的部分少了点。

李：六篇可能不够，"历史与形式"这样的总题可以再持续几篇吧？有哪些话题还没来得及写？

刘：当然不够。比如历史小说这一块，我可能在未来几年会做更为系统的研究，或许先集中力量讨论当代文艺中的明朝，然后分朝代或历史分期讨论，最后就能整个打通。另外，还会对王安忆小说进行一个全面的研究。这些都是初步计划，有时计划不如变化快。

李：好。非常期待。另外，近年来您有一些重要文章可以概括在"文明论"的话题下，很快会结集出版，对吧？为什么最近关注

"文明论"的问题？"文明论"在多大程度上能构成我们重新理解中国的知识范式？

刘：文明论是近年来兴起的一个重要思潮，贺桂梅比较早地进行了思想史的深入分析，我也跟进做了讨论。而且我发现，这是近年文艺创作的一个重要背景，值得进一步研究，所以集中力量对重要的现象级的作家作品又进行了系统阐释，还会有两篇比较长的文章即将发表。我讨论的作家作品除了二月河、唐浩明、孙皓晖这些历史小说家，还包括《狼图腾》《三体》等。目前正在考虑结成一集出版。希望能引起大家对这一议题的关注。在我看来，所谓文明论的兴起是值得注意的世界性的思想动向，名为文明，其实是世界政治走向新的野蛮化的征兆。而且，还有些话借"文明论"讨论也更方便些。

我所谓的"文明论"，基本上是特指最新一波的文明论潮流。作为一种全球思潮，它兴起于八十年代，以亨廷顿《文明的冲突》的发表为标志。这波文明论当然和历史上的文明论的思想文化资源尤其是近代以来的意识形态论说有着千丝万缕的联系，但是，我更关心的是作为文明论的全球意识形态，它正在影响或塑造着当下世界和未来政治。它有着特殊而具体的社会历史起源，是对二十世纪八十年代以来全球范围内现代性危机的一种文化政治反应，它既试图对危机根源进行某种解释，又试图寻求一种解决方案。当然，具体到中国，文明论的兴起要略微滞后一些，九十年代中后期以后才集中出现并越来越壮大。我要讨论的是文明论思潮与当代文艺创作之间的关联，你既可以说是在社会历史语境中研究文学，也可以说是借文艺讨论当下重要的文化政治议题。

三、如何成为一个人文学者

李：在《伟大的"中国文学"是否可能》一文中，开篇即言："我觉得一个成熟的作家应该有一种命运感。从个体的意义上，他应该在四十多岁之后，意识到自己作为作家能做什么，能做到何种程度。同时，从历史的角度，他应该意识到，他置身其中的这一段历史，包括他生长其上的土地给他赋予了一种什么样的限度，又提供了什么样的可能性以及机会？他自己的文学又怎样反作用于这个时代，以及受时代限制这种作用的可能限度……"我拿这些问题来原样问您。您大致在什么时候获得了这种个人／历史意识？具体是一种什么样的图景？从哪篇文章起，您觉得开始形成了"刘复生"的声音（这个声音属于"70代"学人，但又有自己清晰的独特性）？哪些学者和思想家构成了您比较重要的参照对象或偶像？

刘：什么时候自觉了？这个我也说不好。我现在真正自觉了？如果非得说有的话，那么大概是应《南方文坛》之邀，写作文章评议贺桂梅的时候吧。桂梅是一面镜子，借阐释她，把我自己的问题想清楚了。那是一种历史感，时间似乎一下苍茫起来，同时也让我清晰地意识到"70后"一代人已不再年轻。桂梅研究做得非常好，与我又是同一年出生，还是同门，所以一直以来是我的参照对象之一。另外，年龄差不多的罗岗、孙晓忠、姚丹、梁展等，也是参照对象，更年轻一些的如李云雷、鲁太光、张慧瑜、周展安、张翔、滕威、朱羽、章永乐等，也不敢不学习。虽说对当下人文学术界阅读很杂，但似乎对很多师友和学者的成果和学术动向格外关注些，不妨挂一漏万地列举一下：洪子诚、戴锦华、汪晖、王晓明、蔡翔、张旭东、吕新雨、赵刚、祝东力、王绍光、温铁军、王铭铭、刘小枫、张志扬、李零、张文木、丁耘、朱苏力、黄宗智、强世功、李猛、何吉贤、王洪喆、杨念群、阎步克，以及作为思想者的韩少功、张承志、黄纪苏等，这个列举是很随意的，遗漏很多是肯定的。

至于国外的，前面也提到过一些，我就不再列举名字了，只提几部让我印象格外深刻的著作吧，都是读过两遍以上的。随意列举吧。奈格里和哈特的《帝国》三部曲（包括《帝国》《诸众》和《大同世界》），柄谷行人的《日本现代文学的起源》，凯尔纳和贝斯特的《后现代理论：批判性的质疑》，迈斯纳的 *The Deng Xiaoping Era*，

259

卢卡契的《理性的毁灭》——这部书太了不起了，尽管很厚，但精彩之至。另外还有施特劳斯的《自然正当与历史》，申明一下，对施派我并不完全赞同，但必须承认，它是极其深刻和具有批判性的理论流派，艾伦·布鲁姆可以说是杰出的文艺批评家（注意不是刚去世的哈罗德·布鲁姆），施派对莎士比亚的研究也极富洞见。

国外的优秀成果决不可以忽视，当然不必像八十年代那样迷信。外语的确很重要，因为大多译作都不值得信赖，比如《帝国》就译得很差，不过《大同世界》译得很好，译者王行坤是靠谱的。另外，有些著作，由于某种原因，是没有汉译的，也只能看原文。好在都不难找。

提到的太有限了。一时哪想得周全？肯定有不少重要的漏掉了。你非要我回答，有点强人所难。

李：嗯，评议贺桂梅老师的那篇文章，我读的时候就能感到有种"自我辨认"的感觉。我继续强人所难，因为看来很有意义。

本雅明列出过一个《批评家的十三条法则》，因此马修·博蒙特对伊格尔顿的访谈著作就命名为《批评家的任务》。我借这个题目来命名我对您的访谈，致敬这些卓越的批评家。那么最后一个问题是，您对照这十三条法则给自己打个分吧，绩效评估一下。

一、批评家是文学战场上的战略家。二、没有明确立场的人须保持沉默。三、批评家完全不同于旧时代的传译员。四、批评必须使用艺术家的语言，因为同仁圈的术语是口号，并且只有口号才是听得见的战叫。五、"客观性"必须总是为党团性做出牺牲，如果战斗的目标要求如此。六、批评是一个道德问题。如果歌德错判了荷尔德林、克莱斯特、贝多芬或让·保尔，那是他的道德观而不是他的美学眼光有毛病。七、对于批评家，他的同行是最高的权威。绝不是公众，也不是后人。八、后人会遗忘或拥戴，只有批评家能面对作者做出评判。九、论辩意即用几句断言摧毁一本书。越少研究越有力量。只有破坏者能做批评。十、真正的论辩着手一本书的时候就像一个生番给婴孩上佐料一样亲切。十一、美学激情与批评家不相容。在他手中艺术（牌）制品就是闪亮的刀剑用于心智的战场。

刘：这些条目大多我都赞同，也有几条不太赞同。如第四条，"必须使用艺术家的语言"，说得太绝对，我有保留。而且，艺术家的语言是什么样的？很难说。第五条，意思我理解，但我做不到依附于任何一个团体。第七条，反对，评判文学批评的权威可能不是公众和后人，但更不可能是同行，尤其是当下，可能权威同行的反对才是有价值的标志。

目测大概刚及格，但不认为分数太高是好事。

对于赞同的条目，我决不敢说我能做好。有些是个人能力问题，有些则要看时运或历史机缘。也许我永远都没有机会做好。那就看你们了。

李：自我评估刚到及格，而且反对本雅明涉嫌质疑体制，年底绩效奖金只发一半！

谢谢刘老师坦率真诚的回答！

2019 年 10 月　海甸岛

图书在版编目（CIP）数据

批评的想象力 / 刘复生著 .—北京：作家出版社，2020.12

（剜烂苹果·锐批评文丛）

ISBN 978-7-5212-1119-1

Ⅰ.①批…　Ⅱ.①刘…　Ⅲ.①中国文学－当代文学－文
学评论－文集　Ⅳ.① I206.7-53

中国版本图书馆 CIP 数据核字（2020）第 170322 号

批评的想象力

作　　者：刘复生
责任编辑：田一秀
装帧设计：孙惟静
出版发行：作家出版社有限公司
社　　址：北京农展馆南里 10 号　　邮　　编：100125
电话传真：86-10-65067186（发行中心及邮购部）
　　　　　86-10-65004079（总编室）
E-mail:zuojia @ zuojia.net.cn
http://www.zuojiachubanshe.com
印　　刷：天津中印联印务有限公司
成品尺寸：152×230
字　　数：231 千
印　　张：16.75
版　　次：2020 年 12 月第 1 版
印　　次：2020 年 12 月第 1 次印刷
ISBN 978-7-5212-1119-1
定　　价：45.00 元